imaginist

想象另一种可能

理
想
国

· imaginist

ANDRÉS BARBA

小　手

[西] 安德烈斯·巴尔瓦 著

童亚星　刘润秋 译

广西师范大学出版社

·桂林·

目 录

Las
manos
pequeñas

小 手

童亚星 _ 译

献给玛丽娜和特蕾莎

和那些女孩一样，

她们也曾那么光明，那么黑暗

直到洋娃娃面目全非，变得不再像是人类的宝宝，小女孩才会开始同她玩耍。

——佚名，《柏林的女人》

不可泅渡的童年

埃德蒙·怀特

时不常地，就会有这样的小说出现，它并非对现实的记录，而是创造出了一整个全新的现实，就像一盏灯，照进我们最幽暗的感受。卡夫卡做到了，舒尔茨做到了，如今，巴尔瓦凭借可怕的《小手》也做到了，向我们展现了童年激烈情感与午夜神秘仪式的精神紊乱图景，一本独特的书。

据说，故事的原型是二十世纪六十年代发生在巴西的一起案件，孤儿院里的女孩们杀死了另一个女孩，并和她的尸体碎块玩耍了一周。但《小手》并不是一篇骇人听闻的社会新闻。正如让·热内在《女仆》中将一篇讲两个变态仆人杀害女主人的新闻报道变成了一场带有奇异宗教仪式色彩的悲剧，巴尔瓦也将一起血腥传闻的种种惊悚[1]融入到了一部关于爱与童年的诗性沉思录中。

为表明写这部小说的用意并不只是对小玛丽娜进行精神分析，不只是讲述失去父母后那无法言明的悲伤，巴尔瓦还引入了由其他孤儿组成的歌队[2]。她们都深爱着她，她的加入彻底改变了她们在孤儿院的生活。她长得漂亮，娇小又柔弱。肩膀上有一道神秘的伤疤，来自那场夺走了她父母的车祸，就像是天使的翅膀被剪除后留下的伤痕。孤儿们被玛丽娜迷住了，毕竟，不久前她还过着一种被父母娇宠着的典型中产阶级生活，直到最近才加入她们的行列，成为一个孤儿。

她的一举一动都会引起她们的关注。比如说绝食那次，她被女孩们往名为嘴的洞中不断塞东西的样子恶心到了。禁食之后，她显得更加纯洁，更为威重了。

---

1 Grand Guignol，大木偶剧院，位于巴黎，剧作家经常将当时的真实犯罪新闻编成惊悚的情节剧，常用来代称此类戏剧作品。
2 Greek Chorus，古希腊戏剧中的合唱歌队，常用作旁白，这里指的是由孤儿院中其他女孩们构成的共同声部。

后来，她发明了一个游戏。每天晚上熄灯以后，玛丽娜都会选一个新的女孩来扮演洋娃娃：被动，沉默，昏睡，静止。每个"洋娃娃"都被剥光衣服，再穿上那条扎人的裙子。女孩们都要被这个游戏催眠了，大概是因为它迎合了每个人的恐惧（同时也是一直被压抑的渴望）：变成一个客体，没有意志，甚至没有能动性，在没有意识的状态下被所有人注意，对自身的行动不负任何责任（因为它根本没有行动）。玛丽娜似乎很清楚她发明的这个游戏有多么吸引人，在揭晓具体规则的几个小时前，她就示意准备教大家一个游戏，设下了巨大的悬念，撩拨起人的好奇。

"今晚我们做个游戏。"玛丽娜宣布。

"什么游戏，玛丽娜？"

"一个我会玩的游戏。"

"怎么玩？"

"今晚我们就玩。"

"现在不能说吗？"

"不能，晚上再说。"

自从父母过世，玛丽娜就一直在玩一个心理医生给她的洋娃娃，或许是作为一种陪伴，或许是一种把被压抑的悲伤表面化的方式。其他的女孩们，被爱玛丽娜和伤害她的两种渴望撕扯着，她们偷走了洋娃娃，只肯一块块地还给她，这也是对故事里那场灾难的可怕预演。

尽管《小手》建立在如索福克勒斯悲剧般命定而庄严的恐怖情节之上，我们还是能在阅读时感到极度的愉悦，这不单是因为线索的跌宕，更要归功于行文的独特。当我们被它那喃喃的语调折服时，让我们激动不已的不是在其中认出了某种常见的、既有的感觉，而是一种被我们遗忘已久的感觉。心理学家让·皮亚杰认为，儿童在认知发展阶段的经历，从根本上影响了他们对世界的认识。如果能突然进入一个孩子的意识，我们将变得一无所知，因为将儿童的精神生活组织起来的图式与成年人的完全不同。

巴尔瓦不是科学家，这本书也不是对某种理论的证明，但在读到下文这段对一群在寝室里熟睡的女孩的描写时，我们很确定自己陷入了一种古老的感知系统，某种我们遗忘已久，但又被异常唤起的感知：

> 她们就像一队困倦的小马，安安稳稳地入睡，脸上的某种东西放松下来，神色变得温柔无害。此时，玛丽娜觉得那一张张脸庞上宛若漂浮着油脂，与白天的脸庞迥然不同。这些新的脸庞沧桑衰老、各具特色，却统统显露出挑衅的样子，神态看似安详，却如同一帮沉睡的盗匪。

这种对周遭事物混乱不安的感知揭示了儿童那错乱的、如梦一般的思维过程，他们还无法理解客体恒常性[1]的概念，没有意识到有些外物无论怎样被想象力照亮都会保持原样。对于孩子来说，一切都处于危险的流变中，而巴尔瓦完美地捕捉到了这种晕船一般的感觉，这种不稳定性。

---

[1] Object constancy，心理学概念，指儿童理解了物体可以独立于他们的行为和知觉而存在或运动，通常在婴儿两岁左右形成。

当女孩们围在玛丽娜床边玩洋娃娃游戏时，歌队说道：

那渴望是如何萌生的？我们不得而知。在那渴望之中，一切都静谧无声，如同走钢丝的杂技演员或梦游者的脚步。那渴望如同一把巨大的刀子，而我们则是刀柄。

任何在课堂上睡着过的人都知道，在对环境和言语的感知半明半昧之际，脑中就会立即开始生成图像，一种试图为醒与梦这两种现实赋予意义的小漫画。这就是巴尔瓦的女孩们创造的那些漂泊不定、摇摇欲坠的景象。她们无法形容自己的感受，也无法解释它们的由来，只得在现实和幻想间的可怕流变中拼命划桨。巴尔瓦把我们带回了童年的噩梦之中。

第一部分

她父亲当场死亡，母亲死在了医院。

玛丽娜听到的原话，也是第一句话，正是"你爸当时就死了，你妈还昏迷着"。这句话里的每一丝曲折都触手可及，内涵丰富，暧昧难解：

"你爸当时就死了，你妈还昏迷着。"

这句话被直截了当地说出。它简短而生硬，以千差万别的方式不期而至，有时根本没有任何预兆。就那么突然坠下，仿佛落入了田野。玛丽娜已经学会了无动于衷地说出这句话，就跟向陌生人介绍自己的名字时说出"我叫玛丽娜，今年七岁"一样，"我爸当时就死了，我妈死在了医院"。

说这话时她的双唇几乎不动，一说完就抿在

一起，上唇轻轻搭在下唇上。当然，这也算不得什么特别的表情。还有些时候，这句话被慢慢吐出，仿佛来自很远的地方。似乎是这句话选择了她，而不是她选择了这句话。这是一种奇特的再现：家，以及构成它的东西，气味。那句话不断向上、向周围蔓延，充斥着厚重的空气。它变成了某种物品，某种被永久遮掩起来的物品，于是她只能说：

"我爸当时就死了，我妈死在了医院。"

然后由此回想起另一件事，真实的、迟缓的，那场事故。表面看来再脆弱不过了。不会有更迟缓、更脆弱的东西了。先是轮胎下的公路发出声响，沉闷的、海浪般的声响，然后是与后座的碰撞，一瞬间，这碰撞带来的威胁甚至让人难以察觉。

那一瞬之后，有什么已经轰然破碎。是什么呢？逻辑。就像把西瓜猛地砸向地面，就那么一下。一切仿佛是从她所在的后座的一道裂缝开始的，那座位的触感已不似从前，安全带也早已不起作用了。之前，在车祸很久以前，她还感觉得到座椅那熟悉的柔软触感，看得到那布满白色细纹的座椅套，而转眼间，这些细纹就变了模样。还有母亲提醒父亲的声音：

"慢点！"

从这里开始，从座位上生发的裂缝又一次包裹了汽车加速时轮胎摩擦公路发出的巨大声响。

这是惨烈的一撞。

汽车腾空翻越隔离带，底朝天地穿过公路，撞上了应急车道边的几块大石头。直到几个月之后，玛丽娜才能清晰地回忆起来，这一幕都是超速造成的，纯粹是因为超速。没什么特别的原因，不值一查。

玛丽娜还记得当时的声响，如此剧烈，却与产生它的那场事故相距遥远。一个空洞、不连贯的声音，猛然爆发，转瞬之间就传到了远处，震耳欲聋，虽不持久，却也响彻汽车飞过隔离带、翻了个底朝天的整个过程。

汽车就这么砸了下来，面目全非，定格在路上。没有比当时更适合提起那句话的时机了。仿佛在所有可以描述那场事故的表达中，只有那句话才能让人搞懂原本难以搞懂的事情。说得再确切一点，在所有的表达中，只有那句话唾手可得、言简意赅，把本来难以分辨的事情变得简洁明了。

那声巨响之后，剩下的就只有寂静。不是声音的缺席，而是寂静。这寂静既不是缺失也不是否认，而是一种积极的形式，将几秒钟前还轻快、灵活的一切都固化了。喉咙里有金属般的味道，干渴。

玛丽娜记得，几乎在一切刚刚停滞下来时，她就感到了那种干渴。那种无休止的干渴是寂静和固定的一部分，就连感觉到有一双手在帮她解开安全带，看到那位壮硕的金发女人的面孔时，这干渴也没有得到丝毫缓解。与那双手一起出现的，是一个男人的声音：

"别碰她的头，保持那个姿势，别碰她的头！"

她说："水。"

她说"水"的样子，就像是人们刚发现整个人体几乎都是由这种物质构成的，而这种抽象的东西却构成了实实在在的身体时一样。

"孩子，你还好吗？听得到我说话吗？"

那位壮硕的金发女人微微俯身，手里握着一

瓶水。玛丽娜能看见她每一个黑色的发根，但没有任何东西可以在她的体内生根，不管是他们给她喝的水、齿龈间鲜血的金属味，还是壮硕女人的发根。她觉得自己体内只剩下一摊烂泥，一切都变得柔软、混沌、滑腻。

"伤到的是胳膊，头看上去还好。"

在玛丽娜听来，这对话简直震耳欲聋。她感到有一只手正拍打着她的后颈，慢慢滑向背部，这是另外一个男人，他有一双巨大的手，要是他想，简直可以把她劈成两半，可那手却很温柔。

"呼吸道畅通。"

"你叫什么名字？"

"玛丽娜。"

"玛丽娜，你能动吗？"

"能。"

"慢慢躺到这个担架上来。"

那双手把她抱了起来，她第一次感到了疼痛。仿佛一股电流击穿了整个躯干，然后迅速消退、停滞，跟干渴一样。她的左臂动不了了。

"这白的是什么？"

"肋骨。"

她侧过身子，第一次看到了自己的伤口：动弹不得的胳膊，外翻的皮肉，像面纱一样整齐剥落的皮肤，根根肋骨。现在是时候说出那句了结一切的话了，那句转瞬即逝的话：

"玛丽娜，你爸爸当场死亡，你妈妈刚刚也去世了。"

在她身边，人们已经做好了应付一场慌乱的所有准备，可她并没有发作。玛丽娜僵在原地，一直盯着那句话，仿佛那是个反应堆。从医院病房的这个角落到那个角落，她一直盯着那句话发出的白色余波。小姑娘没有流泪，没有哭喊，没有任何反应。病房里还有三个人，两女一男，都穿着白罩衣和黑皮鞋，有胳膊有腿，还有一种在玛丽娜看来大人们身上常有的、奇妙而近乎魔法的特质，可这三人身上的某种东西却永远关闭了通往魔法的道路。人们希望她能听懂那句话。可这孩子偏偏不哭不闹，不做回应。女孩似乎一直游离在这句话的边缘。也可能只是想象力不会去触碰那些它无法理解的领域。那句话依然如大人们的黑皮鞋一般光鲜、干净、肤浅。

"你明白我们刚才和你说的话吗？"

"嗯。"

"我们说，你父母都死了。"

"嗯。"

"都死了。

"嗯。"

你只能说"嗯"，总是说"嗯"。这声"嗯"跟那些黑皮鞋一样肤浅而光鲜。数目和内容："嗯"。沉默和声音："嗯"。这个字脱离了语言的束缚，超越了语言本身，孤独、纯粹、透明。

醒来时，玛丽娜迷迷糊糊地觉得还有什么事情没做，觉得自己对那些每天早晚来看望她的医生们还有未尽的义务。或许是表现得有人味的义务，哭喊、踢腾、痛苦的义务。在那两个月的康复期里，玛丽娜就沐浴在那一道道目光中，如同在浴缸中一般。只有在医生们即将到来时，她才能感觉到父母的缺席，那感觉如此抽象，无法表述，就像是一个人即将理解一句话却终究未能理解一样。玛丽娜喜欢让双手从床单上方、心理医生要求她画的房子上方落下，并不是因为她喜欢这个动作，而是因为这样做可以把手臂上的疼痛转移给纸张、房子、山脉和树木，转移到阳光和蓬松的云朵之上。

"这几栋房子你画得可真棒！"

"这些树画得才叫好呢。"

"你可以教教我怎么画吗？"

"先画一根粗粗的树干。然后三根枝条。全涂成栗色。再画叶子，涂成浅绿色。"

"这样吗？"

"是啊，不过要涂轻一点。这些我都画过好多次啦。所以才画得好看。"

"看看我给你带什么来了，一个洋娃娃。"心理医生说。

那个娃娃小巧而精致。心理医生把它送给她，希望借此把她变回曾经的那个小女孩。

一开始她总对着洋娃娃胡言乱语。娃娃有一双大眼睛，眼珠是塑料的，动起来一睁一闭的。要让娃娃闭眼就得让她躺下，还得对她说：

"睡吧，娃娃，睡吧。好吗？到晚上啦，你也累坏了，该睡觉了，娃娃。"

她就这样躺在床上。

洋娃娃被一遍又一遍地呼唤着，总是等着有

人举起她的双臂，把她高高托起，托起她那卑微的过去和渺小的孤独。娃娃的每只手上只有三根手指，穿着淡绿色的裙子，小嘴浅浅含笑，还有一双不能弯曲的腿。从病床到床头柜，从私密的卫生间到开阔的窗户，娃娃飞舞在玛丽娜的双手上，毫无障碍地穿过所有空间。有一天，她说：

"你就叫玛丽娜吧，跟我一样。"

那一瞬间，她像是有了什么重大发现：

"你的名字是玛丽娜！"

万一洋娃娃玛丽娜跟她一样，回忆越来越少，只剩一点，最后完全消失了可怎么办呢？

"你的名字跟我的一样。"

因为只有洋娃娃不会撒谎。只有洋娃娃始终安安静静的，像是走到了漫长人生的中点。她的模样变了。时光流逝，而她始终警醒，仿佛能看到神启。她的双眼盛满幻觉，没有睫毛（睫毛掉了，现在即使躺下，娃娃的眼睛也闭不上了）。

"现在你永远都是醒着的了，娃娃，你坏掉了。"

但娃娃离坏掉还差得远。从近处可以看到很多不易觉察的细节，比如皮肤，太真实了，仅仅是耳朵和嘴唇的弯曲和塑料褶皱就让玛丽娜着了迷，更别提那经得住细细打量的皮肤了，那么近，那么真实。她总爱把自己的脸凑到娃娃的脸旁，伸出舌头，舔娃娃的眼睛。

"现在你能看得更清楚啦。"

洋娃娃一直看得很清楚：过去，现在，未来。要是玛丽娜一连几天把娃娃放在窗户的搁板上，任由她看着街上的人来人往，会发生什么呢？毫无疑问，娃娃会洞察一切，越长越大，就跟玛丽娜肩上的伤口一样，娃娃背上的接缝会绽开，然后就会有人拿着黑色的小剪子，一个个地挑开那些线头。

出院的日子一天天临近。心理医生已经提前一周告知了玛丽娜，但没有给出任何别的信息。她要走了，去哪儿呢？她也不知道。去某个岛上。去某座山里。去那片海。不，不是"那"片海，而是"某"片海。一切都是"某一个"，某一个一直存在的地方。相比起来，"离开"并不那么让玛丽娜感到恐惧，她更害怕的是那个她注定要去、大家却讳莫如深的地方，那里早就满了，住着很多女孩。有一天，玛丽娜问心理医生：

"我要去哪里？"

"孤儿院。"

可当时，玛丽娜对这三个字还毫无概念。

医生也来和她告别了，都穿着白大褂，对玛丽娜说她今天真漂亮，脸上挂着僵硬的笑容，像是三个木偶，被线扯着似的，很快就急匆匆地走了，因为还有很多事要做。在那之前，医生们在病房里最后一次要求玛丽娜举起胳膊，询问她这样或那样还疼不疼。

"你要去一个新家，到时候你就知道了，那里还有别的小姑娘，是个漂亮的地方。"心理医生说。

"没有爸爸妈妈吗？"

"对啊，但那是个好地方，你去了就知道了。"

然后，转眼间，心理医生就不见了。

玛丽娜尿裤子了。她感到热乎乎、酸兮兮的尿液从大腿一直流进鞋里，而她的羞耻感也如这般炽热。接着，还有一团深色的、粗大的、压抑不住的东西。玛丽娜被那炽热的羞耻感钉在原地，放声大哭起来。心理医生回到病房时，玛丽娜的脸庞让她联想到刚逃出生天的幸存者，不禁想要宽慰她。她用手抚摸着玛丽娜的后背，那手和她说出的话一样软弱无力，却又像噩耗一样沉重：

"你看，我给你带了些巧克力来……你是尿裤子了吗？"

承认是件让人难为情的事，所以玛丽娜没有出声。

"别哭了，来吧，我们去换衣服。"

可是羞耻感并没有随着换上干爽的衣服而退去。这羞耻充满弹性，延展开来，就像车轮下的公路那潮水般的声响。

预想孤儿院的模样真是困难，玛丽娜完全不知道该如何开始。正因为难以想象，所有的画面都如垂死者的鼾声一般混乱而短促。为了驱散这些画面，她望向了洋娃娃。已经有人去过她家，提前为她准备好了一个破破烂烂的行李箱，冬装和夏装在里面揉成一团。

汽车在孤儿院大门口停下时，玛丽娜的双颊几乎要烧起来了。

"这地方漂亮吧？"

确实。

"嗯，漂亮。"

然而除此之外，这也是一个傲慢的地方。它矗立在那儿，带着一种莫名的不耐，花园之上仿佛还有另一座花园，而在建筑的地板之上，仿佛有人用纤细的黑色线条凌空勾勒出了每扇门窗的轮廓，让整栋房子从背景中凸显出来。

"这里好大啊。"心理医生说。

走向花园时，玛丽娜的心中生出一丝怜悯。这感觉毫无来由，但值得去爱。穿过那栋楼房时，玛丽娜感到了一种自卫性的恐惧，仿佛他们俩——她和那栋房子——其实正在忍受同一个暴君的折磨。从供汽车通行的栅栏入口到孤儿院的大楼间有一条石子路，环绕着圣安娜黑色雕像的植物和树根把这条路拱出了道道裂痕。一眼看去，雕像的表情平和安详，她张开双臂，做出欢迎的姿势，像母亲的臂膀一样温柔，可雕像偏偏是黑色的，像是非如此不可。要走得很近才能看清雕像的表情，看起来更像是个小女孩的，一脸天真，怎么也不像是上了年纪的黑色雕像该有的样子。嗯，一个充满童真的黑人老太太。

那天，孤儿院里没有孩子，她们都去郊游了，第二天才能回来。院长穿着栗色裙子和配有金色链扣的黑皮鞋。虽然她的嘴唇在说话时几乎一动不动，却给人一种始终在微笑的感觉。

"你就是玛丽娜吧？"

"是。"

"我是院长，我叫玛里贝尔。玛丽娜，你可真漂亮！"

当时这个词听来颇为奇怪：漂亮，仿佛有人把这两个字拦腰斩断了。其余的话都成了这个破碎词语巫术的帮凶，包括房间、走廊、教室、餐厅、卫生间、衣柜、入口处那个红发小丑和它肚子上的那块黑板，上面写着：

明天去马尾瀑布郊游。

那个明天正是今天，因为小姑娘们都不在，一个人都没有。所有这些迹象汇集在一起，想要重新赋予这个词意义，玛丽娜想说，餐厅"漂亮"，教室也是，还有那些摆放得整整齐齐的床。"漂亮"二字像个可以吞噬一切的巨大黑洞。

晚饭是一份沙拉、三个炸丸子和一个梨。院长边吃边跟她介绍了孤儿院的课程、游戏和别的小女孩，说到她们的名字时仿佛在背诵一份烂熟于心的名单。只是那时，这些名字都还没有对应的女孩。

"我听说你可是个乖女孩。"吃完饭，院长这么说。

玛丽娜感到开心，毕竟她明白这个词语的含义。这个词的发音和拼写对她来说都不陌生。从听到那个词开始，玛丽娜意识到，一点一点地，自己的身体正在那些空盘子和破水壶上重现。

"嗯，我很乖。"

"今天你就早点睡吧，其他小朋友明天就回来了，这会儿你一定也累了。"

心理医生和院长领着玛丽娜回到房间，熟练地帮她脱掉衣服。玛丽娜沉默地钻进被窝。

"你知道怎样才睡得着吗？"院长问，"你数着自己的呼吸，慢慢地数，直到红灯变成蓝色……"

那时候，连那衣柜的木料都充满诱惑，还有每个衣柜第一层抽屉上用彩笔写上的名字，那些女孩们的名字：狄安娜、玛塞拉、胡丽娅、萨拉、玛丽娅、安娜、莫妮卡、特蕾莎、拉盖尔、赛丽娅、帕萝玛、伊蕾内。

她从床上坐起，用手摸过那一个个名字。他们会把她的名字，玛丽娜，像其他女孩的一样，用彩笔写在某个抽屉上吗？

她用最快的速度念了一遍：

狄安娜玛塞拉胡丽娅萨拉玛丽娅安娜莫妮卡特蕾莎拉盖尔赛丽娅帕萝玛伊蕾内。

第二部分

　　以前，这是一座欢乐之城，我们很开心。以前，大人们要求我们干这干那，我们一一照做，击掌游戏、画画、欢笑，大家都说我们的城市既真实又迷人。尽管我们只是群小姑娘，我们也有高傲的眼睛，有力的双手。

　　以前，我们总爱摸着花园里的那棵无花果树说："这是城堡！"然后我们会朝着黑色雕像走去，说："这是恶魔！"过一会儿我们又回到孤儿院大门口，说："这是大山！"三样东西都齐了：城堡、恶魔、大山，它们围成的三角形就是我们的活动范围。

　　还有走廊上的镜子。

还有我们夏天的裙子。

还有那一个个新换了床单的夜晚，我们开心地钻进香喷喷的被窝。

还有那些有煎奶酪里脊可以吃的日子。

我们岂不像是在用同一张嘴吃里脊，伴着同样的奶酪，某种黏糊糊的、营养丰富的物质，谁吃起来都是一个味儿？奶酪固然让人心情愉快，但别忘记，接下来就该上课了，那可真是没完没了。而午餐和上课之间、上课和下课之间的时间总是那么漫长，仿佛悬浮在空气中，静止了。

一下课，我们就开始玩耍。我们总爱唱着歌，伴着绳子打在沙地上的沉闷响声跳大绳。每次进绳都得专心致志，计算好绳子的运动轨迹和速度，还得与歌谣合拍。一旦跳进去，总会觉得自己孤立无援，全身紧绷，仿佛每一次绳子击地的声响都近在嘴边，甚至像是从自己的肚子里传出来的。每一次落地都是回到人世，轻盈而迅捷，我们只得接受。我们还玩捉迷藏：大家在树后缩成一团，假装自己成了树的一部分，只要待着不动就不会被发现。每个人都得这样跪着，双膝硌在花园地面粗大的沙粒上，它们会在膝头留下印迹，直到某人的名字被叫到，大家就得赶紧逃走，拯救自己。这个词可真奇怪：拯救自己。

有天下午，大人们告诉我们：

"要新来一个女孩，你们别怕。"

有什么好怕的呢。一开始，我们一点都不怕。

玛丽娜还没来，就已经有了各种猜测。

我们不了解其他表达爱意的方式。

我们开始准备地方，我们爱自己能想象到的一切。有的小伙伴说玛丽娜会是个大块头，另一些说她应该跟我们差不多，还有的说她肯定特别漂亮，但也有些人不这么认为。这就是玛丽娜最初的胜利：我们之间已经不再是一样的了。我们已经被调教成了温顺的女孩，外形相差无几，怀有同样的心愿，如今却已不再处处相同。在那未知的地方，有一双我们并不熟悉的小手，让我们顿时变得陌生起来。就在那一刻，一种东西破裂了：信任。像是在一场短暂的空白后，我们都学会了很多，但这种学会让人悲哀，跟学会乘法口诀表、分辨字母 g 和 j[1] 或者自然科学课本里的内容大不相同。这种学会让人痛楚，像是滔滔河水，从院长和其他大人们所在的高地倾泻而下。

为什么在这其中已经难寻欢乐？"好伙计啊好伙计，送我一个大椰子。好伙计啊好伙计，我偏不爱把它买。吃得少来买得少，一个椰子吃一口，我偏不爱把它买。"想必是因为歌谣已丢失了旋律，我们载歌载舞想象出来的椰子树和棕榈树也已不复存在，剩下的只有看不见摸不着、冰冷如石块的字词。只需提前想想玛丽娜的到来就叫人心怀畏惧。

然后，突然有一天，她真的来了。

我们刚郊游回来，奇迹就降临了。她身上毫无特别之处。大门打开，从里面出来一个黑皮肤的小女孩，长得还不错，但不算特别漂亮，她的双手垂在身侧，鞋子和我们的不一样。在圣安娜像前，她几乎跟那雕像一样黑，不说话也不笑，一只手上拎着个洋娃娃，另一只提着根棍子，像

1　西班牙语中这两个字母的发音容易混淆。

我们一样站在那，个头也跟我们差不多。

大人们介绍："这就是玛丽娜。"

然而，她的目光却跟我们的不一样，她长着一双黑皮肤女孩才有的眼睛。该怎么描述呢？要怎么说"我们第一次看到玛丽娜时，她是这个样子的"呢？或许我们中的某个女孩很快就会厌烦这种说法，忍不住开始描述玛丽娜，在这个过程中，女孩恐怕得不断地倒回去修正自己的话，或许她说的话里没一句是真的，只有一种感觉是真的：玛丽娜这姑娘实在让人看不透。

整个过程中她都很专注。

每每陷入沉思，她的双眼就会显得更小，仿佛她整个人都陷入了眼眶，在里面吸食各种思想。然后，一起身，她摸索着各种东西，步履迟缓，像是随时会一个踉跄、跌飞出去。

"我不知道该拿这孩子怎么办。"院长说。

我们也不知道该拿我们的爱怎么办，这个沉重的东西。

它总是在我们不知不觉间从天而降，就在我们以为它已经消失不见时，它又冷不丁地出现了。

我们在抄写时，总会突然发现语言课听写本上的字行歪掉了，漏掉了某个词，滴了一团墨渍，胳膊蹭花了本子底部，或者不小心折皱了书页。只有玛丽娜，一向毫无纰漏。

任何东西，一旦跟她沾上边，就会被污染。我们也一样。

可到了课间，来到花园，情况就大不一样了，玛丽娜变得弱小，而我们变得强大。她总是一个人抱着洋娃娃，站在圣安娜雕像旁望着我们。或者，其实是洋娃娃在望着我们？那洋娃娃究竟是谁？有时候，她就像玛丽娜一样张望着，身体里仿佛也会蹦出一个充满渴望的灵魂，双手哆哆嗦嗦地垂在身体两侧，就算我们邀请她一起玩，她也总是不言不语，脑袋前后晃动着，我们可从没见过一个洋娃娃还会这样做。她似乎也总是被欺负，被排斥。把她放在地上从上往下看，她就像个小女孩，而我们就像大人。我们觉得她确实有点像我们自己。小脑袋让人难以看清，得把它抬起来才能看到脸蛋。她的脸蛋也跟我们的一样，但上面满是恐惧，像是刚受到了惊吓。

"她的眼睛坏掉了，所以闭不上，要舔一舔她的眼球她才看得到，不然就看不到了。"

玛丽娜把娃娃递给我们，这是她说的第一句话。我们纷纷伸出舌头，感受着娃娃的玻璃眼珠给舌尖带来的凉意。她没骗我们：娃娃果然能看到了。一双能看到的眼睛不就是这样吗，张开的、湛蓝的、深邃的？如果洋娃娃突然开口说话了怎么办？大人们或许会被吓到，但我们不会。毕竟渺小的生命总是惹人怜爱的。突然之间，一切都透过我们怀里的娃娃涌了出来，包括童真，因为我们看起来像她，她看起来也像我们。"她真漂亮，我们喜欢她。"可就算当初说出了这话，又有什么用呢？

一切都是因为玛丽娜的到来。

每天早上，盥洗室里的情形也是一样。

以前我们在盥洗台边排成一行，先刷牙，然后脱下衣服放在小凳上。热水的蒸汽和洗发水都让我们心情舒畅，欢闹个不停。进到水里，感觉又不一样了，我们沉醉其中，甚至感到一丝孤单，仿佛被人抛弃了。我们静静地感受着那只在我们的后背和双腿打上肥皂的大手。我们看不见那手，因为我们得闭上眼睛，不让泡沫进去。

直至今日，我们还不知道是谁第一个看见的，甚至不确定是否真的见过它：玛丽娜的伤疤。我们都得跟玛丽娜那道无法掩盖的伤疤作战。突然之间，我们互相看见了，在所有人中看见了彼此，我们看到了她，看到了她的后背，看到她走路，看到她的双眼，看到她脸上那难以言说的恐惧。

没有比较，就没有悲伤。

一切都从那道伤疤开始，如同撕开了一道裂缝。

我们看见了彼此，在那具与我们不一样的躯体前，我们感到被剥了个精光。我们有生以来第一次意识到自己是胖的、是丑的，真真切切地感受到了自己的躯体，无法更换的躯体。玛丽娜的显现也让我们随之显现，这些手，这些腿，如今我们知道了自己的样子，无法逃避。这个发现让我们束手无策，这个发现毫无用处。她走近时，我们缩成一团。我们害怕碰触她。

"你们怎么了？"大人问。

她看着我们，离我们那么近，仿佛在说："这是我的秘密，这是我的秘密。"

"谁来说说你们今天这是怎么了？"大人们问。

但玛丽娜没有回应，也没再靠近。她耐心地站在那里，听大人说话时也闭着双眼，我们看到泡沫从她的头发上滑下，沿着身体落到脚边，泡沫在下水口形成了漩涡，大人们用一块毛巾把她擦干。

这是玛丽娜最初的发现之一：所有人的鞋子都一模一样，黑色的，圆头的。所有的脸庞都因过多的日晒而变得黝黑。所有的衣服都过于鲜艳。

阳光和空气在衣服上，在女孩们的小手上淌过。孩子们用双手紧紧抱着所有玩具，她们已经被夺去了某种天真，脸庞却依旧充满稚气。比起面容来，身体像是超前发育了，又像是脸庞发育迟缓，总是比身体慢一步。

可能正是因为这样，区分这些小女孩实在太难了。

玛丽娜起床后总是先穿鞋，然后抬头看看。从下往上，她会观察到各种差异：有的膝盖更臃肿，有的双腿更纤细。但一看到脸，她就会觉得自己有什么地方搞错了：刚刚看到的腿并不属于这张脸，而属于一张更黑的脸，一张从未真正出现过却能被感应到的脸，一张女孩们共有的脸。就算她们中的某一个突然走过来，说自己叫狄安娜，又有什么要紧？叫萨拉、胡丽娅还是玛塞拉，不都是一回事吗？神奇之处在于她们会变。每次想到她们，玛丽娜都觉得她们静止不动，被笼罩在阴影之下。谁知道呢，或许一小会儿过后，当玛丽娜收回目光，弯腰去抱洋娃娃时，她们就换上另一副面孔，变得不一样了。在课堂上，玛丽娜看着她们的后背，想象着去构建一个形象，这个人的胳膊拼接着那个人的头，来回变换的腿脚、裙子和手指。就这样，它诞生了，悬停一秒后又烟消云散。转眼之间，夜幕降临，大家都在吃晚饭了。

到睡觉时，女孩们再次变了模样。

她们就像一队困倦的小马，安安稳稳地入睡，脸上的某种东西放松下来，神色变得温柔无害。此时，玛丽娜觉得那一张张脸庞上宛若漂浮着油脂，与白天的脸庞迥然不同。这些新的脸庞沧桑衰老、各具特色，却统统显露出挑衅的样子，神态看似安详，却如同一帮沉睡的盗匪。再多观察一会儿，玛丽娜甚至能感受到她们颈动脉的搏动，闻到她熟睡时的呼吸，那气息也与白天里不同，或许更为香甜，也可能只是更为强烈。有些脸庞上甚至生出了一道道细小的皱纹，在嘴边滋长，像是隐形的鳃盖，这时，她们就像是只会在夜间浮出水面的海底生物。

为什么，她们在那时会显得如此美丽？

玛丽娜不明白。她仿佛已经沉醉在女孩们的睡颜散发出的隐秘信号中了，总是期待夜晚降临，假装迅速入睡，耐心地等着周遭的呼吸声渐渐变得缓慢。然后她会默默数到五十，确认大家都睡着了，就微微坐起身来，好更清楚地看到每一个人。稍有响动，她都会缩回身子，重新闭眼躺好，再次数到五十。

还有些时候，玛丽娜抬起身子，寂静笼罩着整个房间，一切都纹丝不动。这时她会从床上起身，感受着脚下地砖的凉意，走向某个女孩的床铺，一直近到可以用她的双唇摩挲那个女孩。她总想："她要是现在醒过来，就会看到我！"这想法让她惊恐不已。她小心翼翼地把头靠在女孩的枕边，呼吸着女孩的气息。

就像疼痛。简直就像疼痛。

孤儿院的心理医生也疯魔般地关注着那疼痛，她让玛丽娜做罗夏墨迹测验，要玛丽娜画这画那，还总是冷不丁地问起她的父母和那场事故。

那场事故就是：

"我爸当时就死了，我妈死在了医院。"

这跟探头观察女孩们熟睡时那好闻的、神秘的脸庞一样。甚至可以评论一番：这个女孩的鼻子小巧，那一个的嘴唇比另一个要厚实，面前这个的呼吸跟别人不同，还有这个，总是把手交叉在胸前，那边那个则放在身子两边，跟死人一样，还有一个睡觉时眼睛好像从来都闭不严实。

"跟我说说你还记得什么。"

"我记得那座椅套，是深色的，上面有白色细纹。"

"什么样子的座椅套？"

"黑色的，不，深蓝色，但跟黑色也差不多了。扎人。"

这些细节让心理医生感到满意。从容，精致而完满的陈列。玛丽娜努力回想着各种杂乱无章的颜色和形状，心理医生则在黑皮本上匆忙写下她的描述。要是遇到记不清的颜色，玛丽娜就马上编出一种，跟真实的回忆掺杂在一起。如此一来，当时的场景就被改写，记忆演变成了一种可以从口袋里取出来、摆上桌面的东西。心理医生到底是在写字还是在画画？她是在画一张跟那些小女孩一样的脸吗？是了，就是这样：一张熟睡的脸。

"还记得别的吗？"

"车的地板上有细沙，只有一点点，一小撮，我当时看着它们想：拐弯时它们一定会动起来。"

"那它们动了吗？"

"没有。"

后来，在另外的谈话中，还是一样的内容：

"我爸当时就死了，我妈死在了医院。"

不过如今，这句话的语调也起了变化。就像是一句控诉、一个让人羞耻的秘密，就像是一株寄生在皮肤之下的水生植物，如今正肆意滋长，浸满湿气。周遭小女孩们的存在使得玛丽娜无法生活在这句话之外。每当梦到这句话，她都觉得它已经在她的脸上待了很久，像一件家具、一栋建筑。

"还发生了什么吗？"

"还有那些纹路，本来细细的，后来变粗了。"

"怎么会这样呢？"

"会的，纹路变粗了，座位也不扎手了，变得软软的。我想着，要过好久，我的双脚才能着地，然后我就可以用脚碰到那一小撮沙。"

那些天，花园里开始出现毛毛虫。大人们说了，走路得小心点，虫子可是会咬人的。它们常常大群大群地聚在一起，排成纵队前行，身上那层细细的绒毛像是小巧的貂皮大衣。玛丽娜想知道，那样一架毛毛虫的列车是如何运行的，那些小小的弹簧、螺丝和杠杆是怎么让它们如此移动的：前进的时候似乎整个机体都在瑟瑟发抖。

"那时我觉得我全身发抖，从头抖到脚。"

"在车祸前？"

"是的。"

毛毛虫总是朝着树走，然后往树上爬。它们也有自己的面具，如果近距离观察，会看到它们的面部黝黑、苍老、起皱，跟那座雕像一样，不过它们走起来可要快多了。一想到它们很危险，还会咬人，简直让人站不稳。玛丽娜捡来一根棍子。她随便想了一个数字：四。然后从领头的毛毛虫开始数起。一。二。三。四。她随即用棍子戳进了第四只毛毛虫。虫子像是被电流击中，蜷成一团，流出了一股深色的体液。玛丽娜说不出话来，甚至忘了把棍子拿开。顷刻间，整支虫子队伍也僵在了原地。她的嘴里开始分泌唾液。"我们中的第四个死掉啦？"这个新闻会引发毛毛虫们怎样的举动、怎样的交流、怎样无声的轰动呢？这个消息将如何在它们中间扩散呢？怪事发生了：整支队伍完全停了下来。

"然后什么都不动了。"

"你是指车祸之后？"

"是的，车祸之后，刚发生后。"

"所有的？"

"嗯，所有。我当时想，如果我也不动，整个世界都会变成石头，我也会变成石头。"

"后来呢？"

地上出现了一个圈。一个圆形。队伍不是真的完全停了下来。余下的毛毛虫开始摆动它们的头，仿佛都在转头朝同一个中心行礼，而第四只虫子就是那个中心。直到那时，玛丽娜才察觉到，她并不是一个人，其余的小女孩都围拢在她的身边。第四只毛毛虫还在挣扎。它是在哀求什么吗？周围环绕的虫子中，第四只毛毛虫最喜欢的是哪一只呢？余下虫子形成的包围圈还没有完全闭合，玛丽娜周围的小女孩们也一样，可她已经感觉到了她们的呼吸，她们紧贴着她的后背。还有一个女孩从她的肩膀上方探出了脑袋。如果她回头，她俩一定会不小心亲上嘴。

"什么都不动了，我们真的变成了石头，我感觉到自己的手、眼睛和腿都变成了石头，我看到的所有东西也都成了石头，连车也是，一个魔术师把我们都变成了石头。"

"魔术师？"

"对。"

然而，女孩们的呼吸让玛丽娜没法继续沉浸在幻想中。等到第四只毛毛虫一动不动，她才把棍子拔了出来，直到那时，大家才发现，那只虫子已被截成了两半，第四只毛毛虫变成了两只毛毛虫。女孩们的圆圈正在合拢，毛毛虫们的也一样。孩子们心中冒出一个猜测，它在肌肤上、脖颈几乎透明的纹路间奔走跳跃。或许虫子们正在第四只毛毛虫的尸体旁追思、哭泣，好让它相信，它们不会无情地抛下它。

"那个魔术师长什么样？"

"我没看到。"

"那你怎么知道他是魔术师呢？"

现在，玛丽娜感到自己被嘴包围了，每个女孩都是一张嘴，里面长满獠牙。每一根都尖利无比。毛毛虫们逐渐靠近死去的第四只，几乎完全把它盖住了。而在外围，女孩们的目光中满是惊恐，她们以为毛毛虫大军已经决定要吞掉第四只虫子的尸体了。似乎，在死亡的宁静中，有一种突如其来的、残暴的贪婪侵入了余下那些活着的虫子。到底发生了什么？虽然不知道那是什么，但它在一瞬间如闪电般划过了队伍中所有虫子的眼睛。玛丽娜感到女孩们的身体已经彻底压在了她的身上。圆圈已经闭合，该来的都来了。

她想逃。但她惊恐地发现，女孩们已经堵住了她的去路，迫使她跟大家一起朝圆心弯下身子。女孩们的喃喃私语听起来几不可辨。她羞愧难当，觉得女孩们是在报复自己晚上偷窥她们的行为。她绝望地试图推开众人，感觉到那堵人墙逐渐合拢，加厚。

"肯定是个魔术师，本来就是，因为只有魔术师才能把别的东西变成石头。"

"可你根本没看到他。"

"看到了一点。"

"那他长什么样？"

"又大又黑，跟那座雕像一样。"

跟雕像一样又大又黑的，是女孩们的包围。她们把她困在虫子圈里，她出不去，这才发现自己和那一张张脸相隔如此之近，比夜间偷窥时还近。那一张张阴暗忧郁的脸。在日光下，那些嘴边、眼角的黑色小雀斑像一个个无关紧要的征兆，又像是毛毛虫脸上的黑色小点。玛丽娜不再推搡，而是尽可能地把自己抱成小小的一团。她闭上双眼。女孩们还在谈论毛毛虫，她们重新拾起地上的棍子，一个接一个地传递着它，细细观察那上面残留的第四只毛毛虫的血液，像是想要弄清一桩神秘事件。她只有一个念头："别碰我。"

然后，渐渐地，女孩们从她身边走开了。

她们把棍子扔在树下，几乎是在下一秒，花园另一头就传来了她们跳绳的声音，欢呼雀跃。玛丽娜睁开双眼时，毛毛虫大军也开始撤退，它们再一次缓缓围住了第四只毛毛虫那凄美的碎尸，之后便重新开始了向无花果树进发的伟大征程。如果她只有毛毛虫那么小，那她眼中的无花果树想必就会和毛毛虫眼中的一样：一道嶙峋、高耸的悬崖。

但女孩们并没有走光。还有一个留在她身边。玛丽娜看了她一眼，活像在打量一个灾后幸存者。她不知道那张脸上是什么表情，幸福还是悲哀。

"是你杀了那只毛毛虫吗？"她问。

"是。"玛丽娜回答。

女孩和其他人很像，身上的一切都很平凡。她弯腰拾起棍子，认真观察了一番，递给了玛丽娜。

"用这根棍子杀的？"

"对。"

"为什么呢？"

"我随便想了个数字，是四，然后我就数到第四只毛毛虫，杀了它。"

现在，两个女孩待在一起，看着那只毛毛虫，它仿佛又一次被她们压在了身下。第四只毛毛虫的尸体实在不像是一具普通的尸体，它似乎还控制着那支缓慢前进的、已经将它抛弃的队伍。它身上流出的黑色液体几乎已经变得透明了。

"我们把它埋了吧？"玛丽娜提议。

"好。"

两人就地坐下，开始用手挖坑。两双手时不时碰在一起，又很快避开。就好像她们已经觉察到充满爱意的举动有多么残忍，害怕为虫子挖坑时双手的碰触会提前宣告它的到来。或许，这就是一切的开端，某种让两人互相靠近的东西。张着眼睛，她更同情死去的毛毛虫了，她想为它建一座漂亮的坟墓，能容纳它曾经的一切：队伍中的第四只毛毛虫，被正在哭泣的某一只深爱着的毛毛虫。

"我爸当时就死了，我妈死在了医院。"玛丽娜突然说。

她想靠近那女孩和毛毛虫。女孩却转头望向孤儿院的大门。

那儿矗立着那座优雅的黑色雕像。

女孩的身体绷紧了。玛丽娜说出的那句话就像是扔下悬崖的一块石头，她只想听到回声，好判断悬崖的深度。可石头却没有触底，一直在虚空中下坠。

石头悬在了半空。

慢慢地，天空像是在她面前睡着了似的，四下一片漆黑。该回去上课了。

楼房已经被阴影覆盖，而我们还没有。晚上会放电影，我们仍然情绪高涨，看得特别投入，时不时地哭泣、害怕，大人只得过来告诉我们那只是电影而已，不是真的，我们那些情绪也不是真的。

　　鬼使神差般，我们缓缓相互问着："那，玛丽娜呢？"

　　玛丽娜不动声色。我们用余光瞟着她。"那玛丽娜呢？"

　　我们打了个寒战，仿佛感受到了从她身上冒出的一股冷气，再次睁开双眼，我们意识到自己一直都在思考，占据我们思维的是玛丽娜。电影放完了，我们也不再去想她。

就跟电影里演的一样，我们得发表观点，说出自己喜欢和不喜欢的片段，这种分享是一种友爱的行为，把我们团结在一起，仿佛电影仍在放映。这种回忆就像是把电影重放一遍，激动人心，给人一种近乎跃动的愉悦。

"你呢，玛丽娜，你喜欢这电影吗？"

"这部电影我已经在电影院看过了，所以我早就知道谁是坏人，就没那么喜欢了，所有电影在看第二遍的时候都没那么喜欢了。"

我们一下子不知道该怎么办好了。就好像玛丽娜已经看过了所有的电影，参加过所有的旅行，玩遍了所有的游戏。她的过去中含有某种令人难以忍受的东西。她到底经历了多少事情啊……她把脑袋埋进枕头，就可以看见所有的事；她躺下，装满回忆的脑袋就重得像块石头；她用手捏着一支铅笔（她曾拥有过多少铅笔呢？几千支？几百万支？），恐怕连铅笔也会有些嫉妒吧，希望自己可以写出玛丽娜已经知晓的所有事情。

"所以这次看这部电影时，我从一开始就知道谁是坏人了，我跟自己说：这家伙就是坏人。当然跟第一次看不一样了。"

在玛丽娜带着她的过去来到孤儿院以前，我们明明过得很开心。不过我们当时忍住了。但过了一会儿，我们去了花园，仍然不知道该拿自己的念头怎么办，愤怒和惊讶侵袭了我们，我们恨不得一口一口咬碎这感觉。我们喊她：

"玛丽娜，你过来！"

她过来以后，我们抓住了她的头发。一种晕眩感让我们的嘴里满是唾液，像是含着鲜血。羞辱别人是件多么简单的事情。可她也是对我们的羞辱。那天，她靠近时很安静，也很开心。我们二话不说，径直揪住了她的头发。也许这并不是玛丽娜第一次被人揪头发，但肯定没人跟我们一样。

"后来，有一年夏天，我们去海边玩，有好多朋友，有一天我们还坐船出海了。"

发现自己的头发又一次被揪住，玛丽娜的脸扭曲了，眼中划过一道无声的闷雷。像一只大张着嘴的猎物。之后她继续朝前走去，像吸血鬼一样在阴影中移动。现在，她不敢再回忆过去了，她佝偻着身子，耷拉着小脸，课间休息时也离我们远远的。她总是躺在地上，用草叶编辫子玩儿。

那时大家都悄悄地喜欢着她，她那双若有所思的眼睛总带着微笑。楼房又要休息了，所有人都该安安静静地耐心等待，等待重新看到她：我们似乎都爱上了她，她的身体，她的回忆。她不能理解我们的爱。不过，如果我们向她示好，或许她能接受，但也仅此而已。点点头，接受自己那半喜半惧的感觉，毕竟，我们终于向她靠拢了，这么多人向她伸出了小手。那个球鼓鼓的，表面粗糙。那是个阿迪达斯篮球，深褐色，已经没什么弹力了，上面的字母也模糊了。谜一样的女孩，这个谜一样的女孩，能用力地拍着球，把它带到院子里的篮筐下方。这时得对她大叫：

"就是这儿！"

她调转方向，大力投球，身子紧绷，双腿纤细，汗珠在太阳穴上闪闪发亮。打球多简单呀。我们开始感到疲惫，仿佛进入了一个深邃的、充满情绪的空间。篮球在球框上弹了三下，慢慢从框外滑下，大家只得大喊一声"唉！"，非常响亮，仿佛发自肺腑，因为玛丽娜在场，因为她投了球，还差点儿投中。当时的分数是十比十二。玛丽娜变得平庸了，不再那么正经，也不再那么漂亮，每次投球不中，她的笑容中都掺杂着欢乐和惊恐。在投球的到底是她还是我们？我们是在原谅她吗？是出于爱吗？我们希望能一直看她打球，永远打下去，打一场永不结束的篮球赛，永恒的篮球赛，打成平手或差不多平手，这样才更激动人心。可比赛总会结束，该回去上课了。在球赛和吃饭之间的那一小段时间里，我们又变得正经起来。我们临摹着窗户上的米奇，因为那个最简单，可还是不如玛丽娜画得好，她笔下的米奇活灵活现，好像真的是由她所经历的时光、回忆以及所见所感的一切组成的。一只全新的米奇，跟我们画的截然不同。

"因为我去过巴黎的迪士尼乐园。"

一个关于巴黎迪士尼乐园的无声的秘密。被讲过成千上万次的无声的秘密，自然而然地蕴含在玛丽娜的手与眼之中。她去过巴黎迪士尼乐园。这无异于又一道在远处响起的闷雷——她曾经拥有的那种没有我们的生活。我们多想让她给我们讲讲她过去的生活啊，可我们不愿提出来。

"我跟真正的米奇一块照了相，那里有座好大的城堡，后来我还买了一个米奇本子、几支米奇铅笔和一块橡皮，捏在手里能闻见草莓味。"

她不会懂得，这回忆对我们来说太过精美了，我们根本无从想象。那一座座城堡、一块块五彩缤纷的玻璃、一个个有着探身向外看的米奇和米妮的阳台，都是我们无法拥有的。我们游走在玛丽娜记忆的边缘，疲惫而渴望，哪怕我们意愿再强烈，也依然无法赋予这些画面以生命。突然之间，我们厌倦了这种尝试，而我们的意愿也化为了愤怒，对这个太过强大的女孩的愤怒。

"你的米奇、迪士尼和假期关我们屁事啊！"

我们总是这样嘲讽她。

"那儿还有过山车，我坐了三次。"

只要大人没看着，我们就打玛丽娜，不过从来不会多用力，轻轻一下而已。趁她弯着腰捡这捡那，我们就用削尖的铅笔戳她的屁股，她总会瑟缩一下，我们则大笑不止。她的脸就像一个盛满屈辱的杯子，却又盛满了叫人猜不透的思想，傲气十足。那脸蛋又热又臊，眼里溢满泪水，可她偏偏不哭出来，只是用手抓着裙子，使劲拽着，仿佛她乐意跟我们一起待在这里，不再回到过去，不再去想巴黎迪士尼乐园和假期，也不再去坐过山车。像是要收起所有的回忆，不再跟我们分享，同时慢慢驯服自己的愤怒。之后她总会去找洋娃娃，那个讨人厌的洋娃娃，可她爱着她，她在课间休息时总是离我们远远的，抱着她心爱的洋娃娃，回到她的王国、她的过去。她会把这些讲给娃娃听吗？恐怕是的，因为她会跟洋娃娃讲话，我们觉得那娃娃几乎跟她形影不离。这小东西，玛丽娜爱的是她，而不是我们。

"你不去打篮球吗？"

"不去。"

"去死吧。"

不，我们真正想说的是：再跟我们讲讲你去巴黎迪士尼乐园玩，跟真正的米奇拍照的事吧，跟我们讲讲坐过山车急速下降时的感觉，还有那个本子和草莓味的橡皮，跟我们讲讲那橡皮是普通还是奇怪，这种草莓味的橡皮会让人想吃吗，你是不是特别想吃，还有，跟我们讲讲你握着真正的米奇的手跟它拍照时的感觉，你一定以为这就是真正的米奇，它马上就要跟米妮走了，因为它们住在真正的城堡里，城堡就在那里，每扇门窗都看得见摸得着。

"不。"

我们遭受着这狂怒的折磨，如同受了从天而降的诅咒。一个邪恶的、举世不容的女巫的诅咒。或许，这个邪恶的女巫也跟我们一样，爱着某个人，却对自己的爱束手无策，只能哭泣着远离；或许，在她的仇恨之下也有一只为爱歌唱的小小歌队，让她窒息；或许，她正窥探着自己爱的阴暗面，就像从火车的小窗看外面的风景一样。这可怜的、饱受爱的折磨的邪恶女巫。

"邪恶女巫的城堡也在巴黎的迪士尼乐园里。"

再跟我们讲讲所有的事吧，讲讲你曾经有家，有爸爸妈妈，还有你自己的房间，墙上贴着正在漫游仙境的爱丽丝的海报。可玛丽娜并不理解我们，她总是直愣愣地看着我们，问：

"为什么？"

然后她会慢慢后退，肩膀上落满暗红的阴影。抱着洋娃娃，一直退到了黑色雕像那里。"这是我一个人的秘密，我一个人的秘密。"靠近她时，我们有一种想亲吻她头发的冲动。她头发的味道跟我们的不一样，这是没法伪装的事。跟我们说说他们死掉时你在车上的事吧。她瞪大了双眼。那是一段痛苦而刺眼的回忆，就跟我们睡觉时花园里蛐蛐儿的叫声一样。讲讲吧。

"不要。"

"你去死吧！"

然而，即使是在这样的暴力中，也孕育着阴暗的、鲜活的欢愉，那是一种心照不宣的"我们胜利了"或"胜利在望"的感觉。

一个周三的晚上，趁玛丽娜不注意，我们偷了她的洋娃娃。玛丽娜醒来时一脸惊恐。这下子她就跟我们一样，失去了庇护。这下，她得学着去爱，她的渴望已无处寄托。有那么一瞬间，我们以为她会向大人告状，可她没有。事实上，她完全不知所措。

"把她还给我，我的洋娃娃。"她说。

于是我们就还了一条腿给她。我们把它拆了。

"拿去。"

我们想说：这是为了让你正眼看看我们。这样一来，重新去爱她就容易多了。爱是一种堪称古老的东西，历来如此。她把娃娃的腿扔到了树下，不再理会。可我们想知道她的感受，想知道在娃娃的腿和完整的洋娃娃之间还剩下些什么，失去的又是些什么。玛丽娜看上去放松了一些，像是已经拼尽了全身的力气。这下子她该向我们靠拢了，我们想着。

这儿还有个拆下来的脑袋，那儿还有块别的什么，身子，胳膊，另一条腿……我们把它们全都收了起来，埋在花园里的无花果树下，死去的毛毛虫旁边。

就在这个时刻，玛丽娜意识到：我是与众不同的。如同任何一个发现一样，这个发现超越了孕育它的粗粝现实，它从真实的泥潭中升起，但已然成形、完备、不容反驳。这发现其实一直在那里：我是与众不同的。

　　玛丽娜不断地琢磨这个发现，如同一个新生儿为了认识自己的身体而反复触碰它一样。可万一这发现突然长得太大，把玛丽娜压垮了呢？那就只能把它强加给其他女孩了。不再有什么白天黑夜。命运通过这个发现迫使她成为某种样子。仿佛随身携带着自己的一切认知，携带着某种傲慢而残忍的东西，像是一面旗帜。我是与众不同的。

只要坚信这个想法，哪怕只有短短的一瞬，也足以改变一切。

刚发现时的惴惴不安过后，如今玛丽娜只想把它维持下去，所以，当大家再次踏进教室上语言课时，只有她一脸兴奋，老师每提一个问题，哪怕对答案毫无把握，她都会举手回答。她想让大家明白，她有了新的发现，只是还没想好该如何实施。她倒是希望不用费神去展示这一点，希望只需动动念头，就足以让自己的发现渗透女孩们的思想，希望这个发现引得所有人都为她驻足转身，就像看到了什么让人眼花缭乱的东西似的。

等到了餐厅，饭菜上桌，玛丽娜已经想好了该如何表现。她仿佛重新感受到了肩上的伤疤，那伤疤仿佛有了生命，像一道深嵌的标志般灼烧着她。就这么表现。

这天的食物是汤和加了奶酪的鸡蛋土豆饼。

女孩们怜悯地看着食物。她们还沉浸在悲伤中，而食物把她们从这情绪中暂时解脱出来，于是女孩们一拥而上。其中一个女孩的嘴边还挂着面条，一小截白白的面条，像极了一小只沉睡中的无头肉虫。仿佛中了一个延迟咒，玛丽娜定定地看着那根面条，定定地看着那些对着一勺勺新舀的食物一张一合的嘴。她这才发现，每张嘴都是一个可以往里塞东西的孔洞。但凡有机会解释自己看到的场景，玛丽娜大概会说，一切都是从那女孩那张黏着面条的嘴里的孔洞开始的，一切就是从那儿开始的，在那双一张一合、无法停止的嘴唇间。

突然之间，玛丽娜打定了主意："我再也不吃东西了。"

她对那孔洞感到极度厌恶，哪怕食物的香味如此诱人，哪怕奶酪蛋饼色泽金黄、火候恰到好处。我再也不吃东西了。

"你不吃饭吗，玛丽娜？"

"不吃。"

那是大人的声音，循循善诱，慢条斯理。

"你不饿吗？"

"不饿。"

玛丽娜慢慢抬起头，望向大人。现在，她已经不想成为大人了，连看起来像都不想。时间一分一秒过去，这想法毫不动摇。其余女孩吃完饭，一个接一个地离开了餐厅。整顿饭的时间，玛丽娜都面无表情，碰都没碰盘子一下，她的威望在缓慢不断地上升。那威望是如此厚重，如同城中之城：玛丽娜没有吃东西。这消息在餐桌上传递着，通过孩子们的肌肤，通过手肘的触碰不胫而走。或许，在遥远的过去，也出现过一个神话般的小英雄，试图完成如今玛丽娜正在尝试的壮举，却没能成功。一个杏仁般阴暗而隐秘的决定：我再也不吃东西了。

餐厅只剩下玛丽娜一人，她只需看看一个又一个不时从朝向院子的窗缝中伸进来窥视她的小脑袋，就能知道：一个奇迹已经铸成。

"就喝一勺汤，吃一口饼吧。"

"我不想吃。"

有时，窗边会冒出两个脑袋，认不出是谁，就那么望一眼，又迅速消失。这种窥探是女孩们向玛丽娜表达爱意的初步举动。她像品味美食一般享受着这种感觉，现在，她应当忠实于这爱的举动。正如有史以来所有充满爱意的举动一般，女孩的行为里也包含着承诺和迫切，使得玛丽娜对自己的想法愈发坚定，以此来捍卫这份她自己激起的爱意。如果这举动一直持续下去，玛丽娜就会跟许多陷入爱里的人一样，沦为这个举动的奴隶，而非产生这个举动的主体，她会被禁锢在这个举动中，眼里再也看不到别的东西，永远麻木地重复这个举动。

"就吃三小块饼，吃个水果吧。"

"不吃。"

"是因为不饿吗？"

"不是。"

与其说这个大人是在和玛丽娜对话，倒不如说是在和她窃窃私语。玛丽娜才刚刚有了新发现，两人还都有些眩晕。

"那别吃了，晚上你总会吃的。出去吧，走吧。"

玛丽娜来到院子里，女孩们停止游戏，转身朝她看来。既然玛丽娜已经赢了，那就没有理由不马上接触她们，向她们传递恐惧了。玛丽娜走到女孩们中间，面带微笑。可女孩们还是神情肃穆。

那天晚上，玛丽娜依然没有吃东西，第二天

早上也没有。到第二天中午，她已经整整一天一口饭都没吃了。虽然在吃饭时，大人们一次比一次强硬地哄她吃东西，她还是毫不退让。她离开餐厅的时间越来越晚，也越来越疲惫。每场战役都是决战。每次走出餐厅，她那苍白的神色中都带着一丝庄重和冷峻，像是宗教仪式上的面具，隐藏着他人难以想象的力量。如果当时所有的大人都离开孤儿院，只留下小姑娘们，恐怕玛丽娜一踏进花园，女孩们就会无声地跪下参拜她。

玛丽娜的举止也有所改变，现在的她酷似一只猞猁，一只母猫。或许是因为虚弱，她的步伐变得像猫一样轻盈。她大步走着，但神色之中透出一种不安的释怀。就连她的双眼似乎都变了色，既充满挑衅又深不可测，仿佛那场战役只在她内心展开，仿佛她对周遭发生的一切都漠不关心。

就在午饭前——那时玛丽娜已经绝食了一天——女孩们在花园的另一边跳绳。像是把她困在了花园的角落，她们希望她安安静静的。她的确很安静，但也前所未有地充满威胁。一个女孩离开队伍，小心翼翼地走向玛丽娜，她走得那么慢，每一步都充满畏惧，玛丽娜都没有察觉到她的靠近，直到她来到自己身边。尽管她根本没注意到那女孩，她还在继续，不断靠近着。她叫什么来着？还不知道呢。终于，她们对视了一眼。

"过来。"玛丽娜说。

女孩还是心无城府、充满期待的样子，不知道该如何回应。她又战战兢兢地往前走了一步。想到可能会被这个女孩触摸，玛丽娜颤抖起来。"过来！"

女孩继续靠近。如果她伸出手，就可以摸到玛丽娜的脸庞。

"我们得躲起来。"玛丽娜说。

"为什么？"

"我要给你看个东西。"

无花果树下的草地在前一晚受到雨水滋润，依旧湿漉漉的，闻上去充满了泥土和腐败的气息。玛丽娜解开衣扣，露出肩膀。二人坐在潮湿的草地上。没有什么比共同的恐惧更能让两个人紧紧相依了。那道疤痕的颜色已经浅了一些，像是一道阴影。周围的小口子几乎已经彻底消失，只在肩膀和胸骨之间留下一道弯弯曲曲的痕迹。疤痕，让人不知所措的诱惑。天色依然阴沉、寒冷。疤痕周围的皮肤起了一阵鸡皮疙瘩。女孩张开嘴，像是要吞噬一切：空气、无花果树的树干、玛丽娜的傲慢，还有她自己的恐惧。这道疤痕已经不再是她们每天淋浴时在盥洗室看到的那道了，它把自己袒露出来，渴望被触摸，渴望被欣赏，已经没有什么可以将它隐藏起来了。

"这是车祸的时候弄的。"

"哦。"

"当时还看得到一些白色的东西，是肋骨。"

"……"

"后来，有几个人把我抬起来，塞进了救护车。"

"你为什么不吃东西呀？"女孩问。

"我也不知道。"

二人再无庇护。冷空气让人呼吸困难，希望动摇。玛丽娜并不喜欢这样的对话，她只是希望被触碰，却不知道该如何表露出这个心愿。

"刚开始还看得到周围的小口子，现在已经看不到了。"

小女孩又看了一眼那疤痕。她的目光完全迷失在那道深渊中。玛丽娜感到血虚气弱，她已经有三十个小时什么都没吃过，她时不时觉得自己在变轻，几乎要飞起来。有那么一瞬间，女孩面色苍白、发青，像是一张过曝的照片。女孩的面孔也要消失了吗？

"后来就看不到那些小口子了，变成了现在这样。"

"现在什么样？"

"就这样，没了那些小口子，只看得到皮肤，还有这道疤，像只小虫子，也像一块褶皱的布。"

玛丽娜又朝女孩靠了靠。那么近，简直能感觉到她的触碰，还有身体散发的温热。玛丽娜盯着女孩的双手。女孩爱吃指甲，好些个指甲都脏脏的，像是扒拉过泥土。玛丽娜希望这双手可以放在她的身上。就像某种不可能实现的愿望，仿佛这双手就是头顶的天空，而她却希望天落在自己身上。

"以前我不喜欢别人碰我这里，因为那会让我发抖，但现在我喜欢了，有时候我自己也摸，根本感觉不到皮肤，像是在皮肤上蒙了一层纸，摸到的就是那层纸。"

她又向女孩靠过去，能感觉到女孩一下子紧张起来，开始退缩。

"你感觉不到它？"

"嗯，基本上是这样。"

同样的渴望也从女孩的心底划过。如同一潭积水，在不经意间突然开始往下流。除了这渴望，还有怜悯。

"你想摸一下吗？"

"嗯。"

但女孩并没有立即行动。这声"嗯"之后，有好几秒钟，她都一动不动，然后抬头看了一眼。玛丽娜觉得周围好像已经聚拢了一大堆人，面前的地上挤满了脑袋，现在全都在晃动，像一片海洋，每双眼睛都紧盯着她，连眨都不眨一下。一片汇满了深邃目光的人头的海洋。玛丽娜觉得她们简直已经在那里僵了一个月。

"摸吧。"

女孩伸出了手。

"摸吧。"

玛丽娜觉得自己快晕过去了，她想象着自己的脖子绷紧，把头射了出去。脖子现在充满弹性，她的头伸到了无花果树之上，大楼之上，雕像之上。她下颌一缩，舌头吐了出来。

"你干吗吐舌头啊？"

玛丽娜双臂用力，试图起身，可脑袋太沉，仿佛顶着一个沉重的大包。那大包像是永久性地长在了她身上，把她的头坠得左摇右晃。一股湿热的气息蹿上后背，突然又变得冰冷。她倒在草地上，侧着身，感受着青草那怡人的湿气，以及把自己消耗殆尽的快意。

"摸摸我。"她喃喃地说。

可女孩一溜烟跑掉了。玛丽娜听到她慌乱的脚步声穿过花园，不一会儿就听不见了。远处传来别的女孩们玩闹的声音，可歌谣的节奏已经跟往日跳绳时不同了，像一支疯狂的舞曲一样不断加速，女孩们的声音也越来越大，越来越大，几乎不像是人类发出的。然后，她失去了知觉。

发现玛丽娜时，大人慌乱不已：她躺在无花果树下，短裙撩到腰上，衬衣开着，双腿大张。

看上去像是在空中猛摇了几个小时之后掉到了地上，像是跳了一场美妙而混乱的舞蹈，令时间戛然静止、空间分隔。一场常人所不能及的舞蹈，天真，可怜，又无比强硬，仿佛那小小的身躯散发着与之极不相称的巨大力量。玛丽娜蜷着双膝，脸贴着地，衬衣下摆搭在细细的双腿上，鞋尖朝内，如婴儿般蜷缩着，如此残破，不似人形，让大人们感到一阵恶心。

两个大人像抱新娘般把她带到了医务室，后面跟着一长串静悄悄的女孩。他们把她放到床上，盖上被子。医生诊断后说是轻微贫血，让人马上给她吃东西。

第三部分

动物园的一切都不一样。一切都是从动物园开始的，从动物园的气味，从我们下车时紧张的心情开始。

一切都是那么新鲜，那么暴力：这里是动物园。想想，整个世界都可以浓缩在一颗獠牙上，这獠牙就长在动物的双唇后，稍稍露出一截，白生生的，生来就是为了刺进别的肉体。还有狼，那么坏的家伙，在栅栏里倒也温驯……然后你就可以发现它们——狼和栅栏——是如何互相造就的，看到狼怎么变得更温驯，它的毛发如何被阴影染黄，森林怎样凝聚在它的眼中。大人让我们把手伸到几乎能碰到栏杆的地方，我们害怕地说：

"你能想象没有这栅栏会怎么样吗？啊？能想象吗？"

狼似乎听懂了我们的话，它慢慢抬起头看向我们，眼里满是贪婪，恨不得立马朝我们扑过来。

还有大象呢？犀牛呢？海豹呢？噢，海豹可听话了，会做各种滑稽的动作，会顶球，好换来小鱼作奖赏。可大象已经厌倦了花生，它的皮肤很粗糙，我们只好一起大声嚷嚷，好让它注意到我们。大象抬起疲惫的目光，埋头在脏兮兮的瓦盆里喝水，一点都不渴的样子。它迈着沉重的步伐走近我们，仿佛一切都成了它的障碍，每走一步都要付出很大的努力，所以它才走不好。于是我们对大象的同情超过了对海豹的，因为大象更笨重、更悲伤，因为我们看起来更像彼此。

玛丽娜有些不安。那天早上出发时，不，从起床和沐浴的时候她就那样了。后来，到了孔雀园，她变得愣愣的。在她周围，我们都感受到了那种不安。与此同时，这不安似乎让她变了模样，变得光彩照人。

"玛丽娜，你在看什么？"

"孔雀，孔雀真漂亮。"

"嗯，挺漂亮的。"

"漂亮，也不漂亮，它们的尾巴上长着那么多眼睛，都在看呢。"

仿佛受到某种魔力的感召，我们不知不觉地聚拢在玛丽娜身边。一股巨大的力量迫使我们渴望与她接触，听见她的声音，看到她的面孔。我们已经对动物失去了兴趣，狼的恐惧、大象的安静、海豚迷人的风采，都不再重要，我们只想触碰玛丽娜，我们不知道该如何纵身投入这片荒漠。

我们真想问一声："你在哪里呀，玛丽娜？"

可她明明就在这儿，在我们身边，一边看着那些孔雀，一边走远，我们知道她有话要对我们说，我们也急不可耐地想听。哪怕她命令我们"不顾一切，向狼扑过去"，我们也会照做的。哪怕她要求"都向那只孔雀冲过去，杀了它"，我们也会不折不扣地执行。

"今晚我们做个游戏。"玛丽娜宣布。

"什么游戏，玛丽娜？"

"一个我会玩的游戏。"

"怎么玩？"

"今晚我们就玩。"

"现在不能说吗？"

"不能，晚上再说。"

余下的时间也染上了那种期待的不安。期待是必要的。到了午饭时间，我们看到人们怎么喂老虎，而老虎在等待时又是多么不安。一个人从一个角落进去，趁着另一个人把它们引到另一个角落时，投放大块的生肉。笼子里，饲养员撤离时，一阵沙沙声后，转眼间，虎群就向生肉扑去。一共三只。它们围着食物，像藤蔓般纠缠在一起。三只脊背汇成了同一束肉体，怒气迸发，生成了一只三头怪兽，不断吞吃。三张嘴上都沾满了鲜血。以前，大人们说老虎很美丽，他们骗了我们。

回程的车上，我们唱起歌来，可眼前还是晃动着老虎的大嘴、狼的獠牙、猴子想成为人而不得的无助、大象的气味和海豚光滑的皮肤。

齐哩齐嘟哩，阿拉嘛嘟哩，阿拉波唻叮格嘞
学道德，学诗论，学文章

齐哩齐嘟哩，阿拉嘛嘟哩，阿拉波唻叮格嘞
有人去跳康康康[1]！

"那游戏怎么玩啊，玛丽娜？"

"今天晚上告诉你们。"

夜幕降临。大家躺在床上，灯已经熄灭了。突然，黑暗中，我们变得惊人地相似。我们在游戏开始之前就紧张得发抖。是游戏带来的不安。我们在被子下十指交叉，祈祷，把这个秘密重复了三十次。我们把胳膊叠在胸前，屏住呼吸，品味这游戏的秘密和喜悦。

"现在你们都到我这儿来。"

"哪儿啊，玛丽娜？"

"这儿，我的床。"

那渴望是如何萌生的？我们不得而知。在那渴望之中，一切都静谧无声，如同走钢丝的杂技演员或梦游者的脚步。那渴望如同一把巨大的刀子，而我们则是刀柄。事实上，什么都没有发生。

1　康康舞：一种轻快粗狂的法国舞蹈形式。

那晚发生的事情就跟之前在动物园发生的一样。黑暗中，我们围着玛丽娜的床，动物园的场景浮现在眼前，比白天更加清晰。我们渐渐明白，我们看到那只狼时产生的感觉是如此深不可测，不管是当时，第二天，还是来年，我们都无法参透它。

玛丽娜从未像那一刻那般遥远，那般不在场。在动物园里我们还可以说："我们知道你是谁，玛丽娜，我们知道你爸当场就死了，你妈死在了医院。我们知道你很难过，你爱我们。"

可那时我们却必须想清楚，对我们而言，玛丽娜到底是谁呢？那个把我们叫到她床边的人。我们手脚冰凉，她却依然温暖，像是长时间被关在地砖滚烫的医务室里，现在还有积攒下来的热气，呼呼直冒。

"游戏很简单，要玩很多天，因为每天的游戏就是我们中的一个人。每天都不一样。"

房间里依旧黑漆漆的，但我们能感觉到她的声音不断延伸，就像一道地平线。如今我们明白了，那晚的我们是多么勇敢，可当时我们完全不懂。如今我们还知道，其实当晚我们可以不去，不必从各自床上起来，不必感受寝室地砖的寒意，知道对抗她的暴力和甜蜜其实非常容易。可当时我们都去了。

"游戏很简单。"她重复了一遍。然后掀起枕头，下面有一支口红、一盒腮红和一支眼线笔。"每天晚上都有一个人扮洋娃娃。我来给她化妆，把她打扮成一个洋娃娃。我们大家都要看着她，跟她一起玩。洋娃娃必须乖乖的，但我们也要对她好。"

"你从哪儿弄到的，玛丽娜？"

"在医务室，老师把包落在那儿，我捡到了。"

终于有人开了灯，我们可以看到她的表情了。微弱的灯光藏在被单下，免得被大人发现。这一切都该被忘掉，就当它们从未发生，可玛丽娜试图给我们解释游戏时的表情真该被当作珍贵的财富收藏。"洋娃娃要安安静静的，不能说话。她得白嫩，温柔，还要穿上这身衣服。她跟我们都一样，但她是个洋娃娃。洋娃娃是不能独自生活的。"

我们之间的差异腾空而起，从一个到另一个，从这根脖子到那根，从此以后，每根脖子、每双小手、每对眼睛和每双嘴唇，都成了洋娃娃的。

"每天晚上大家都可以跟洋娃娃一起玩，亲亲她，告诉她我们的秘密。洋娃娃要看着我们，好好听我们说话，因为洋娃娃爱我们，因为我们也爱她。"

突然间，玛丽娜仿佛累了，大汗淋漓。她说话越来越吃力，声音越来越飘渺，像被这游戏扼住了呼吸。

"还有，每天晚上我们去睡觉以后，不能真睡。我们要给洋娃娃穿衣服、化妆，陪她玩。就这样。"

必须是这样。

就是这样。

目光会在夜色中扫过，直到适应黑暗。我们几乎看不清那些写着我们名字的衣柜。渐渐地，我们会忘记白天的事情，忘记我们做过的选择题、拼写规则，忘记午饭的味道。一切都将缓慢地蒙上一层黄褐色，像一个从不通风的房间。不过，即使充满渴望，我们也不会焦急。我们会感受着衬衣与床单的摩挲，假装睡着，仿佛早就被困倦吞噬。我们会闭上双眼，强迫身体发出疲惫的信号，好说服大人赶紧离开。好长时间里，我们都会保持一动不动，直到夜深，会有一声奇怪的响动成为第一个信号。所有人都将躁动起来，如同被风吹得胀鼓鼓的短裙。我们会开始生活在游戏中，生活在游戏带来的不安中。第二声信号很快也会响起，不会有任何疑问了。信号可以是任何形式：吹吹口哨，敲敲木头，甚至寂静本身。然后，我们会慢慢起身，几乎互不接触，感觉到自己的身体变得更加轻盈。对，我们甚至都感觉不到地砖的凉意，也不再有任何对黑暗的恐惧。我们将化身为寒冷，黑暗。就这样，我们梦游般挪动到玛丽娜床边，只有一个念头：开始游戏。

等我们围拢在玛丽娜床边，她才会起身，有人打开灯，再给它蒙上被单。大家都望着她的脸，有那么一瞬间，她或许也会迟疑。然后，她下令：

"你！"

她不再等待，直截了当地说：

"你！"

与孤儿院，与白昼的最后一丝联系就此打破。

在我们心中，洋娃娃作为普通人的生命已不复存在。她的脸上会掠过一丝恐惧，一丝痛楚。玛丽娜一声令下，我们就会剥光这个被选中的女孩的衣服，注意到一些细枝末节：我们之前从未留意过，女孩肩上有一颗痣，她的小脸滑稽地歪向一边，印着唐老鸭的衬衣边缘有些破损。我们给她脱衣服时，女孩变得越来越小、越来越密实。她的气息将会彻底消失。没错，这脆弱而珍贵的东西，气息，终将消失。她的皮肤会变厚，恰如我们愈发膨胀的热情。一切都有些鲁莽，有些粗野。为了掩饰自己的焦虑，我们甚至扮起鬼脸、讲起笑话来。有人甚至唱道：

> 齐哩齐嘟哩，阿拉嘛嘟哩，阿拉波唻叮格嘞
> 学道德，学诗论，学文章
> 齐哩齐嘟哩，阿拉嘛嘟哩，阿拉波唻叮格嘞
> 有人去跳康康康！

那声音近乎耳语，不会惊动大人们，也让我们免于注意洋娃娃那小小的躯体。

"要把所有衣服都脱掉。"

"内裤也脱吗？"

"内裤也脱。给她穿上这身衣服，这才是洋娃娃穿的衣服。"

那是一条蓝色连衣裙，非常厚重，没人知道玛丽娜是从哪儿弄来的。衣服上绣着一只在玩一个绿色线团的红色猫咪。给娃娃穿上前，我们每人都摸了摸那衣服，仿佛需要确认它是真实的，至少跟那个已经一丝不挂、正等着我们给她穿上衣服的洋娃娃的身体一样真实。事实上，在那一刻，不信任感已经四处弥漫。洋娃娃还是一动不动。一脱完她的衣服，玛丽娜就下令：

"现在该给娃娃穿衣服了。"

那时她会摆出一副不悦的表情，脸上的一切都在刹那间土崩瓦解，而我们所有人都关注着那一刹，因为在那个时刻，我们将明白，究竟谁才是真正的洋娃娃。

我们还将立即明白：每个洋娃娃都是独一无二的。

就该是这样。

有一些娃娃沉重而混乱，仿佛一句一直求而不得的表达；一些娃娃可怜而肥胖，还一言不发，没人知道该如何对付她们那松垮垮的赘肉；还有一些紧张得跟拉满的弦一样，如同呆滞地瞪大双眼的木偶，战战兢兢的罪犯；还有些精致而娇弱，除了让她们摆脱这副娇弱的模样，我们什么都做不到；也有的娃娃生来就是残缺的，注定廉价，四肢长短不齐，或是头发过于蓬乱，或是脚丫脏兮兮的。玛丽娜会等着她们一一出现，给她们化妆。

娃娃依旧全身赤裸，一动不动，在穿上衣服前，就期待着她的新面容。游戏的第二扇大门就此打开，这扇门催生恐惧，谁知道关着的门后有什么呢。总有恐惧在那里。对某种可怕冒险的恐惧。然而，真正发生的事却总让人迷茫。

应该闭上双眼。

就像进入梦境一样。

准确地说，那是一种半梦半醒的感觉，直到只剩下这感觉，直到这感觉也开始消退，一道乳白色的光亮从这缝隙间渗入，一种游离于所有语言和物体之外的紧张。然而，睁开眼睛，就能看到玛丽娜的脸，和被她化妆的脸，隐藏的面容逐渐浮现出来。一张满是惊惧的脸。她慢悠悠地拧开口红，抹在娃娃的脸上。双唇被色彩征服。之前它们还如此苍白，在灯光下几近透明，现在丰盈饱满，恍若浸满鲜血。

渐渐地，所有女孩都陷入了一摊温暖的淤泥。突然，其他女孩的脸庞仿佛凭空乍现，然后她的眼睛开始感到疲惫。

"闭上眼睛。"

她闭上双眼。有什么落了下来，仿佛戴着面具。黑色的眼线笔正勾勒着她的双眼，让它们显得更加深邃。没人说话，娃娃对每个女孩的位置和感受了然于心。冷风仍不断从窗户灌进来，娃娃第一次感受到了那件蓝色连衣裙有些扎人的触感，像是一个大口袋。她爱这感觉，这场景，这划过双眼的黑色眼线笔。玛丽娜退后一步，细细端详自己的作品。随后，她平静地宣布：

"现在你是洋娃娃了。"

于是，女孩成了洋娃娃。

突然之间，毫无过渡，她就成了洋娃娃。开始被一双双小手捧着，在一张张小床间传递，再也不会孤单。被锁闭在洋娃娃中的女孩，爱得越发用力，感受得越发深入，存在得越发肆无忌惮。她并不关注那一个又一个砸向面颊的亲吻。一切都无关紧要了。

大家应该放下娃娃的双臂，让她自己活动，可她如冰封般一动不动，脸颊因一个个毫无意义的亲吻而变得湿润温暖。然后，她感到裙子被拉扯，是一双双探寻的小手。此刻，最简单的做法就是认定自己即将死去，然而，对于一个洋娃娃来说，这念头似乎毫无意义。她能感受，却毫不兴奋。她的双眼渐渐失去神采，变得空洞无物。她的体温持续下降，心跳也渐渐放缓。她并没有被排斥，而是融入了某种氛围，所以，女孩们可以将秘密倾泻给她。一张张小嘴都靠近她的耳朵，喃喃低语：

"洋娃娃，我……"

洋娃娃激动地蜷起身子，如今她已经知道了这秘密，虽然不能说出去。

洋娃娃支着悲伤的双臂，穿着蓝色的连衣裙。

从天而降的小可怜，你知道那么多秘密。

恐惧被封存在夜里。恐惧是在夜里出现的，而且它会说谎。一次又一次地说谎。而娃娃们就靠着在夜间吸入恐惧而存活，不断膨胀，直至最后一波恐惧让它们再次入睡，一动不动，就此认输，那么缓慢，那么耐心。

早上，姑娘们穿上干净的衣服，又变得一样了。玛丽娜看着她们坐在教室椅子上，要说她们就是那些洋娃娃，简直叫人难以置信，可她们确实有着分毫不差的脸。白天，还有别的什么东西在悄然滋生：怨恨和暴力。一种无声又切实的暴力，带着玫瑰般的色泽。这暴力是在老师讲桌旁那个小丑的肚子上孕育的，肚子中间有块小黑板，仿佛有人在上面写下了号令：现在，你们要恨玛丽娜！所有人都遵从了。

在夜里，游戏还在继续，玛丽娜依然是游戏的中心。一熄灯，她就能感受到娃娃们活了过来，向她靠拢。随后，转眼间，是那道权力与快乐的光焰：

"你。"

为什么一到白天，一切都大不相同？就好像苏醒后，羞耻感全都涌了出来，而这羞耻又激发了恨意。女孩们赤脚走进盥洗室，就在大家脱衣服准备沐浴时，玛丽娜时不时会被打一下。如果转过身，她总会看到一张冷冰冰的脸，在晨光的映照下显得尖刻无比，一张控诉的脸，让她恨不得立即请求原谅，可那脸很快又饱满起来，又变回了平日的模样，平和而安静。但她没办法说：

"那就是她。"

她们靠得很近，每一双眼睛都闪闪发亮。白天的生活令人困惑地开始了，与夜晚的迥然不同。孤儿院像蚁窝一样，在阳光下苏醒过来。游戏的甜蜜中残留的，仅有那令人费解的敌意。就这样，古里古怪地，白天，女孩们又变成了一个个遮遮掩掩、难以对付的家伙。她们吃着早餐，腮帮子里满是牛奶和谷物，仿佛是在吞吃受伤的花朵。随后，到了上课时间，怨恨便在寂静中默默滋长。如果玛丽娜问谁借支铅笔或借块橡皮，她们就完全不理她，仿佛当下的仇恨只是夜晚爱意的反面，仿佛那爱意正在消退，或者更糟糕，仿佛她做错了什么事，不可饶恕，也无法挽回。一种沉甸甸的情绪笼罩了玛丽娜，仿佛她突然非常迫切地感受到了女孩们的存在。用眼线笔和口红给几乎所有女孩都化过妆，这赐予了她一种全新的亲密关系。每一张曾经迷茫、不起眼的脸庞，每一只曾经失神、悲伤的眼睛，都不再是一个错误。现在她觉得，仿佛只有在游戏中，那一张张脸才能猛然变回女孩们的脸。懒散，疲惫，犹豫，暴力。玛丽娜知道她们心中珍藏着一份只在夜里游戏时才会释放的爱意，帮助她们抵御日间的愤恨。

可有些时候，事情并没有那么容易。有天早上，玛丽娜的课桌上出现了这样的字眼：婊子。她只好蘸上口水使劲擦拭，直到字迹渐渐模糊，凝成一颗颗小小的黑珍珠。她抬起痛苦的目光，神色如猞猁般冰冷，嘴唇僵硬，可没人理会她。然后，她感到这两个字一点点地充塞着自己的身体，渗透了一切：衣裙，教室，甚至大人的眼睛。这个词飞啊，飞啊，一头撞上了教室的玻璃窗，炸裂开来。她逃不过它。

那天晚上，玛丽娜决定再也不玩这游戏了。她躲在被子下，伸出舌头舔肩膀玩儿。她双脚冰凉，硬得像颗干玉米粒，她对自己说："我再也不玩了。"

可那晚她还是玩了。信号一如既往地出现，娃娃们一个个从床上起身。仿佛每人体内都藏着一份精致而脆弱的礼物。她放缓呼吸，不声不响的，想让娃娃们相信她已经睡着了，可是没有人离开。她们的体重诡异地叠加在床上，每增加一人，弹簧就咯吱作响，然后是娃娃们此起彼伏的嘘声。

"我不想玩了。"她说。

娃娃们掀开被子。

"玛丽娜，不玩了吗？"

"不玩了。"

娃娃们的脸比往日更显娇嫩。一种温柔的爱意浸透了一切。一种谨小慎微的爱，封存在它自身的秘密中。"我不想玩是因为你们在我桌上写了'婊子'。"就算这么说了又能有什么用呢？这个词不再真实。在娃娃们做出晚上的举动后，这个词语已经变形，被彻底击穿，不再能填满整个空间，像一个破洞的瓦盆般漏空了。

"不玩了？"

"好吧。"

有时，暴力会通过一条缝隙渗进游戏里，玛丽娜害怕启动它。她好不容易鼓起勇气，随便对着一个娃娃说：

"你。"

天地倒置。除了那娃娃，一切仿佛都悬空了。照例从脱衣服开始，眨眼之间，女孩们就找来了连衣裙。她把它套在了娃娃那软软的身子上。

只剩下游戏。只有游戏是缓慢而混沌的。玛丽娜得保持清醒，让周遭发生的一切渗进游戏的沃土。于是有一天，她在餐厅里偷了一把刀，一到晚上就宣布：

小 手

"现在，我们该用这把圣刀让娃娃见见血。"

一说完这话，她就感到这些词语比她的想法更强大，感到它们是如此地不相配。

"要让娃娃流血！"她郑重地重申。

那晚的娃娃很漂亮，戴着眼镜，面容干净、圣洁、小巧，像是一只初生的动物。尽管娃娃一动不动，玛丽娜也感觉到了她的紧张。娃娃有些冷，皮肤上汗毛倒竖。一个起鸡皮疙瘩的娃娃。

"我们接下来要做的非常重要。"

玛丽娜把刀子对准娃娃的腿。娃娃瑟瑟发抖，触电般缩成一团，一滴沉重的泪珠滚出眼眶。她低低地呻吟：

"啊！"

"你不能说话，你是洋娃娃。"

鲜血立即涌出，玛丽娜用食指按住伤口。娃娃一下子脸色苍白。

"现在我们该给娃娃喝点水，她肯定渴了。你们谁去拿杯水来。"

可所有孩子都一动不动。

"这是我的命令。"

女孩们仍然僵在原地。娃娃不断流血，看上去很怪诞。女孩们为活着感到羞耻，她们想哭。

"好吧，那我自己去。"

玛丽娜骄傲地颤抖着，她走到卫生间，接满一杯水，小心翼翼地端回来，生怕洒出一滴。快进屋时，她停下脚步，朝杯里吐了一口唾沫。这并非报复，也不是出于愤怒。她往杯里吐唾沫是为了宣告她的权力。她站了一会儿，欣赏着杯子里自己的唾沫，即将被娃娃喝下的唾沫。

"给她喝水。"她下令。

娃娃小口小口地喝着，然后晕了过去，面无血色。她是侧着倒下的，头撞在了一张床上。女孩们把她抬回自己的床，给她盖上被子。

那天晚上，玛丽娜感到筋疲力尽，十分感伤，仿佛刚受过惩罚。

他们羞辱我们。他们和我们说："看。"

他们给一切都起了名字。

他们呵斥我们："看看你们干的好事。"

事物的名字让我们害怕。怎么能把事物封闭在一个名字里，从此永不见天日呢？任何东西，一旦有了名字，就会变得更强大，我们不懂这一点，所以才玩游戏，对彼此说："这游戏挺好玩的，是吧？"

我们心怀爱意，游戏就是我们的爱。我们看着抽屉上组成我们名字的那些字母，想象着一个洋娃娃就像一种色彩，如色彩般生动、闪耀。然后他们命令我们："看。"玛丽娜的洋娃娃成了我们的同谋，我们不知道该拿她怎么办，而她依旧可爱，总会说："来吃我呀，来喝我呀。"有那么一瞬间，洋娃娃是可爱的，她坚持去爱。但我们不能事事迁就她，应该让她学会等待，直到焦虑也成为她渴望表达的一部分。直到她反复哀求："来吃我吧，来喝我吧。"洋娃娃是从哪儿学会这些话的？然后呢，只要我们不回应，她就会平静下来。

一个个上午就这么过去。

一个个下午也这么过去。

玛丽娜躺在花园的草地上，拿草叶编辫子玩。我们跳绳时，她就玩这奇怪而愚蠢的游戏。多么愚蠢的行为啊：用草叶编辫子。可她总是那么专心、冷漠，仿佛她只有十五分钟的时间，却需要编出能填满整个花园的辫子。我们总爱找到那些辫子，把它们拆掉。我们总对她说："看，玛丽娜，你的辫子。"她的目光仍然冷静而专注，仿佛除了屈从，她什么都不会。她始终安安静静的，然后，用几乎是殷勤的口吻喃喃道：

"是的呢。"

还有些时候，她什么也不记得，仿佛一下子

忘了我们就在她周围，在她身旁。她舒展开来，像一张面巾纸，一块细腻的布料。

可只要一苏醒，痛苦就会卷土重来："来吃我吧，来喝我吧。"我们说不出心底渴望的究竟是什么。终于有一天：

"今天我来当洋娃娃！"

"可你不行啊，玛丽娜。"

"为什么不行？"

"反正就是不行。"

"可我想当。"

"可你不行，你不行。"

于是，她的哀求汇集在唇边，她在飘摇的夜色中抿紧嘴唇。我们与那哀求只有一步之遥，我们害怕触碰它。

"可这游戏是我想出来的。"

"这不重要。"

从那时起，玛丽娜的眼神就开始变得像洋娃娃。其实每一天，她都越来越像。

"可我想玩。"

"可你不行，你不行。"

仿佛她生来就注定被排斥。每次做完游戏，她都会站到阳光下，闭上双眼。抛开自己的身份，仿佛呼吸中都透着幸福。在休息的时候她也可以忘掉我们，等到她醒来，来到我们玩耍的地方时，我们总是假装从未偷偷地观察过她。我们身体里有种黑暗的愉悦，掺杂着努力和疲倦。

我们总盼望着她向我们靠近。

"可我也想当一次洋娃娃。"

她很清楚，只要坚持，她总会做到的，总有那么一天，我们会拿她没办法。她会改头换面，重新出现；她的双手、双脚、头和紧张蜷缩着的躯干。她的声音里不再有卑微和哀求，就像那些发现自己体内有着某种可怕东西的人，不再恐惧或羞耻，只会感到骄傲。

她摇摇摆摆地走到黑色雕像旁的铁拱上，身子突然绷紧，仿佛要发起进攻。她从铁拱上纵身跳到我们中间，大喊：

"看着我！"

我们并不敢抬眼看她。

"看着我！你们这群蠢货！"

然后是漫长的寂静，我们知道当天夜晚会发生什么。我们咬紧牙关，那是种日复一日地滋养着我们的恐惧。可这一切之后，什么都没有发生，只有渐渐响起的笑声、问候、尖叫和交谈交织在一起。玛丽娜的眉毛低低地挂在狡黠的双眼上方，脸庞突然变得小小的，两只大耳朵让人联想到一只摇尾乞怜的狗。

是，这就是我们追寻的：洋娃娃那小巧而粗陋的身体。转眼之间，夜幕降临在我们每个人头上。大人马上就会来关灯了。二者仿佛被一些神秘的东西联系在了一起：玛丽娜和夜晚。

先是低到几乎听不见的声音响起。随后，这声音在黑暗中变得甜美。我们仿佛第一次听到这首歌，仿佛它第一次来到我们中间，从未被人吟唱过。

齐哩齐嘟哩，阿拉嘛嘟哩，阿拉波唻叮格嘞
学道德，学诗论，学文章
齐哩齐嘟哩，阿拉嘛嘟哩，阿拉波唻叮格嘞
有人去跳康康康！

是的，我们知道，黑暗与声响的的交会之处，就是洋娃娃的身体所在。眼下她是如此安静，充满期待。她第一次将脸庞向我们的好奇心敞开。她那细细的眉毛。她那圆圆的眼睛。她那弯弯的嘴唇里藏着的温柔。她脖颈皮肤上那桃毛般纤细的绒毛。她的头发变得更加乌黑，柔顺。这飘逸的头发让人充满渴望，就像一片微型的森林，如果我们能变得跟蚊子一般大小，就能深入探险。我们渴望着那一个个即将被倾诉的秘密，因为她已经近在咫尺，她爱着我们。现在，我们近距离地欣赏着好几个月以来都只能远远仰慕的东西：耳朵上褶皱的皮肤；眼皮上微弱的反光；鼻子上的两个洞；脖颈光滑的皮肤，靠近肩膀的地方有些凹凸，不再是那么地细腻；还有肩胛骨勾勒出的轮廓。

"要脱掉她的衣服。"

"内裤也脱吗？"

"嗯，内裤也脱。"

她打了个寒战，突然，她的身体袒露出来。在她的双腿和双手间，我们感受到了那种过于脆弱的东西特有的温柔，就像必须小心呵护的玩具。对于她的躯干，我们却不知作何感受，仿佛有两种互相矛盾的思想在来回拉扯我们。她肩上的伤口已经不太明显了，在胸膛之下，小腹以上，有一个小洞。我们觉得它好美。

"好美啊。"我们赞叹道。玛丽娜的神态似乎很镇定，可这镇定仅仅持续了一秒。她把头向后仰去，眼睑低垂，突然绽放出一个迷人的笑容。

洋娃娃，有一回我上课时尿裤子了，被发现时我恨不得去死，不停地想：要是我立马死掉就好了。

好几分钟里，玛丽娜脸上的表情一直捉摸不定。眼睛鼻子嘴巴拧在一起，可看上去又毫无关联，必须死死盯住她，才能想起她很漂亮，我们喜欢她。变化是从皮肤开始的，最表层的皮肤。仿佛在那之上又添加了许多层皮肤，立马变厚不少。她脸上的光彩也很快消褪了。我们开始游戏，简直不敢相信自己的眼睛：她突然飘远了，但她又一直在这里，这种不可思议的场景只可能发生在小说和电影里。

洋娃娃，我有时会钻进被窝，不停地说：你

妈逼的！婊子！鸡巴！我操！妈的！

　　随后，她小心翼翼地闭上双眼，我们则注视着她的眼珠在眼皮下转动。那里之前还长着眼睛，如今却只有一层薄薄的、闭合的、静默的皮肤，困在眼皮下，看得见摸得着，我们用手一摸，它就一阵抽搐，皱起眉头，像是一个小小的夏天，那里面有一个太阳，也是小小的。我们总是喜欢小小的东西。

　　洋娃娃，有一次我梦到了魔鬼，它朝我走来，吃掉了我的双腿，我没腿了。

　　是啊，总是喜欢小小的东西。我们发现，娃娃的身体变得前所未有地小。越小，就显得越发可爱。因为小小的东西才能捧在掌心，才可以抚摸，移动，猜测它的作用，研究它的构造。有人拿起娃娃的手，用它拍打自己。这傻乎乎的玩法，洋娃娃也接受了，因为她是洋娃娃，洋娃娃必须接受一切。因为洋娃娃都干瘪而空洞，一言不发，身体像睡着的人一样沉重，还傻傻的。

　　洋娃娃，你刚来的时候，我好想变得跟你一样，总是偷看你。有一天，我走到你身边，想着：

我要是摸摸她的裙子，就能跟她一样了。然后我摸了摸你，可什么都没发生。

其实洋娃娃还有些抗拒，我们拿起她的手，正要拿它去拍打她的脸时，她稍微使了点劲儿，让那拍打不那么用力。打了好几下后，她睁开眼睛，坚定地说：

"我不玩了。"

"你不能说话，你是洋娃娃。"

洋娃娃仅仅复活了三秒钟，就又缩了回去，像是最终还是选择继续这个游戏，而其他的一切，我们到那时为止所做的一切，都只是开始。她又闭上了双眼。

洋娃娃，我有时候会说：我妈是个婊子，她抛弃了我。

当时究竟发生了什么？游戏突然变得诡异。仿佛其中有什么东西被打破了，一切都不再简单，无论是洋娃娃，还是我们。我们开始给她化妆，给她画了个大嘴巴，一对大眼睛。因为嘴就该是那样，鲜红鲜红的，眼睛就该是乌黑乌黑的。我们画得很用力，像被催眠般，笔头简直要扎进皮肤，嘴唇几乎要涂到腮边。我们吸进口红的气味，又甜又腻，洋娃娃似乎已经像夹心糖果一般汁水四射，那汁水是红色的，我们可以舔掉它。

洋娃娃，我打过你，其实我很怕，我不知道那是什么感觉。

我们开始互相推搡，似乎每个人都挡了别人的路，却不知道是为什么。仿佛所有人一下子全都饿了，仿佛午饭的时间到了，据说是煎奶酪里脊，于是每个人都急不可耐，竖起耳朵，攥紧双拳。一种强烈的感觉笼罩了整间屋子，笼罩了每一张床，每一个用彩笔写着我们名字的柜子。我们不知道该不该笑。我们很高兴，围成一个圈，开始绕着洋娃娃打转。

洋娃娃，我一直很害羞。

洋娃娃惊讶地看着我们，睁开了一只眼睛，右边的，只睁开了一条缝。她的双手还安放在膝盖上，等待着某种她并不知道是什么的东西。我们也不知道。我们越转越快，知道有东西即将像弹簧一样弹出，知道这圈会越转越快，越转越快，直到消失在空气中，而我们也会随之消失，一切都将消失。

　　洋娃娃，我弄折了你的胳膊和腿，把你跟毛毛虫埋在了一起。

　　是谁跳了出来？是我？是你？是谁穿过了干燥的空气，隔在快速旋转的我们和洋娃娃之间的空气？是谁第一个扑了上去？愤怒成了我们唯一的感觉。一只只胳膊、一双双小嘴间，全是唾沫和愤怒。是的，我们无法理解的、我们爱着的，粉嫩、平滑的指甲。肯定有人捂住了洋娃娃的嘴巴，不让她叫出声来。是我？是你？肯定有人把她推了下来，因为现在我们都在地板上，压着她。肯定有人缚住了她，所以她现在不蹬腿了，乖乖地待在那里，比任何一个洋娃娃都安静，安静得让我们忘了呼吸。

　　洋娃娃，我哭了好多天，我想你。

　　我们就这样跟她玩了一整个晚上，她一动不动。

　　然后，我们围着她坐下，满怀感激与欢喜，一个个慢慢吻过她的双唇，仿佛要把她吃掉。

致 谢

　　如果十年前，阿尔瓦罗·蓬沃没有用他那独一无二的激情为我朗读里尔克的《安魂曲——祭亡童》，这本书恐怕永远都不会诞生。尽管篇幅短小，却颇费脑筋，几经修改。我要感谢各位慷慨的亲友，对于我小心翼翼尝试写下的这本小书，他们提出了宝贵的意见，多次耐心地修改并为我答疑解惑，这本书也是他们努力的结果。在此，我要感谢：

　　维罗妮卡·贝略、莫妮卡·卡瓦列罗、莫德斯托·卡尔德隆、佩德罗·卡萨多、梅赛德斯·塞布里安、拉法埃尔·齐尔贝斯、马科斯·吉拉特、米格尔·戈尼、何塞·阿玛德、洛尔德斯·埃尔南德斯、豪尔赫·埃拉尔德、莱蒂西亚·德·弗鲁托斯、玛尔塔·伊格莱西亚斯、爱德华多·洛斯塔沃、拉法埃尔·利亚诺、狄安娜·马丁内斯（感谢她帮我起了书名）、费利佩·马丁内斯、哈维尔·蒙特斯、托马斯·穆尼奥斯、玛尔塔·帕斯托、阿尔韦托·皮纳、巴勃罗·托雷斯、巴伦蒂娜·博尔帕托。

La
recta
intencion

正 当 意 图

刘润秋 _ 译

以此纪念玛赛拉·马丁内斯荣耀的一生

献给她的家人阿尔韦托、

玛尔塔及费利佩，是他们使我学会了谅解

献给贾森·V.斯通

"我内中有苦难吗，父？"

"不少，我的孩子；它们为数众多、丑恶可怖。"

"我对它们一无所知，父。"

"我的孩子，这种无知便是第一种苦难。"

———《赫耳墨斯秘籍》[1]

1　译文引用自肖霄译《赫耳墨斯秘籍》，华东师范大学出版社 2019 年 7 月版。

血 缘

突然，她察觉到了午后的寂静，就在一刹那间，仿佛有人将寂静倾泻在了起居室的中央，倾泻在了妈妈的照片上，照片上的她一头卷发，不太像二十岁的样子，倾泻在她和曼努埃尔的东西上，倾泻在孩子们身上。那张照片是妈妈一个多月前自尊心受伤后留下来的，因为她喜欢那张照片，但最主要的原因是她很生气起居室里连一张她的照片都没有，却有一张曼努埃尔母亲的。现在她的相片就挂在那儿，优雅，滑稽，不协调，跟每件家具都格格不入，极其醒目，那么地"妈妈"。

刚刚在电话中听到的那些话，以及电话那端女仆受惊的声音（带着明显的南美腔，或许有些夸张），使她变成了那个样子，同时还有一点愧疚，因为自己没有像往常那样马上拿起背包，冲向医院。女仆说，一向固执的夫人洗澡的时候滑倒了，女仆还说，尽管她一开始就听到了撞击声和呻吟声，然而直到救护车来了，人们砸开浴室门锁，夫人才得到了应有的救治。现在夫人在医院。

她又耽搁了一会儿才出门，像是被什么东西绊住了，或许就是妈妈本人，相框中二十岁的妈妈在黑白照片里看着她，带着标准的微笑，侧着身。摆成这个姿势，笑一个。事实恰恰相反，实际上是妈妈明确告诉摄影师她想怎么拍以及不想怎么拍的，因为那是她要在相恋一周年时送给爸爸的照片（对爸爸的印象总是停留在那个简直都算不上回忆的关于他的葬礼的记忆上），那是战后的年月，没钱做奢侈的事情。

可是，那个下午一定发生了什么事。她担心的不是妈妈会像上次一样无缘无故地逼着曼努埃尔和孩子们去看她，逼着安东尼奥和路易莎去看她，甚至逼着玛丽亚·费尔南达从瓦伦西亚赶去看她，可能只是为了让他们看看那一大片淤青，并借此要求应有的关注，而是突然间觉得妈妈身上肯定发生了什么事。妈妈那千变万化又独一无二的脸上，有某种东西又一次地出现在了那里，忽而权威感十足，忽而又没了权威，就像起居室里正对着她的那张照片，就像橱窗玻璃后面收藏的扇子。

她在医院门口报了妈妈的名字，得知妈妈已经做过急救了，这让她倍感愧疚。电梯前有人在等，于是她从楼梯跑了上去。

"你怎么样？"她打开门，看到妈妈躺在床上，身旁站着一位医生，似乎正等着妈妈把体温计递给他。

"你来啦。"妈妈可怜兮兮地回应道，然后指了指医生，希望他能给出更权威的回答。

"您母亲胯部有两处骨折。断面很干净，但是接合起来会比较困难。"

"难点在于我的退行性骨关节炎对吧，医生？"

"对，上年纪了。"

那场简短的对话完全是妈妈的风格，或者说，至少很大一部分是。他们在她的护腰外面披了一件难看的天蓝色长袍。房间里的光线昏暗，显得她的黑眼圈更深了，几近紫色，毛细血管清晰可见，就像长在皮肤下面的古怪苔藓。她双手摊开，掌心朝上，脸色苍白，活像一具被钉在十字架上的尸体。

"你给玛丽亚·费尔南达打电话说明我的情况了吗？"

"没，还没打。你疼不疼？"

"就像在被狗咬。"

"好吧。"

"还有安东尼奥，也要打给安东尼奥。"

医生悄无声息地走了，像一个白色的幽灵，保证说一会儿再过来。妈妈的衣服，从浴室里被抬出来时半裹着的长袍，装在扶手椅上的一个塑料袋里。

"孩子，我这辈子没干别的，净倒霉了。"她说着，开始抽泣。

"要是你让那姑娘帮你洗......"

"那姑娘就是个无赖，小偷。我想让你把她辞了，再给我找个新的。"

"你总是这么说，但是根本没有人偷过你的东西，要说你的胸针的话，一周内它肯定会在你最想不到的地方出现。"

"她的房间就是一个猪窝。"

"反正房子是干净的，她自己的房间怎么样又碍着你什么事了？"

"她整天往委内瑞拉打电话。"

"你可以不让她打……"

这场对话，与其说是在聊那个姑娘，倒不如说是为了确保话题不会回到她的疼痛上来。与此同时，她取出袋子里的长袍，石榴红色的长袍上绣着黄色的 M. A. A.，玛丽亚·安东尼娅·阿隆索，"阿隆索装裱厂"还在的时候，工人们总是称呼她为玛丽亚·安东尼娅·阿隆索夫人，华金也这样称呼她，就连不想继续上学开始在工厂工作的安东尼奥也必须这样称呼她。

现在那件长袍看起来比妈妈本人更像妈妈，或者说至少看起来更寻常，不那么悲伤。让她心烦的不是衰老，而是妈妈的衰老，或者说，是害怕自己老了之后也变成妈妈那样。她有些愧疚地想着，她宁愿在变成妈妈那样之前就死去。离开医院去买一些必需品（牙刷，药片，好一点的毛巾）的时候，她倍感轻松地呼吸着街道上清冷的空气。她打了一辆出租车，在回家路上，她想起了六年前曼努埃尔母亲的死。医院使她想起了自己的婆婆。每次去医院，她都会想起那些事：在毕尔巴鄂的最后一周，她寸步不离地守在床边，不停地亲吻婆婆，一直抓着她的手不放。气味并没有什么不同，千篇一律的房间也没有什么不一样，然而她在做那些事情的时候却觉得毫不费力，就像在做一件理所当然的事情一样。

而那个下午则恰恰相反，离开病房之前，妈妈让她亲自己一下的时候，她几乎是无动于衷地亲了妈妈一下，几乎带着勉强。这并不公平，因为在那个年纪胯骨骨折的确是一件严重的事情。到家再给他们打电话吧，这样最好，她能很容易地打通电话，因为那天是星期六，还是下午。一周下来，安东尼奥已经筋疲力尽，懒得出门；而玛丽亚·费尔南达，据妈妈说，她感冒了。

跟安东尼奥用不着拐弯抹角。上一个圣诞节

他跟妈妈之间的冲突造成的芥蒂还在，他只是问了一下妈妈的情况，跟她要了医院的病房号。

"你会去看她吗？"

"嗯，明天去。"

"她不太好。"她说，宁愿相信自己是有意识这样说的，然而事实并非如此。那几个字，只不过是在试图避免一场或许是最艰难的告别，同时，那句话也打开了一种她不敢细想的可能性。妈妈当然不太好，一个那个年纪的人摔坏了胯骨当然不会好到哪儿去，然而这并不是她说出那句话的目的所在，这更像是他们这些受害者之间的一个无言的约定，而他们之间那种微妙的默契更是增添了愧疚的意味。

"我明天去，肯定去。"安东尼奥说，随后他们挂断了电话。

电话响了至少七声，玛丽亚·费尔南达才接了起来，声音中明显带着感冒造成的疲倦。

"妈妈的胯骨摔断了，"没等对方开口，她便脱口而出，"洗澡的时候摔倒了。"

"救助及时吗？"

"迟了，因为她把自己反锁在里面，他们只能先把锁撬开。"

"说真的，我真不知道我们花钱给妈妈请那个姑娘是为了什么，她本该在浴室帮她的。"玛丽亚·费尔南达愤慨地说，声音里的虚弱不见了。

"是妈妈不让人帮的。"她回答，意识到自己几乎都不了解具体发生了什么，就已经开始维护起那个姑娘来了。

"妈妈已经过了有能力说要什么不要什么的年纪了，现在轮到别人来告诉她该做什么了，就这样。"

"你什么意思？怪到我头上，还是怎样？"

"我是想说你应该多上点儿心。"

"你人在瓦伦西亚，说这些话当然容易。"

"好了，我们不要又开始这样了。"玛丽亚·费尔南达沉默了一小会儿，好像还是想继续那千篇一律的对话。两个人都意识到，即便是在那样的时刻，她们还是免不了把妈妈撂在一边，开始争吵。

那场谈话有点奇怪。她更习惯在自己家里给玛丽亚·费尔南达打电话，坐在起居室，关着门，而现在她是在妈妈家里给她打电话，这使对话有了一些旧时争吵的意味，有了一些年轻时的愤怒和绝望。在她对面有一个巨大的银相框，相框里有一张她一直想毁掉的大幅照片：她们两个穿着泳衣，玛丽亚·费尔南达穿的是比基尼，她的不是，二十岁的她们在加的斯的沙滩上笑着。更确切地说，是玛丽亚·费尔南达笑着，而她则带着一脸假装出来的微笑注视着她。照片脸，她想，就是曼努埃尔说的那种只要有人拿相机对着她，她就会摆出来的脸。那张照片使她猛然回想起那些年里她对玛丽亚·费尔南达的依赖，她还以为自己早就忘记了。虽然她是老大，但比她小一岁半的玛丽亚·费尔南达却总是那个给她解释各种事情的人，那个外向的人，那个经常打电话的人。不跟她在一起的时候，她就会感觉好一些，只要在她身旁，哪怕她已经认识了曼努埃尔并在两年后结了婚，都还是会无可救药地变成照片中那个无知的傻瓜，害羞又好骗。

就像是在玩一场游戏，就像是在表演悲喜剧，那些年里，她几乎是自然而然地选择了一个负责任的姐姐的角色。她因为妹妹和那个索蒙特斯的小伙子上了床而勃然大怒，不是这件事本身让她生气（她自己也差点儿跟曼努埃尔上床），而是好姐姐这个角色要求她表现出生气的样子，还自欺欺人地相信这种怒气是真心的。想到别人的性爱总会让她感到不舒服，玛丽亚·费尔南达的也不例外。如果非要说这是谁的错的话，那便是妈妈了，她想。一个太过漂亮的寡妇，一个太过大胆地在那些年里撑起了一家工厂的发展的女人，以至于她每每想起，都觉得那个人不是妈妈，而是玛丽亚·安东尼娅·阿隆索夫人。华金，如果说这个人还有些存在的必要的话，那也只不过是一个傀儡，一个奢求得到尊重的木偶，又或许算得上是妈妈最好的作品。这么想或许有点阴谋论了，但对于妈妈来说，还有什么比在爸爸死后，随便找一个刚从乡下来的文盲来当工厂经理更好的办法呢？难道这不就是为了让明眼人清楚地认识到实际上是妈妈在继续掌管着这一切吗？难道这不就是在宣告连爸爸都是可以被替代的吗？在最初的几年里，妈妈对华金的屈就中带着一种倨傲和蔑视，就像那些古罗马皇帝的女人们一样，可以在奴隶们面前毫无羞耻地脱光衣服，因为她们甚至都不把他们当男人看。电话里玛丽亚·费尔南达的沉默也带着这种倨傲和蔑视，似乎是智力上的优越感要求她去扼杀一场毫无必要的争吵。

"你今晚会留在她那儿，是吧？"

"是。"她答道，带着一丝迟疑。

"你根本没打算留下。"玛丽亚·费尔南达说。

"什么？"

"我要是不提，你没准儿就不去了。"

"不是，现在不是你提不提的问题……而是妈妈根本不像你想的那么需要我留在那儿，她的状态还不算太糟糕。"

"妈妈摔断了胯骨，你却说她的状态不算太糟糕，你觉得怎么样才算糟糕？"

交谈又持续了一会儿，挂断电话之前，她们因为语气不友善向彼此说了对不起，就像她们在争吵之后常常会做的那样，但这既弥补不了什么，也解决不了任何问题，这只是被妈妈精心调教出来的女孩们下意识的举动。虽然她很不安，但她还是会承认：她们俩这个样子，谁都不占理，占不占理都没那么重要了。但是这一次，跟上次在圣诞节见面时一样，跟妹妹之间还是无法进行正常的交谈，这使她更加确信在妈妈出院前的这几周时间里，她们两个都会非常难熬。

跟曼努埃尔的交谈就像是在决战之前放任自己喘口气。她向他讲述了妈妈的状态，讲述了和弟弟妹妹的对话，每一个细节都描述到了，仿佛这是获得安慰的唯一途径。他主动提出去医院陪她过夜，但她说不用，让他留在家里带孩子。

"我们可以叫个保姆，这不是问题。"

"不用，留在家里吧，我更希望你在家。"

很奇怪，她把所有的事都告诉曼努埃尔了，但又好像其实什么都没说一样，当他问她感觉怎么样而不是问她妈妈怎么样的时候，她意识到了这一点，可她却不知道该如何回答。

"我不知道。"她说。

"但是你很紧张？"他问。

"我不知道，我都不知道我感觉怎么样。"

"她睡着了你就回来吧。"

她回到医院时，妈妈正不安地等待着。

"给他们打电话了？"

"嗯。"

"安东尼奥怎么说？"

"说他明天来。"

"他今天有事？"

"不知道。"

接下来是短暂的沉默。妈妈似乎想要打开一个新的空间，把接下来要说的话包围起来。

"你知道今天是什么日子吧？"

"不知道。"她回答道，然而就在说出"不知道"的那一刻，她知道了今天是什么日子，想必妈妈也通过她的神情意识到了这一点，因为她没继续解释。

"上帝真会开玩笑。"妈妈终于又说了一句，似乎想用这句话来结束对那件事情的讨论，再一次做回那个真正的玛丽亚·安东尼娅·阿隆索夫人，近年来，岁月为她戴上了一副截然不同的面具，颇具欺骗性，可是短短几秒钟之后，沉默便被打破了，随之而来的是一阵半真半假的哭泣。这绝非偶然。

"十年了？"

"九年。"妈妈说，随后两个人都沉默了，像是收到了某项指令。

几乎是分毫不差，正好九年。也是在晚上，也是在这个时间，工厂着了火。几乎整晚的事她全都记得，不同于其他记忆的是，那些场景仿佛彻底凝固了，尤其是查看完灾后的阿隆索装裱厂后，妈妈、安东尼奥和华金在妈妈家客厅里的那场争吵。华金说，这显然不是一场意外，都怪安东尼奥，他一贯的做事方式——恐吓欠债的人，呵斥员工——得罪了不少人。而她，去妈妈家本来是为了看看能不能帮上什么忙，却发现自己显得那么格格不入。当时妈妈还没有哭，或许再迟一些会哭，但那一刻她还保持着完美的法官形象。安东尼奥当时二十二岁，除了历数证据反驳华金的说法来为自己辩护之外，便只会谩骂他了。妈妈一直看着他们，但又好像根本没有看他们。她从座位上起身，走到安东尼奥面前，给了他一记响亮的耳光。

"回家去，孩子。"她随即说道，言语中没有一丝一毫的怒意，仿佛那记耳光只是一个铁面无私之举，而让安东尼奥回家则是唯一可行的事情。

后来，她也许会想，妈妈对待所有跟她朝夕相处的人都是一个态度，就好像他们根本不在那儿似的，几乎都看不见，直到突然发生了一次意外，他们才被赋予了真实的重量与本质。就是这样，在那之前安东尼奥就好像根本不存在，直到妈妈的那记耳光赋予他一个不容忽视的实体。让他感到自尊心受伤的，与其说是妈妈，不如说是妈妈对华金的偏袒，但更让他感到绝望和恐惧的是，厂子被烧了以后，他不但没了工作，光靠中学学历也没法找到别的活儿干。所有的一切，而不只是第一次差点儿在大庭广众之下哭出来的画面，赋予了安东尼奥气味和分量，而在那之前，对她来说，他都只是小安东尼奥，家里最小的那个，将近十岁的年龄差使得他们之间的交流几近不可能，仅限于一些无聊的家常。

但事情并未就此结束。安东尼奥缓缓地离开了，没有任何愤怒的表现，但这种反常的行为却让人觉得，他的身上裂开了一道怨恨的伤口，永远都无法愈合。房间里只剩下妈妈、华金和她。除了华金没完没了地奉承妈妈的决断有多么英明，屋子里一片寂静，这似乎有助于妈妈想清楚下一步该怎么办。

"您站起来，华金。"妈妈终于说道，这也显得有些奇怪，因为他们之间一向以"你"相称。

她给华金的那记耳光，那么出人意料，甚至有些荒谬，他只来得及做出一种孩童本能般的反应来徒劳地保护自己。

"这是您最后一次这样说我的儿子。"

华金离开了妈妈的家，又变回了第一次来到工厂时的那个人，要不是妈妈，他就是一个不知道会死在哪儿的乡巴佬罢了。可笑的是，此刻，灰色的套装、呛人的古龙水、抹了发蜡的背头都让他变得比以往任何时候都更像他本该是的那个人，那个他似乎从来不曾停止过是的人。

那一刻她觉得，要不是华金走了，妈妈可能永远都不会察觉到她的存在。妈妈重新坐回扶手椅，面无表情地看着她，仿佛已经放弃了伪装。

这时，妈妈令她感到了害怕，一种经年累月习以为常的害怕，这种感觉太熟悉了，简直不像是害怕，而是一种说来有些奇怪的感觉：同情。她离开家已经几年了，也结了婚，有了一份不错的工作，受人尊敬，但还是不知道该拿这种对自己母亲的同情怎么办。一个在别人看来自然而然的举动，对她来说却很奇怪，让她感到无所适从。这在曼努埃尔家不是件难事。如果在曼努埃尔家不是件难事，那就意味着这事本来就不难。靠近妈妈，拥抱妈妈，那个晚上，这样一个念头犹如一叶刀片，迅疾而痛楚地从她的大脑中闪过。

"你在这儿干什么呢？"妈妈突然问。

她不知道该如何确切地形容自己对那句话的反应。就好像妈妈也扇了她一记耳光。她先是觉得自己很可笑，然后咬紧牙关，以免被人察觉。从房子里出来时，她差一点再次打开房门，对妈妈大喊她很高兴那个该死的厂子烧掉了。在电梯里她哭了。不是因为痛苦。也不是因为愤怒。

忽然间，一切都变得缓慢而荒诞。妈妈安静

地躺在医院床上的画面和起居室里那张卷发照片融为了一体，由此，变得不再真实。其实她并不喜欢玛丽亚·费尔南达。同情安东尼奥也不过是因为他的运气差，她轻视他，却并非出于恶意；她害怕他，就像害怕一条生性凶猛的恶犬。就连曼努埃尔也没能逃开这种缓慢，一下子变得怪诞起来。没有明显的演变过程，也没有符合逻辑的理由，他的温柔变成了一种柔软的烦忧，使她感到窒息，就像孩子们一样，不是他们本身，而是他们的形象，他们的概念，他们意味着的责任。

她想起上次见到玛丽亚·费尔南达是圣诞节那天，在妈妈家的厨房，她们凑到一起，乐此不疲地聊着谁长胖得更多，发现自己更瘦一些让她觉得开心。安东尼奥和路易莎在起居室里，一言不发地看着电视机里的圣诞节目，等着晚饭。所有的一切，不管是记忆还是现实，都变成了妈妈。现在她已经没法不去恨她了。就好像在此刻，在今天，而不是别的什么日子，她拥有了比其他任何时候都要多的理由去恨她，无法补救，也不可能原谅，这种把一切都变得荒诞的缓慢全是她造成的；就好像那层包裹愤怒的薄膜已经破裂，但不是以爆裂的方式，而是缓慢无声流淌着的轻蔑。

"我这辈子没干别的，净倒霉了，孩子。"妈妈说，这句话令她当即站起了身，似乎已经在不知不觉中到达了忍耐的极限。她径直朝门走去。

"你去哪儿？"

"马上回来。"

"你去哪儿？"

她关门时一点声音都没弄出来，跑下楼梯向大街奔去时也是如此。凌晨 1 点 30 分，出租车停在了她家门口。她上了电梯，喉咙里打着结，像是想哭或者想说出一个难以启齿的秘密。孩子们睡着了。她走进卧室时，曼努埃尔问道："你怎么样？"但她没有回答。

"你还好吗？"

在他身边躺下，她闻到一股淡淡的牙膏味。

"你还好吗？"

在曼努埃尔身边，她觉得自己很丑陋，某种黑暗的东西很享受这种丑陋。她把手伸向他的腿间，开始抚弄，直到他兴奋起来。

"你怎么了？"

她俯身趴在他身上，没有看他的脸，渴望自我伤害，试图自我伤害，似乎在绝望地寻求某种惩罚。曼努埃尔并没有轻易就范。他先是问她为什么要这样做，然后抽身而出，像是从自身的快感中抽离。他定定地看着她，用手拂去她脸上的发丝。他们没有再说话。他在她的身体里沉沦，却并不懂她，在一片沉寂中，更显悲伤。

也是在这片沉寂中：

等在医院的妈妈。

玛丽亚·费尔南达。

说明天去看妈妈时一定会很煎熬的安东尼奥。

睡在隔壁房间的孩子们。

她本想伤害自己，结果却伤害了曼努埃尔。此时他的睡裤褪至膝盖，有着一种异样的美感。他放弃了继续探究的打算，至少不是在此刻。他想掉转在床上的位置，采取一种更常用的姿势，但是她阻止了他，虽然不清楚缘由，但她确信自己想要快点结束这场荒唐，她沉入其中，而曼努埃尔则一动不动地接受了，直到一种短暂的满足感从仿佛很远的地方抵达，喉咙里有一种金属质感的干涩，分开的时候，曼努埃尔的勃起带来的熟悉的美妙感觉，以及单纯的性快感，都使她觉得比以往更为满足。那将她的头发别到耳后，并驻留下来抚摸她的脸颊，触摸她的呼吸的，是曼努埃尔的双手。

"告诉我，发生了什么？"

她从气味开始讲起，从记忆里阿隆索装裱厂锯木女工身旁那堆积如山的锯末中升腾起来的新抛光的木头味道开始讲起。玛丽亚·费尔南达一定会觉得她这样回答曼努埃尔的问题很可笑，但那一刻，除了这个，她确实找不到其他更合适的方式了。不止是气味。她记得妈妈不在的时候，自己会跪在其中的一个锯末堆上，将双手埋在里面，就像是伸进了某种恒温动物的内脏里。那个时候她应该还不到十岁，但直到现在，她仍旧记得木头那潮湿的香气，有点甜丝丝的，华金就在她身边，像一只训练有素的猛兽般照看着她，几乎是带着畏惧，从来不敢因为任何事情指责她。她继续坦率地看着曼努埃尔，逐渐意识到，承认这些，便等于试图反对自己，便等于承认了她不但从未痛恨过那家工厂，实际上，那里反倒有一些她曾全心全意爱护过的东西。如果说那个下午有多么奇怪，多么荒谬，那也是因为，她内心深处的想法是恰恰相反的，那个下午是那么明晰，那么有意义。承认自己爱过那家工厂，就相当于承认自己爱过妈妈，不是此刻那个摔断了胯骨，躺在医院病床上的女人，而是玛丽亚·安东尼娅·阿隆索夫人，那个带着强大的雌威，沉默地穿行在锯木女工间的女人，身边跟着华金，犹如一条巨型猎犬。或许她并没有爱过妈妈，但的确曾被她的权力吸引过，在整个青春期，玛丽亚·费尔南达自然而然地对她施加的也正是这种权力。

妈妈和玛丽亚·费尔南达的脸都是那么地可怕。现在，她向曼努埃尔讲述着这一切，也使她产生了一种奇怪的感觉，仿佛已经找到一个恰如其分的词来形容她惯有的那种情绪，找到之后，她意识到整个现实仿佛有了不同的意义。

"九年前的今天，厂子烧了。"她说。曼努埃尔的嘴唇翕动着，脸上带着一种无意识的、浅浅的笑意。

"天哪。"他回应道。

"我都没意识到，还是妈妈在医院跟我说的。"

"她怎么样？"

"不好。"

"你弟弟怎么说？"

"说明天去看她。"

"我觉得你也应该去。"

"嗯。"

说出这个"嗯"字，听从曼努埃尔明智的建议，与此同时她很清楚做这个决定的其实是她自己，她突然感受到一种如此简单、如此寻常的美好，这使得她想伪装出更多的痛苦，好让交谈能够一直持续到深夜。

"你还要回医院吗？"

"不知道。你觉得我该回吗？"

"我觉得你应该先休息一下。"

"嗯。"她回应道。看到曼努埃尔露出一副疲愈的神情，她补充道，"你说得对。"

隔壁的房间传来一声孩子的咳嗽。

她走进医院病房，走廊里传来一股呛人的气味，介于消毒药水与汗臭味之间，她觉得胃更痛了。妈妈醒着。

"我整夜都没睡。"妈妈马上说道，责怪她昨晚没有留下来。她没有立刻回答。

"吃早饭了吗？"最终她问道。

"别转移话题，别把我当成傻子，我在跟你说我昨晚一整夜都没睡。我是你妈。"妈妈的话明显前言不搭后语，混乱得就像有人想把自己整夜的胡思乱想塞进一句话里，"每个人都爱自己的妈妈。难道你的孩子不爱你？"

妈妈的眉头紧皱，这表示疼痛加重了，完全不同于到她家跟曼努埃尔或孩子们抱怨时装出来的那种，妈妈似乎深信，同情必定能带来爱。

"不，他们爱我。"

"这不就得了。你从来没跟我说过这个，从来没跟我说过'妈妈，我爱你'。"

这确实很"妈妈",或者说,这是妈妈最可笑的一面。妈妈从未像现在这样像她本人,受伤的表情使她显得更加瘦削,黑眼圈后面是一张无助的面孔,那张面孔曾经拥有那么高贵、那么坚忍的美丽。那份做作并不全是假装出来的,而是她虚弱和缺乏情绪能力的典型表现。她要求爱,要是她觉得自己没得到,便会将要求变成命令,就像厂子还在的时候,她命令员工重新打磨相框时的那种命令。

即便如此,在妈妈那张千变万化又独一无二的面孔背后,有什么东西正在改变,或许早在那个晚上就已经改变了。就像装裱厂的火灾划分出了"之前"和"之后",妈妈这种每天都会上演的戏剧化反应,这次却有些不同寻常,仿佛也开启了某种"之后"。

妈妈不声不响地吃了早饭,整个过程相当艰难,因为戴着的护腰令她无法俯身。吃完早饭之后,妈妈问她安东尼奥说什么时候过来看她。

"我不知道几点,他跟我说是今天。"她回答道，几乎有点害怕妈妈会继续追问。

"他不会来的。"

"他跟我说他会来，真的。"

她突然觉得自己很可笑，就像一个小女孩，说谎被人发现后又重复了一千遍，坚称自己没有说谎。

"他不会来的。"

事实上，要是让她选的话，她也宁愿安东尼奥别来。自装裱厂着火以来，还没有哪件事像上个圣诞节那样，搞砸了所有人的关系，最终也没能缓解，徒留他们于一种紧张的状态中，并将大家分成了两派：安东尼奥和她是一派，仿佛是两人都察觉到了自己受害者的身份；妈妈和玛丽亚·费尔南达是另一派。虽然这一年并没有发生什么不同以往的事，但大家似乎都感受到了在其他人面前稳住阵脚的迫切需求，但这并没有解决任何问题，只是给他们在妈妈家享用圣诞晚餐的那几个小时增添了一种戏剧化的、近乎荒诞的虚假。在这场看似正常的聚会中，尽管没有明说，三个人还是在互相埋怨自己的不幸都是由对方造成的。在这场由妈妈主导的无声对抗中，曼努埃尔、孩子们、安东尼奥的妻子路易莎仿佛变成了纯粹的路人。像往年一样，这场对抗也将这样结束，用过甜品后，大家站起身来，到进门处的耶稣降生像旁齐唱圣诞颂歌，如果不是安东尼奥把杯子砸向了桌角，他们很可能又会像之前任何一个圣诞节一样，带着挫败感离开。

"我们来唱圣诞颂歌吧。"妈妈说。安东尼奥突然摔碎了杯子。后来她尽力掩饰，把这次事件伪装成意外，可是她的伪装就像圣诞颂歌里的欢乐一样，突然有些令人厌恶。

从那以后安东尼奥和妈妈再也没有说过话。现在，他马上就要来了，圣诞节那天的紧张气氛又回来了。她建议打开电视，只是想打破沉默，也为了让妈妈停止抱怨，但后来她后悔了，因为妈妈想看一档模拟法庭节目。一个宣称自己两度心梗的男人起诉一家烟草公司，他坚称当初染上烟瘾时，烟盒上没有任何提示说抽烟会加大这类风险。

"您发现早期症状时去咨询过您的医生，"检察官说，"这份报告显示，他强烈建议您戒烟……"

安东尼奥出现在门口，脸上带着一种不得不去做某件违背自身意愿的事情时的严肃表情，他一个人，没带路易莎，这无疑会使事情变得容易些。这时她想，他们的见面就像是提前规划好的会面一样，玛丽亚·费尔南达不在场，妈妈的神情中有一丝不易察觉的无助。

"可我已经染上烟瘾了，你们要负责……"电视里男人的声音颤抖着，摄像师感觉到他可能会掉眼泪，给了他一个特写，"……对我的死负责，对成千上万像我一样的男男女女的死负责……"

妈妈已经没在看电视了，可是安东尼奥还在看，就好像即使在那种情形下，他似乎还在试图逃离妈妈。

"过来，儿子。"

安东尼奥动作急促，撞到了挂在门上的笔记簿，上面有医生写的关于饮食的注意事项，笔记簿有节奏地晃着，叮叮作响，让人心烦得很。

"近一点儿。"

街上应该很冷，因为安东尼奥的耳朵和鼻子都有点发红。

"难道酿酒厂要对司机酒驾导致的交通事故中的伤亡负责吗？"检察官一边将平自己的领带，一边说道，"谨慎、负责地使用产品难道不应该是消费者的责任吗？"

尽管已经三十九岁了，然而站在妈妈面前，此刻的他就像一个只有十五岁的孩子，一个刚打过架的莽撞孩童，找不到任何为自己辩解的理由，只能保持沉默。他慢慢地靠近，夹杂着怨恨与恐惧，那是一种自从装裱厂着火、妈妈在华金面前打了他一记耳光之后，她就再也没有在他身上看到过的怨恨与恐惧。

"如果让您去死，您会愿意吗？"电视上的男人说。

"我并不是希望您死，我只是在说您应该尽的责任……"

妈妈想要喝水。节目中的对话突然变得让人心烦。她迅速地起身去给妈妈找水喝，使得原本没那么明显的一件事情变得显而易见：她待在这儿也不太舒服。水取回来了，妈妈喝得很慢，一直盯着安东尼奥看。

"您知道什么是癌症吗？"电视上的男人摘掉帽子，化疗导致的秃头闪闪发光。观众们惊呆了，发出一声低低的"啊"。

"我觉得我们未免有点过激了。"

"我要死了，"男人说道，"你说这是过激？"

那个男人就要死了，虽然这很悲惨，很真实，但是节目中的对话仍然有一种戏剧化的虚假，使节目变得荒诞可笑。

"我要死了。"男人重复道。

"我们非得看这个烂节目吗？"安东尼奥粗鲁地问道，几乎是喊出来的，虽然他自己并没有意识到这一点。

"我可不觉得它烂，"妈妈说，"那个男的就要死了……"

然而使节目变得荒诞的并不是那个男人要死了，而是因为很明显，他在表演自己的死亡，就像妈妈在扮演一个康复中的病人一样，尽管她的痛苦是实实在在的。

"亲我一下，"妈妈说，"亲你妈妈一下。"

一种奇怪的表情凝固在了安东尼奥的脸上，

打破了此前的沉默所隐藏的一切。到了这种境地，妈妈清不清楚自己想要什么仿佛已经不重要了。安东尼奥走近妈妈，迅速地在妈妈的脸颊上亲了一下，好像这样便可以使他的不情愿显得不那么明显。

"你是爱我的，对不对，儿子？"

"当然，那又怎样？"

"你是爱我的，对不对？"

妈妈的问题又可悲，又强硬，哪怕是假装出来的，她也不能接受否定的回答。安东尼奥回的那句"当然"，只不过是他能找到的最得体、最快捷的逃离方式。他们又在一起待了会儿，直到医生突然来访，一切都变得更容易了，他们又退回到装模作样互相关心的地带。安东尼奥走了，用一个带着明显报复意味的借口：有工作要做。可是那天是星期天，妈妈对此不置一词，却理所当然地认为她第二天会请假不去上班。

"你明天上午过来的时候，先去趟家里，帮我再拿一件长袍，绿色那件。"

"妈妈，我明天要上班。"

"那就跟他们请一天假。总得有人在这儿陪我，不是吗？"

电视里，法官宣布烟草公司有罪。观众热烈地鼓起掌来。

她也不知道自己到底是在怕什么，但就是不想一个人待着。也许是因为无论如何，她都没办法不站在安东尼奥这一边，而同时又让她感到羞愧。安东尼奥也并不是全都占理。实际上，谁都不占理。当她回到家里，曼努埃尔问她下午怎么样的时候，她想，无论她怎样竭尽全力去描述妈妈说的那些话和安东尼奥的反应，曼努埃尔也不可能全部理解。实际上，那一切距离现在都太遥远了，尘封了太多年，现在，要在短时间内用几句话就解释明白是不太可能的。既解释不清，也解决不了。这一切。事关她跟妈妈，跟玛丽亚·费尔南达，或者跟安东尼奥之间的关系，无法描述，无法改变，亦无法解决，就像一张石网，出现在了她的面前，上面的恨与怨已经不再是实实在在的恨与怨，而是一个一个无法调和的人形，已经放弃去了解彼此了，如果说，他们也曾这样尝试过的话。因此，认识曼努埃尔一家人的时候，她一直有种不真实的感觉，认为他们的爱也是假的，只不过是比她家伪装得更好而已。后来，她发现这份爱的的确确是真的，这也使她再次以一种微妙的方式跟妈妈对立起来，因为同样是妈妈，曼努埃尔的母亲仅仅用自己的存在便造就了一家人的相亲相爱，而自己的妈妈却只是一手造就了隔阂与嫉妒。

她对曼努埃尔母亲的爱带有某种渴望，类似于一个孤女竭力取悦自己的养父母，甚至到了一种可笑的地步。每次想起她（尽管她已经去世了），回忆起她那无声的善意与谦卑，都会让她有一种舒适得想哭的冲动。但是，她并不能欺骗自己，尽管她竭尽全力地想把自己的家庭变成像曼努埃尔的家庭一样，最终妈妈的阴影总是会占据上风。他们住得很远，而自从工厂着火之后，妈妈便养成了在她家跟曼努埃尔和孩子们一起过周末的习惯。要是有机会责怪妈妈，她会对妈妈说：并不是她来自己家这件事让她烦恼，而是她做这件事的方式，一点不知道心怀感恩，总是带着一种屈尊降贵的感觉，就像这是别人理所当然的义务。她不再与妈妈吵架，因为每次吵架，她都觉得是在虐待妈妈，也害怕曼努埃尔意识到自己原来是个神经质。妈妈总是能让人觉得自己有理，而她呢，紧张使她行事粗鲁，因此每一次吵架，她都感觉自己是吵输了的那个人。她安慰自己，所有人都在默默地对抗生活，而她对付妈妈的方式便是：给她房子，给她家庭，却不给她爱。这就是为什么，从医院回来的那个晚上，她把妈妈摆在起居室的照片摘了下来，因为她突然再也无法忍受妈妈的卷发，她黑白照片里二十岁的样子，以及拍照时的标准微笑。然后，她打电话到办公室，说她第二天不能去上班了，她母亲病得很重，她得去照顾她。

照片中的玛丽亚·费尔南达总是同一副模样：同样的露齿而笑，同样闪着光泽的头发，以及一成不变的眼神。看着她在照片中一点一点地变化，就像在欣赏一间展现时光如何在一张不变的美丽容颜上流逝的艺术工作室，虽然结构没有变，但似乎每一秒钟都在发生着细微至极的磨损。有时候她会想，如果玛丽亚·费尔南达对自己的美貌不是那么自知的话，她也许会一直心甘情愿地认为做她的姐姐是一件很骄傲的事情，就像她其实也不介意做曼努埃尔的妻子，虽然这使她变成了配角。如果说她也曾嫉妒过，那也不是因为她的美貌，而是因为她的自信，因为她适应一切环境、一切对话的能力。很多时候，妹妹身上让她喜欢的地方，到了妈妈身上便会让她觉得讨厌，这一点是否前后矛盾，对她来说也不是那么重要了，就好像今天是周一，而她要请假来照顾妈妈，她也觉得无所谓了。安东尼奥还得过段时间才会再来医院；而玛丽亚·费尔南达，不管从瓦伦西亚打多少电话过来，都只会使妈妈变得更加神经质，让她继续抱怨病房不舒服而不是帮她接受这些，少给自己找点罪受。之后，她往曼努埃尔教课的学校打了一个电话，告知了下面几件事：

妈妈看上去更不好了。

医生提到了消化系统的并发症。

她喝了汤和酸奶。

没有安东尼奥的消息。

妈妈雇的那个女孩留了口信，说华金来过电话。

她努力向曼努埃尔描述着这些事情，尽可能清楚地向他解释，似乎只有这样才能解释清楚她那奇怪的反应，或者是在医院再次感到的恐惧，或者那种非常震惊的感觉，一直以来，她都觉得自己是妈妈的受害者，此时却发现，对于自己曾经以为的那一切，可能自己才是错得更厉害的那个人，可能妈妈并没有那么不关心她，她试图去深入自己怨恨的最深处，迫使自己从中提炼出能够证明妈妈不可原谅的具体证据。此刻，她发现，即使是在那些她最坚信错的是妈妈的时候，现在也有了一丝极其微弱的怀疑转向了她自己，将她变成了她从来都不想成为的样子：不公平，愤世嫉俗，妄下判断，不可理喻。妈妈的形象在渐渐变化（"这次的骨折可能会引起所有器官的逐步退化。"医生说。），为了她努力抗争的妈妈，（"我们已经观察到了一些反应"），即使说不上和蔼，至少也是通情达理的，（"其他器官已经出现损伤，不一定是骨折引起的"），更糟糕的是医生说这些话时的样子，是那种不排除病人会很快死去的可能性的严肃，把一个合乎逻辑但又绝对荒谬的事实摆在了她的面前：像所有人一样，妈妈也会在某一时刻死去。

她买了几本杂志，只是为了来掩饰自己的慌乱，尽可能地把它藏起来。不管怎么没话找话都能得到妈妈的积极回应，尽管如此，那个下午的对话显然还是有种刻意的痕迹，在其他任何时候，她都会称之为恐惧，现在却不知道该如何定义。

"安东尼奥长得像爸爸，是吧？"

她选了一个相对来说最容易的提问方式。而似乎一整天都很乐于参与这场有一搭没一搭的交谈的妈妈，不想再配合了（"有时候吧"），似乎更愿意相信来日方长，省下完整的答案日后再说（"但只是有时候而已"）。

谈论玛丽亚·费尔南达的时候有多容易，换

作安东尼奥或者爸爸时就有多难。对爸爸的印象总是停留在那个简直都算不上回忆的关于他的葬礼的记忆，以及挂在起居室和工厂办公室里的炭笔画像；谈起时也仅限于照本宣科地遗传给安东尼奥的扁平额头，以及一般无二的无能老实人的性情，因为每当她问起爸爸，妈妈的回答总是那么轻描淡写，更像是从某本风俗小说里抄来的，而非如其所是的忠实还原：一个多余的人。

因此，她没告诉妈妈华金来过电话。告诉她就等于承认妈妈又胜利了，这或许是工厂着火以来妈妈唯一看重的一场。火灾之后，华金来索要他的那份遣散费，而妈妈不但没同意，还抢先把他辞退了（这一举动表明妈妈从一开始就知道他以后一定会付出更大的代价），妈妈对他很失望，就像看着一个被宠坏的孩子那得意忘形的样子，虽然他最后还是拿到了那份钱，但那是在他试图利用阿隆索装裱厂的客户资源自己创业之后，以自己的声誉为代价。

妈妈做的唯一一件真正残忍的事，或者说唯一一件她也许会承认自己是故意去做的，就是等到华金把所有的钱都投进去之后才出手毁了他。仅仅是打了几个电话便做到了，又省力又巧妙，华金甚至都没弄明白自己为什么会破产。干净利落、准确无误，妈妈所做的完全是一桩教科书级别的完美犯罪，但是为了让这个胜利完美谢幕，还需要加上华金的忏悔，需要他像一只逃家的狗那样，卧回自己的脚边乞食。

不告诉妈妈华金来过电话也是她最后的坚守，表明她不肯轻易向这种突如其来的对妈妈的同情、这种妈妈尚未请求她便主动奉上的原谅屈服，即使她也承认一直以来妈妈对她的疏于关心并不一定都是有意的。

"可能不光是消化系统的并发症，也可能是全身性的。"医生的话开启了一片新的领域，语气与第一天下午截然不同：含蓄的"可能"与当初笃定的"会是一个缓慢的康复过程"。她什么都没有告诉妈妈，包括医生出的报告，这件事仿佛赋予了她某种特权，就像眼看着盲人自信地走向一堵墙，却什么都没做。

二十二年前，和她睡在同一个房间里的是玛丽亚·费尔南达。现在这个时候，想起这件事好像很荒谬，然而实际上也并没有那么荒谬，因为妈妈神情中的某种东西使她们从具体的情境中超脱出来，使她们两个的形象变得更加简明，更加具体。在她们床头的墙上，玛丽亚·费尔南达贴了一张柯克·道格拉斯扮演尤利西斯时的剧照，半裸着，穿着一条更像是破布的短裤，正要和一个块头比他大很多的人决斗，眼神不像是要和那个人决斗，而是要把他吃掉一般，她把它贴在那儿，是因为她超级喜欢柯克·道格拉斯，尤其是他那野性面庞上的美人沟，那个最后跟玛丽亚·费尔南达睡到一起的搞射击的索蒙特斯小伙子也有着这样一张脸，在她告诉她之后，她想象着妹妹在那个小伙子身上叉开双腿的样子，心中抑制不住地产生了一种对她的性行为的厌恶；她还想起照片中爸爸那张愚钝的脸，妈妈从来不会出现在旁边（"在这些状况下，无法预测老人的器官会出现什么样的反应。"医生说。），因为即使现在玛丽亚·费尔南达胖了一些，而妈妈消瘦了许多，皮肤泛出土咖色，从骨子里来看，两个人之间并没有太大的区别。如果说她害怕把曼努埃尔介绍给玛丽亚·费尔南达认识，那也不仅仅是因为自己不自信，还因为担心他会被她的性感所吸引。妈妈允许妹妹穿各种各样的裙子，但是几乎从来不让她穿，还会找一个乏力的借口，妈妈会说，穿裙子也得讲究"方式方法"，玛丽亚·费尔南达穿着就很自然，到了她身上就像要出去站街一样（"一个妓女，你看上去就这样"），而这，带着妈妈从工厂回来时有时候会带上的粗鲁语气，最终总能说服她。曼努埃尔不但没有臣服在玛丽亚·费尔南达的石榴裙下，甚至连注意都没注意到她，一个男人最终选择了她，这似乎是自己对妹妹的第一场也是最精彩的一场胜利。后来，他们用了好长时间才找到属于两个人的私密空间，但是，从她不再会被曼努埃尔的性欲吓到的那一刻起，这对她来说就不怎么重要了。时间晚了不要紧，但是一定要在一个僻静的地方，两个人待在车里，她感觉到他的手擦着敞开的衬衣纽扣搭在了她的胸前（"确实，这种恶化可能也跟关节炎有关系。"

医生说。），曼努埃尔的手要么一动不动，要么会用手指掀开她的胸罩。衬衣已经开到不能再开，但是她还是不愿意脱光，无疑，这种穿着衣服的性事是最让人舒服的，它能把曼努埃尔的裤子弄湿，使他露出笑容，还要摇下车窗以清除水汽。没错，肯定比玛丽亚·费尔南达跟那个索蒙特斯射击冠军之间的性事要更舒服，他射击的时候跟柯克·道格拉斯一模一样，同样的野性面庞，同样的美人沟，被玛丽亚·费尔南达抛弃之后，他不停地往家里打电话，就像一只羔羊，一只猎犬，就像工厂还在时每个周日走进饭厅的华金，嘴里说着"玛丽亚·安东尼娅，晚点咱们得处理一下锯子承包商的事"，换回一句"过会儿吧，华金"，他慢慢地喝着酒，心满意足，仿佛只想显示他能与妈妈平等相称，不是现在这个因为胯部刺痛而辗转反侧的女人（"我这辈子没干别的，净倒霉了"），而是那个其实在九年前厂子着火时便已经死去的玛丽亚·安东尼娅·阿隆索夫人，从那以后，在她的骨子里，剩下的便只有另外一个默默渴望知道所有人的所有事，渴望控制所有人的女人。

趁着妈妈打盹儿的工夫，她回家吃晚饭。进门的时候，曼努埃尔正在给孩子们喂饭，一整天她的脑子都紧绷着，现在这日常的一幕竟显得有些不可思议。

"怎么样？"他问。

她答道：

"还行。"

"你弟弟打电话了。他挺紧张的。出什么事了？"

"没有。他说什么？"

"让你给他回电话。"

"确定没什么事？"

"对。"

安东尼奥在家，路易莎接起电话以后立即递给了他，小心得像是什么重要来电。

"昨天到底是他妈的怎么回事？"安东尼奥粗鲁地问道，一副被人惹到的模样。

"昨天怎么了？"

"什么昨天怎么了，在妈妈那儿，你他妈的到底怎么了？"

"别这么跟我说话，安东尼奥。"

"抱歉。"

很难说她不喜欢这场对话。本质来说，它揭示了她这个大姐是安东尼奥唯一认可的权威。

"好吧，你也知道妈妈是怎么看我们的：你是一个废物，而我是一个傻子。"

"那她昨天到底是想干什么？"

"试探你，试探我们俩，我猜。"

就这么明明白白地承认这一点使她的语气中带上了一丝恐惧，她抬起头来看向曼努埃尔。他们刚一开始说话，曼努埃尔就一直目不转睛地看着她。孩子们则不停地跺着脚，似乎是很惊讶晚饭突然就无缘无故地中断了。

"可是为什么要试探我们？"

"我觉得她快死了，安东尼奥，更糟的是，我觉得她很清楚自己要死了。她今天几乎没怎么说话，这可不多见，脸色近乎苍白，我觉得她快死了，安东尼奥。"

她说得飞快，曼努埃尔都没来得及做出反应。安东尼奥也是。突然之间，她感觉一切都像是假装出来的：谈论妈妈的那些话，曼努埃尔的表情，安东尼奥的沉默，仿佛只要谈及人的死亡，就无法不成为一场表演，一种矫饰。

"医生怎么说？"

"你也知道，医生说话向来都是用来撇清自己的。他说妈妈会逐渐恶化。"

"说什么？"路易莎的声音在安东尼奥身后响起，几不可闻。

"闭嘴，一会儿跟你说，"安东尼奥说道。然后问："你明天去吗？"

"嗯。"

"咱们得给玛丽亚·费尔南达打个电话。"

那是安东尼奥表示这事不归他管的惯用方式。

"我给她打，等明天去了医院。"

"她下午晚些时候打过电话。"曼努埃尔估摸着电话里的内容说道。

"她说什么了？"

"说之后再打。"

"我来处理吧，"她对安东尼奥说，"明天再给你打电话。"

"好的。"

电话挂了。忽然，曼努埃尔的眼神让她觉得很不舒服。

"你感觉怎么样？"他问。

"不知道，"她回答，"我也不知道。"

害怕。害怕他们生来智障，或者身体残缺，或者长相丑陋，或者长得太胖，从知道是一对双胞胎时起，她就开始做噩梦，梦中看到他们的后背连在一起，只能共用一只胳膊或一条大腿，两个和她一样丑陋的怪胎，甚至更加怪诞。现在他们已经三岁半了，证明当时那么想真是太愚蠢了，但从怀孕中期开始，自己的孕相，那么多年吃的避孕药，女性杂志里的那么多文章，都让她感到一股巨大的恐惧，她几乎可以确信孩子们身上会发生可怕的事情。妈妈当上了外婆，但完全不觉得她有什么好害怕的，甚至没有意识到，她之所以这么晚才要孩子，其实是因为她渴望向妈妈证明，她也能像玛丽亚·费尔南达一样，有上一份自己的事业。有时候，她甚至觉得对于妈妈来说，做两个孩子的教母比孩子出生本身还重要，这让她产生一种强烈的抗拒感，以至于她简直想随便找一个朋友来当他们的教母。

最后，当然还是妈妈当了孩子们的教母，在仪式中，曼努埃尔不得不竭尽全力安抚她，好让她身上的焦躁不至于被别人看出来。然后，她又害怕了，一种荒唐的、没来由的恐惧，就像现在刚跟玛丽亚·费尔南达说完话——更确切地说，是吵完架——之后的感觉。

那天晚上跟曼努埃尔的性爱并没有解决什么问题，但是她迫切地需要这个。实际上，那是她主动投身进去的一个陷阱，虽然知道事后也不会感觉更好，但至少能让那个晚上过得快一点。后来，她又回到了医院，那是因为她也不想和曼努埃尔待在一块儿，因为那意味着有太多的事情要跟他解释。

离开家门的时候，她有一种奇怪的感觉，就像是在抛弃他们，喉咙里跳动着所有那些没有跟玛丽亚·费尔南达说的话。就像每次跟她吵完架后那几个小时里的不适感，那种从头到尾回想两个人的对话，一边想着哪句话本可以答得更好一边为自己当时的说法而懊悔的无力感。而且，和以前一样，那种挫败中还带有一种青春期历史重演的意味，那么地熟悉。

她到医院的时候，妈妈还在睡着，但她刚坐到床边沙发上，弄出了一点动静，妈妈便醒了过来。

"你去哪儿了？"

"回家给孩子们弄晚饭了。"她撒谎道。

"好吧。"

干裂的嘴唇使妈妈的语调显得愈发可怜。于是她走进小盥洗室，拿了一杯水回来，妈妈大口大口地喝着，由于不方便弯腰，水不可避免地洒在了衣服上。她的双唇夸张地颤抖着。

"我希望你们能带我走。"她说。

"什么叫带你走？你想去哪儿？妈，你身体不好，需要看医生，你不能就这么回家。"

她又用了那种矫饰的语气，现在，她就像是在跟一个小女孩说话，试图劝阻她去做一件荒唐任性的事，但是实际上，妈妈要求带她离开医院时的悲情语气也不是那么自然。

"我不是说回家。我想去别的医院，私立医院，这些医生简直要杀死我了。"

"天啊，这儿没人想杀死你。"

"我想离开这儿。"

"妈，你没这份钱。"

说这些话的时候，她清楚地知道，听到这些话对妈妈来说会有多么残忍，然而她并没有看到预期中的反应，也就是人发现自己不经意间做了荒唐事时通常会有的那种被恶心到的怪相，反而是一种出神的凝重，仿佛已经猜到了她会那样回答，甚至有点为自己猜中了答案而自得。

"我想要那一百万。"妈妈直视着她的双眼，说道。

"什么一百万？"

"你和曼努埃尔买房子的时候，我给你们的那一百万。"

"妈，那都是十五年前的事情了。"

"但我就想要那一百万。"

她清清楚楚地记得那笔钱，因为那是妈妈最钟爱的战马之一，每次争吵之后，都会闪亮登场，就连一贯最平和的曼努埃尔，也被它弄得不胜其烦，甚至懒得跟她说话。现在它又出现了，带着庄重，不是那种挟恩图报的语气，而是一种对于有来有往的强制要求。

"我没有一百万，我都快穷死了，你清楚得很。"

这些话是她唯一能想到的祈求怜悯的方式，尽管从那一刻起，她便知道了妈妈不会那么轻易饶过她。

"你要是爱我的话，就会把这一百万给我，你要是真爱我的话，就不会忍心眼看着我住在这家破医院。"

虽然没有明说，但妈妈想要的是什么已经很明显了，她无法摆脱这笔债务，因为它正是一个爱的最后通牒，是妈妈对爱唯一的理解方式。

"我只能去借一笔贷款，用房子做抵押。"她说，似乎是在自言自语，因为她知道这不仅不会让妈妈重新考虑自己的要求，反而会让她越发意识到它的重要性。妈妈眼中的严肃被无助与乞求取代，突然之间，她觉得再也无法忍受了，就像她突然再也受不了妈妈身上那股老人味，再也受不了她咽唾沫时咂嘴的声音。

"玛丽亚·费尔南达明天过来，"她说，"我今天跟她谈过了。"

但即使是这样，妈妈也不为所动。

"你会把钱给我的，对不对，女儿？"

又是那种味道。又是那种塞满喉咙的恶心，以及令她使劲儿搓手指的紧张。

"妈，你知道给你一百万对我来说意味着什么吗？你清楚这意味着什么吧，嗯？"

她没忍住吼了妈妈，话音刚落她就意识到了，也是因为很快便听到了监察员走来的脚步声。

"你会给我的，是不是，女儿？"

"对，妈，我会给你的，这也是我给你的最后一样东西。"

"我只是想要回我自己的东西。"

"我马上就给你，现在你就别说了。"

"你不知道为了送你们去最好的学校，我费了多少劲儿。"

"你给我闭嘴！"

监察员走进病房，粗暴地勒令她离开。妈妈已经哭了起来，就像一个已经习惯去表演某种自已不了解的感情的演员那样虚假和夸张：

"人都应该爱母亲，尊重母亲，您觉得是不是？"妈妈问监察员，监察员看着她，带着无声的责备，就像是在轻蔑地看着一个罪犯。"爱母亲，尊重母亲。"

"当然，夫人，您平静一下。"

"我只是想要回一份本来就属于我的钱，我想要的其实是爱啊，是爱。"

妈妈说这些话的时候，她不再反抗监察员的推搡。为了能够尽快逃离那里，她一路沿着走廊跑了出去。她大汗淋漓地回到家。曼努埃尔已经睡了。

让她觉得荒唐的不是广义上的死亡，而是妈妈的死亡这个具体的现实。玛丽亚·费尔南达应该已经在医院了。应该已经跟医生谈过了。应该已经把真相告诉妈妈了。天气虽冷，天空却没有一丝阴云。妈妈应该从床上看到了这片天空，然后又转头看向玛丽亚·费尔南达，估计又哭了起来。

你跟一个女人说她要死了，你跟她说"你要

死了"，不管你是缓缓地说，亲热地说，还是拉着她的手说，你跟她说"你要死了"，也许这个女人一直都知道，甚至不止一次深思过，就像每一个超过七十岁的老人一样，她都仿佛听到了一声真实的敲门声，就像有人告诉曼努埃尔的母亲"你要死了"的时候，曼努埃尔的母亲顿了一下，然后望向她，不是曼努埃尔，也不是他的兄弟，或是兄弟的孩子们，而是她，站在门旁，离床远远的，仅仅是因为不好意思，似乎这样便可以躲过在他们面前装模作样，而在这短短四五秒的时间里已经来不及了，一个愚蠢的表情（"你要死了"）僵在了她的脸上，看上去更像是一个微笑。

因此，当玛丽亚·费尔南达在医院问她为什么没把情况告诉妈妈的时候，她一点都不觉得意外。她懒得跟玛丽亚·费尔南达争吵。她实在是太累了，几乎整晚都没睡。

当然，在钱的问题上，她也不该对妈妈做出那样的反应，或许她都没意识到，妈妈只不过是在要回本就属于她的东西。

"我知道了，"她说道，只是为了让她闭嘴，

"听着，你告诉妈，曼努埃尔今天上午已经去银行贷款了，她马上就能拿到自己那一百万了。"

她晚点要不要过去，等下了班。

"不，我不去，有你在呢，还要我干吗？"

这不是重点，能不能想想她现在是什么状况。她也很累，行行好吧，她发着烧，还开车从瓦伦西亚赶了过来。

"你想让我说什么？"

不用跟她说，什么都不用跟她说，但至少应该去医院跟妈妈说声对不起，她欠妈妈的，安东尼奥也是。给安东尼奥打电话让他下午也过来。

"你自己怎么不打？"

明明知道她为什么不打。

"不，我不知道。"

别装傻了，安东尼奥不愿意跟她说话，她再清楚不过了。

"你怎么就这么肯定？你试过了？"

最后，两件事她都答应了：给安东尼奥打电话，下班后去医院。曼努埃尔从银行打电话来问她身份证号，办贷款要用。保姆打电话说双胞胎中的一个发烧了，而另外一个很闹腾，不光故意打碎了搁板上的小丑像，还打了她一个嘴巴。玛丽亚·费尔南达又打电话了。安东尼奥回复说不知道会不会去，他得想想。妈妈的女仆又给她留了个华金打过电话的口信。曼努埃尔打电话过来说贷款发放了。她的上司问她是不是想在工作计划表上填满家庭求助热线电话。咖啡洒在了一份报告上。她跑到洗手间去哭，一个在洗手间的同事给了她一个拥抱，告诉她说只要她需要，不管何时何地她都会在，她也知道眼睁睁地看着母亲死去意味着什么，眼睁睁地看着母亲死去是多么地艰难。

从办公室出来的时候，她想，如果天气不是那么好，哪怕是再冷一点，一切也许都会变得容易一些，她震惊于自己的冷血程度，妈妈就快死了这件事对她来说无关紧要，玛丽亚·费尔南达的抱怨和安东尼奥的痛苦也一样。

到家的时候，曼努埃尔跟她说她妹妹打了两个电话，告诉她不用去医院了，当天下午他们就把妈妈转到一家私人诊所去了，她又哭了，只是为了赢得曼努埃尔的拥抱。曼努埃尔身上有烟草的味道，还有薄荷味儿。

"你想要我跟你一起去吗？"

"不用。"

"想不想让我送你过去，然后你上去看她，我在车里等你？"

"那孩子们呢？"

"让邻居帮着照看一下，我跟他们说好了。"

曼努埃尔的爱温暖而单纯。她多想在他面前变成一个软弱的小女孩，等他拿出一个万全又合理的建议，多想跟他说"告诉我我能做什么，怎么办"，但在车上的时候，他们只聊了贷款和它的期限。三年。他们能够承受，只是这样一来，8月份就不能出去度假了，如果不是，曼努埃尔停顿了一下，就像是止步于一个不适合踏入的空间之外，当然，如果不是因为她的母亲……

"我不想要我母亲的一分钱，在这个世界上，我最不想要的，你知道吗，就是我母亲的钱。"

"当然。"曼努埃尔说。

三个人都在，如果不是因为有玛丽亚·费尔

南达在，这份沉默会变得更加难熬。若非必要，大家都不会直视彼此，说话的时候，也都是面向妈妈，但是也不是看向她的脸，而是她的手，是被单下面她膝盖的轮廓。妈妈散发着恶臭。她想不起有哪种味道比这个更刺鼻、更难闻，因为即使她远离了病房，这个味道也一直留在她的脑下垂体里。从昨天开始，妈妈的状况明显恶化了。医生们将其归咎于转院的折腾，同时认为给她装围腰的人明显失职了，没把它固定好。眼下的疼痛是为了她自己好，每次进病房，医生都会不厌其烦地反复强调这一点，仿佛让她一直咬紧牙关、五官变形的只是一种毫无必要的折磨。病房低调而舒适，就像一家星级酒店的房间，但是也没能摆脱医院那种千篇一律的清冷。私人诊所特有的细节：插着玫瑰的花瓶，窗帘，而这些只是凸显出妈妈的无助，甚至使她的疼痛从纯粹的怪诞变成了一种丑陋。玛丽亚·费尔南达总是面朝着她，即使实际上是在跟安东尼奥说话。安东尼奥是后来到的，整个下午的表情都没变过，像个随时可以被换掉的群演，只是有些胆怯，这昭示着他的紧张。

妈妈下午睡着了。趁着这段时间，他们去找医生谈了谈。医生对这种事情已经有了很好的免疫力，因此在介绍妈妈身体的恶化情况时，自然而然地采用了一种学术腔。

"多久？"安东尼奥说，语气生硬，粗暴地打断了医生的话。

"您是想问她还能活多久？"医生问。

"对。"

"我真不敢相信你居然这么禽兽。"玛丽亚·费尔南达抗议道，第一次直视安东尼奥。

"我真不敢相信你居然这么虚伪。"

"你以为你是谁啊，竟敢这么跟我说话？"

在这两个人之间，很显然她更偏向安东尼奥的粗鲁，而瞧不起玛丽亚·费尔南达虚伪的惊诧，带着这份虚伪的惊诧，玛丽亚·费尔南达从谈话中解脱了出来。说白了，这场谈话早晚都会以玛丽亚·费尔南达的胜利而告终。

"妈妈还剩多少时间？"她插嘴道，为了尽快结束，也为了缓解医生的尴尬。

"病情恶化的过程具有渐进性，而且很迅速。从到这里开始到现在，病情恶化得很厉害。没法肯定。也许一个月，也许更短。基本上看她自己。"

这位医生年纪轻轻，还不是很擅长伪装，他肯定以为这三个人是在争财产。事实上，跟往常一样，事情不单是要复杂得多，甚至连他们自己都解释不清。妈妈的遗产如果分成三份，简直微不足道。如果说此刻将他们聚拢在垂死的妈妈周围的不是爱或者担忧，很难不去认为这三个围观者是想得到什么。这种感情放在其他任何人身上都会显得很病态，但是放在妈妈身上，便不再含有这种意味。仿佛三个人都觉得自己是特邀的观众，是一座只有三把椅子的环形剧场中仅有的持票者，舞台上，妈妈在演绎她自己的死亡，带着一种混杂着爱与不爱的严肃，时而怪诞，时而带着一种动人的凄苦。只剩下他们两个人的时候，玛丽亚·费尔南达和安东尼奥讨论要不要告诉妈妈。在这个过程中，玛丽亚·费尔南达连看都懒得看安东尼奥一眼，作为对他的报复。而她是唯一一个觉得不该告诉妈妈的人，最好是等到离那一天再近一些，尽管她嘴上说这是为了不让妈妈担心，但心底里，她是害怕看到妈妈知道自己大限将至时的那种反应。

由于安东尼奥站在了她这边，大家决定先不告诉妈妈，至少再等五天，看看是否有好转，到那时候再说。然而，第二天，她下班以后去看望妈妈的时候，发现玛丽亚·费尔南达已经全都告诉妈妈了。妈妈还没开始说话，她就从病房里少有的寂静中发现了这一点，以及妈妈投向她的眼神，带着审讯叛徒时的那种冷酷。

"女儿，别人不告诉你你快死了，你会乐意？"妈妈问道，完全多此一举。

"对，"她回答道，觉得自己头一次这么诚恳，"我想我宁愿别人不告诉我。"

"很显然我不是你。"

刚开始，玛丽亚·费尔南达并没有看她。在妈妈像平常一样旁若无人地独白的那半个小时里也没有。妈妈的自言自语中，由于死亡这一真相，带上了一种奇怪的疏离感。然而，这真真切切的事实，这最大的真相，此刻却使妈妈前所未有地远离了她一辈子都曾是的那个人，此刻，妈妈看上去比以往任何时候都不像是要死了，就像是死亡的消息以某种方式将妈妈复活了一般。

当天下午，玛丽亚·费尔南达便乘坐火车回瓦伦西亚了。走的时候连句道别的话都没说，这是因为她的妹妹或多或少也认识到了把事情告诉妈妈的后果。向来如此，但是现在，她好像终于明白了。她从大门离开了，兑现了妈妈对一个优秀女儿的期望，却把麻烦都留给了她。

玛丽亚·费尔南达更胖了，也更丑了。疲劳很快使她的眼圈发黑，颧周的皮肤泛着一种没精打采、深浅不一的光泽。在那一刻，她看到了妹妹的丑陋，这甚至比看到妹妹后悔更让她有胜利感。请求原谅（即使是玛丽亚·费尔南达哭着承认自己的错误，也已经不重要了）实际上并不会起到什么作用。真正有意义的不是妈妈那番有理有据、精彩异常的关于诚实的女儿和不诚实的女儿的做作演讲，也不是死亡，也不是她拼了一辈子却只换来这些，而是在那个确凿的时刻，玛丽亚·费尔南达确确实实比她丑。如果非要说到最后沉默也代表了宽恕，那也只不过是对另一个真相的逃避：真正的救赎不是施予宽恕，而是请求宽恕。后来，她心里的满足使她产生一种奇怪的恐惧感，似乎她对当下的状况并不满意，甚至宁愿自己是那个向玛丽亚·费尔南达请求原谅的人，因为这样才意味着取得了决定性意义的胜利。然而，事实是妈妈快死了是真的，安东尼奥不会原谅妈妈也是真的，妈妈也不会原谅安东尼奥也是真的，两个人都能很好地为自己的怨恨举证，具体到哪天，具体到哪件事，但最后也只能证明两个人谁都不占理。

玛丽亚·费尔南达在 9 点 35 分的时候灰溜溜地走了，这个时间刚好可以赶上末班火车，仿佛耗到最后一分钟也是请求原谅的一种方式。就剩下两个人的时候，妈妈看她的眼神，就像在看一个虚伪行径已经被公之于众的朋友。

曼努埃尔并没有走远。有时候他走开，也只是下意识的动作，为了谈论他们需在三年还清的贷款。然而，听到他用那样一种少有的严肃谈论钱的事，还是使她产生了一种孩童时期的记忆里奇特的熟悉感：吃饭的时候，华金缓慢而谨慎地汇报着工厂的事情，精准得像是一个在一遍又一遍地数着自己的钱币的乡下人。她想，也许正是因为这个，她整个晚上才会有种逐渐看透的感觉，感觉自己在一条荒谬的线索上浪费了太多的时间，一次又一次地与真相擦肩而过，心里却没有半丝怀疑。突然之间，真相又一次变成了工厂，只是这一次工厂变成了一个人，家里的又一名成员，也许是最受宠的那个，它的生死存亡，有关它的记忆，对于妈妈来说，就等同于一个人。工厂就像一条有着三十年生命的河，决定了妈妈的喜怒哀乐，即使它已经不复存在，还是在以某种特定的方式决定着。所有的死亡都会将记忆留存在一两个它曾触碰过的物体上，一瞬间，它们就变成了一种象征，似乎死亡所做的最后一件事便是将周围的事物清空，再用死亡将其填满，赋予其另外的含义。工厂着火之后，妈妈对华金和安东尼奥的感情也一定发生了类似的变化。其中一个是她自己的儿子，这应该让她感到困扰，正如无法忍受一个最终带着不甘和绝望远离她的好心人所产生的烦恼。妈妈并不觉得安东尼奥本人有多失败，而是认为他要对她的失败负责，这也是对工厂的纪念。因此，妈妈一点都不想知道安东尼奥靠出租工厂的地皮赚了多少钱，却要求她归还那一百万，因为那是对过去殷实时光的纪念。事实上，妈妈真正想要的并不只是钱，而是钱能唤起的记忆，关于工厂里的办公室，奇大无比的办公桌，一整套高雅的写字台上，往来信函摊在那儿等着被拆开。妈妈真正想让人们归还的是她的阔绰，以及尽可能体面地将残留的失败隐藏起来。因此，医院病房的窗帘、为访客准备的高雅沙发、花瓶里盛开的玫瑰，美丽却单调，和豪华酒店的那种高雅一样，这一切比妈妈本人还要"妈妈"。

世界变成了医院病房上午的味道，而妈妈，在最初的几小时重新做回了自己，之后，止疼药的麻醉效果一过，便开始了一番尖声的抱怨，就像一只声调越来越高的动物，到最后听起来简直像是在尖叫，很快就口干舌燥，说不出话来了。

在她看来，自从昨天下午玛丽亚·费尔南达走后，妈妈仿佛穿过了一堵薄薄的墙，一道再也无法回头的界线。甚至有那么几分钟，她敢肯定妈妈就要死了。在一阵冗长、单一的呻吟声之后，本来应该是明显的喘息，但是这次没有喘息，而是突然就不喘气了。她害怕了。在那一刻之前，她从未感到过害怕，从未真实描述过任何一种类似害怕的感情，那一刻，突然感觉自己滑进了妈妈睁大的眼睛里的巨大深渊。只有眼睛。身体的其他部位都因为疼痛而变得僵硬，这种疼痛比以往任何时候都更像是一种伪装，妈妈的疼痛，妈妈的抱怨，妈妈的爱和担忧，一切都是假装出来的，只有那一双睁得大大的眼睛，粗糙得像两个结，仿佛在乞求怜悯。她大喊了一声"医生"。她记得自己大喊了好几声"医生"，也喊了好几次"妈妈"，接着又开始喊"医生"。她记得自己的尖叫，可能并不是为了让医生救妈妈，而是为了把她从妈妈手里拯救出来，为了让旁人把她从眼前这场如此真实、如此残酷的荒谬现实中解救出来。医生冲了进来，硬生生地把她推开。护士也是。她看着妈妈的膝盖，盖在被单下面，几乎什么也看不见。

后来，接下来的几个小时里，她想，相比死亡出现时的喧闹和戏剧化，那时的寂静才更可怕，在这片寂静中，原不原谅妈妈已经不重要了。生命看似茫茫，一瞬间，就变得渺小，变得无关紧要，几乎不值一提。或许，相比生命，更不值一提的是死亡，是死亡如何使曼努埃尔的母亲和妈妈这两个截然不同的人有了同样的神态，同样的表情。在别人身上让她心软的表情，到了妈妈身上却让她厌恶，这让她意识到，同样的表情之所以在这个人脸上便是那么真挚，到了另外一个人脸上就变得怪诞，归根结底，不是因为表情本身，而在于她作为一个旁观者的解读方式。已经不再有恨了，不再有了（"我们可以给她用吗啡。"医生说。），现在剩下的东西比恨更难解释清楚：二十二岁的玛丽亚·费尔南达跟妈妈抗争，说她要去瓦伦西亚工作，去瓦伦西亚生活。"一个人。"妈妈说。"不，和佩德罗一起。"她说。那时佩德罗只是一个刚刚毕业的医学硕士。"你不能去。"

妈妈说。"当然能，明天就走。"她说。"从我的尸体上跨过去吧。""那就从你的尸体上跨过去。"实际上，后来让妈妈为之骄傲的，正是她在后来的信里表现出来的那种不可动摇的坚定，信中描述着她有多么幸福，同时带着一种对愚笨姐姐和没用弟弟的宽容，妈妈说："我能猜到她的勇气是从哪儿来的，反正不是从你们父亲那儿，这是肯定的。"（"今天上午的突发事件已经严重影响了绝大部分的神经系统。"医生说。）待在饭厅里，磨蹭着不愿离开，华金的古龙水所散发的男性味道，他的背头，他那粗野的步态，因妈妈为他挑选的衣服极具品味而更显土气。不，现在原不原谅妈妈已经不重要了。她之所以给安东尼奥打电话，是因为她觉得在上午的事情之后，她应该这么做，应该告诉他妈妈要求叫牧师过来，妈妈，叫牧师（"吗啡几乎能够屏蔽她所有的痛苦，但她也有可能陷入重度昏迷，或者神志不清的状态。"医生说。），在决定用吗啡来减轻她的痛苦之前，或许应该先来看看她。牧师当天下午就能到，或许应该叫玛丽亚·费尔南达再过来一趟。

牧师年轻帅气，有种近乎色情、近乎病态的美丽。他迟到了。他带着一种对待时日无多的病人的热情来到妈妈身边，与此同时，也令妈妈的眼睛亮了起来。每一秒钟都那么久远，每种感受都历历在目。牧师问医生病人叫什么名字，医生在临走之前回答说叫玛丽亚·安东尼娅。

"玛丽亚·安东尼娅·阿隆索。"妈妈说。

"玛丽亚·安东尼娅，您准备好忏悔了吗？"牧师问。

"我没有什么要忏悔的，我叫您来是为了让您为我祈祷。"

"我们每一个人都有需要忏悔的事，"年轻的牧师说，极力掩饰自己的困惑，"主说，圣徒也会跌倒七次。"

"圣徒做什么我不感兴趣，"妈妈回答："圣徒不是说过，那美好的仗我已经打过了，现在我要我的冠冕。"

"圣人保罗的原话不是这样的，他说的是，'那美好的仗我已经打过了。当跑的路我已经跑尽了。所信的道我已经守住了。从此以后，我期待有公义的冠冕为我存留'。"

年轻牧师的严谨轻微地惹恼了妈妈，她只能在床上绝望地背过身去。

"反正，我要我的冠冕。"

"圣人保罗说的是'我期待'。"[1]

"都一样。"

一阵短暂的沉寂。突然间，生命变得残忍，而非荒谬。在这片沉寂中，妈妈又变回了那个刚从工厂回家的玛丽亚·安东尼娅·阿隆索夫人，在电话里对着华金大喊，让他重新检查所有的相框，直到全部打磨好为止。

"我没有什么好后悔的，"妈妈说，"我只想要属于我的东西，不属于我的我一点都不要，这就是我的要求，"然后，妈妈看向她，就像看着一个不可饶恕的叛徒，"还有爱，我还要爱。"

牧师察觉到了妈妈后面的话引起了她的反感，因为他看了她好几次，完全超过了必要的次数。

1　上述对话中涉及《圣经》的部分参见和合本，有微调。

此刻，她又一次感受到了来自于妈妈的压力，又一次感受到了妈妈划十字祈祷时的假惺惺，她想："你从来没爱过我，后悔去吧。"牧师将一块圣餐布铺在妈妈身边的床上，又小心翼翼地放了一个圣杯，怀着一种几乎有些可笑的柔情。然后，他打开弥撒书，念道：

"亲爱的玛丽亚·安东尼娅·阿隆索，我的姊妹，我将你引荐给全能的天父。现在我将你交予你的创造者。愿你归于用地上的尘土造你的那位。"

妈妈看了她一眼，马上又收回了眼神，其中饱含着不悦，就像是在看一个麻风病人一样。当下，她已经闭上了双眼。当下，似乎她的手和脚都不在了，似乎她的这种假惺惺的虔诚便是造就她、玛丽亚·费尔南达以及安东尼奥的无神论的罪魁祸首。她想，对那些话显示出哪怕一丁点儿的诚心，都会拯救妈妈，会瞬间将她净化，而她，也才能原谅她。

"当你的灵魂脱离肉体，愿最荣耀的诸天使来迎接你，愿众使徒来迎接你，愿荣耀的殉道者组成的得胜军队来迎接你，愿身着白衣、散发光芒的虔信者群体围绕在你的周围，愿童女们的欢快合唱迎接你，愿你可以有福地休憩于主教们的怀中。"

然而，妈妈紧闭的双眼中闪出一丝责备，令人难以释怀。看着一个垂死之人带着微笑，倾听着她认为自己担当得起的功勋，突然间，她觉得自己的生命不该浪费在这件事情上。她爱她，就像爱一个愚蠢、自私，却也早已承受了远远多于她应得的惩罚的小女孩。

"愿黑暗的恐惧、烈火的焚烧和折磨远离你。当你在天使的陪伴下临近时，愿最凶狠的撒旦及他的信徒们都会屈服，都会颤抖，进而逃离到无尽黑夜的可怕混乱中。"

"阿门。"妈妈说。荒唐的是，安东尼奥在这时进来了，他站在门口，仿佛看到了一幅诡异的画面。牧师停了下来，一边用手指摩挲着弥撒书的边缘，一边看着安东尼奥。安东尼奥也许在想："你从来没爱过我，后悔去吧。"生命之声在医院窗外以一种更加荒谬的形式响起，一曲公交喇叭。

"愿永生上帝的儿子基督在他伊甸园永远翠绿

的花园中赐你一席之地，愿他这位真正的牧羊人将你视为他的小羊。愿你与自己的救主面对面，永远侍立于他面前，愿你得以欣喜地注视所展现的真理本身。愿你在那蒙恩者之列，永远得以有福地面见上帝。"

"阿门。"妈妈说。

"我主耶稣，极圣之躯。"

"阿门。"

与此同时，那个造型简约的白色小圆片融化在妈妈的口中。

"上帝啊，我们乞求您，乞求您忘记她年幼时犯下的罪行，忘记她因无知犯下的罪孽。然而因你的怜悯，在你荣耀的光中记念她。"

"这到底是在干什么？"安东尼奥说道，"她这是想骗谁呢？"

"她要死了，"她说，"她真的要死了，安东尼奥。"

一片寂静中，牧师道了声再见，只留下妈妈，双眼紧闭，像一个堕落的神。

那天晚上，华金莫名其妙地去了她家，他按

了呼叫器，问她在不在家。她当时已经换上了睡衣，只好重新穿好衣服，下楼来到街上。曼努埃尔甚至比她还要惊讶，因为从几周前开始，在她的内心深处，有意无意地，就在等待这场到访。从相貌上来看，岁月对华金格外残忍，至少当时她就是这种感觉，她看到华金等在大门口，抽着跟以前一样牌子的香烟，带着之前工厂还在时，妈妈打电话叫他去办公室时的那种神情。华金完全是人们想象中一个疲惫老男人的样子：双手和眼睛都写着疲惫，裤子松松垮垮的，也可能是太长了，带有咖啡渍的衬衫袖口暴露了他的年纪，身上透着股生活还能自理，但已力不从心的老年人气息。她提议找个酒吧坐坐，但他回答说，他更愿意在街边随便找一个长椅坐坐。

最初的几分钟里，她有一种奇怪的感觉，就像是在离开很多年以后，一个人又重新回到了儿时住过的房子，一切都显得更小，更舒适，而这个她以前从没正眼看过的男人，以他的衰老触动了她，仿佛最终华金也只不过是妈妈的又一个受害者。

"你母亲怎么样？"

"快死了，华金，她快要死了。"说这些话的时候，她没有感到一丝难过。她知道路易莎此时正在医院陪着她，也许就在那一刻，妈妈就要死了。尽管心里早就猜到了，华金还是表现得像是被一个突如其来的消息砸低了头。

"我不知道该不该去看看她。"他说。

"我觉得她不值得，华金。"

她知道，那是她能施予妈妈的最坏也是最后一个惩罚，然而，那天下午牧师在时，她给了妈妈最后一个机会让她袒露诚心，最后却失望而归，这种感觉使她有了足够的力量去拒绝怜悯。

"我对她也不太好。"

"在我母亲眼里，没有人对她好。"

"不是这样的……是我真的对她不好。"

忽然，她有了一种想去安慰他的冲动，想去拉起他的手。华金突然变得异常严肃，甚至都不再看她。

"说说看，你到底做了什么罪大恶极的事，能让我们知道吗？"

"我烧了工厂。"

"什么？"

"工厂是我烧的。"

华金不慌不忙地说着，慢慢悠悠地，仿佛里面饱含着长长的悔恨，而她，本来都要去安慰他了，突然感觉自己被背叛了，再一次望向他的时候，已经带上了不信任，就像在看着一个忘恩负义的卑鄙小人。然而，其中还不只是怨恨。最初的惊讶过后，她还感觉到了一种奇怪的人道安慰。华金是整个星期的时间里第一个承认自己应该为某些事情负责的人，而那种负罪感不仅拯救了他自己，与此同时，也很奇怪地拯救了妈妈。

"可是你为什么要那样做？"

"现在我都不知道是为什么了，"他答道，"我只知道是我干的，我只知道那好像是那个时候我唯一能做的事。"

华金的忏悔中，有种老人说起年少荒唐时的自嘲，有一点尴尬，但同时也完全清楚它在自己生命中的分量。一方面，在他试图进一步解释，描述火灾之前的那段日子，描述火灾之后那些年里的恐惧和悔恨，仿佛是在描述别的什么人那有点可笑但也可以理解的生活时，她立刻原谅了他；另一方面，她也瞧不起他，认为是他造成了妈妈的不幸，尤其是安东尼奥的不幸，她甚至想当场给他一记耳光。

"但是你怕什么呢？"

"火灾发生前五个月，我请求你母亲嫁给我。你别惊讶。我们每天都在一块儿，已经很久了。事实上，我也不知道自己对结婚的渴望是不是出于真心，我只知道我想跟她在一起，属于她。"

"她是怎么说的？"

"她说，她需要的是一个经理，不是一个丈夫。"

"妈妈。"她喃喃道，突然说出"妈妈"这个词让她觉得十分荒唐。

"我猜，我是想属于她，像工厂那样属于她，或者像你们那样属于她。后来我想了很多，想了很多，因为如果有人问我当时是怎么想的，怎么就把厂子给烧了，我都不知道该怎么回答。我向她求婚之后的几个月里，这种感觉越发煎熬，就像被人扒光了衣服，而她呢，待我还像以前一样，我们还像之前那样，一块儿吃饭，一块儿整理承包商的文件，但我已经无法忍受从属于她，这让我感到窒息。那时候你弟弟已经开始管理很多事务了，做得很糟糕。我猜是因为他需要克服作为某人儿子的身份。"

华金缓缓地诉说着，很平和，就好像那些话并不算是忏悔。她感到自己心跳加速，她觉得自己懂了，懂了之后，她便得到了解脱。

"还有吗，华金。"

"一天晚上，我们去索里亚修机器，住在一家酒店里。我像发疯了一样。我跟她说我爱她。我曾试图闯入她的房间。第二天，她拒绝谈论这件事。我现在已经不知道当时到底爱不爱她了，我猜可能不爱。"

"你不爱她。"她说，一边说，一边后悔。

"应该吧。"

街上突然冷了起来，夜色更浓，夜晚就像是被小石子遮蔽了起来。

"你还记不记得，我小时候很喜欢把手插进锯末堆里？"

"嗯，记得，"华金答道，被话题的突转搞得有点懵，"你很喜欢。"

一阵长长的、缓慢的、荒唐的沉默。让华金跟妈妈谈话也解决不了任何事情，让安东尼奥去起诉他（也没有别的选择）也解决不了任何问题。每一个罪过本身都会带着救赎，不管是以何种形式，华金的救赎已经持续了将近十年，现在，他把自己的救赎带到这里，将其摆在她的面前，同时拯救了她，虽然没有让她免于当晚的痛苦，但至少让她摆脱了当时的恐惧。

"你还记不记得我们夏天去加的斯的事？你记不记得我们总爱租的那个房子？"

"当然。"华金说。

她渐渐飘远了。远离了那个老男人的一时糊涂，以及她自己的痛苦，带着一种对别人的性冲动或软弱却可以理解的不适感；同时意识到自己可能会原谅他，仿佛以德报怨是一件轻而易举的事。

"我明天去，"华金说，"把所有事情都告诉她。"

"不要。"

"为什么不？"

她也不知道该如何回答，因此没有马上答话。街道就在她的面前，仿佛是有人故意摆在那儿的。

"你不用去，因为我原谅你了。"

"需要原谅我的人是你母亲。"

"你不懂，我代表我母亲原谅你。这件事只有你我知道。祝你好梦，华金。"她说着，站起身来。

"谢谢。"

走进大门的时候，她回过头，发现他还在那儿，坐在长椅上，就像一个不相信自己已经被赦免的罪人。

怨不在了，恨不在了，叛逆不在了，华金不在了，阿隆索装裱厂不在了，对玛丽亚·费尔南达的偏爱也不在了，只有一个将死之人，一个缓缓死去的女人。（"没必要大惊小怪，这只是吗啡一开始的副作用。"医生说。），她想到了小孩，想到妈妈很快就会变成一个小孩子，这个念头让她不禁露出一丝笑意。安东尼奥下楼去医院的咖啡厅喝威士忌了。她想，如果现在掀开被单，脱掉她的衣服，妈妈立刻就会变成一个小孩子。此刻，妈妈散发着汗臭，闻起来像个老太婆，可看上去还是像一个小孩子。她坐到床边，以便更充分地沉浸在宽恕的感觉里。突然，她就原谅了妈妈，甚至都不需要主观的努力，仿佛是一种完美的同理心。在这种快乐中，伴随着妈妈那些此刻已经失去实际意义的话语，"我渴了，给我倒杯水"，两个人对望着，仿佛最终也远不足以理解彼此。她再一次想起华金，那个下午她不止一次想起华金。想象着他走进工厂并点燃它时的恐惧，想象着他后来的悔恨，那时妈妈甚至连话都不愿和他讲，抛弃了他，就像抛弃一只已经没用了的看门狗。她没有把那件事告诉妈妈，仅仅是因为她不想让浮出水面的真相将刚刚成为她妈妈的那个女人掳走。"这儿好冷"，尽管可能只是下意识的念头，但她就想帮她洗漱，为她梳头，替她换衣服，只是因为现在她已经不再像是以前的那个妈妈，仅仅是因为妈妈现在的神态看上去是那么地亲切，那么地温和。她的心里涌动着一个愉悦的、近乎炙热的念头，想在妈妈身旁大哭一场，想拉着妈妈的手。（"她很可能会丧失大部分触觉。"医生

196

196　　　　　　　　　　正当意图

说。）当她这么做的时候，玛丽亚·费尔南达应该已经在路上了。她真真切切地感觉到死亡的临近，就像风从滑冰的人脸上拂过，她感觉到死亡来到了妈妈身边，"太冷了，玛丽亚·费尔南达，把窗户关上。"

她敢发誓，她已经不在意妈妈把自己和妹妹搞混了。比起混淆，这更像是妈妈这场演出里最后一个装饰音，现在，她终于喜欢上了这场演出。

"都关着呢。"

"没有，关上，都关好。"

她站起身，朝着窗户走去，把窗户打开，再关上，用发出的声响来配合她的表演，她想，这样她便能摆脱这些荒唐举动中所包含的不真实。

"好了。"

"我还是觉得冷。"

"不冷了，已经不冷了，一会儿你就知道了。我给你盖上，一会儿你就不冷了。"

"你是唯一一个爱我的人，玛丽亚·费尔南达。"

"我知道。"

两个人沉默了一会儿，妈妈沉默着，像是在

努力辨认着她，而她则特别想哭，就像一个等待着绞刑铃声响起的死刑犯，铃声最终没有响起，或者说没有像她预期的那样响起，只是一场梦，一场昏迷。（"我们可以维持她的生命。"两个小时后，医生说。）之后，就是一片虚无，妈妈沉浸在深深的梦里，梦里可能没有她，但是一定会有在加的斯穿着比基尼的二十岁的玛丽亚·费尔南达，有工厂，有华金或爸爸，或是任何一个可以替代的男人的影子。妈妈仿佛死了两次，这次好像没有上次那么悲伤，双目紧闭，有种与她不相称的平和。"维持她的生命"，这些话就像一个牢中之牢，在这个牢里，只有一片白茫茫，白色深处是生活，那么可笑，那么渺小，那么合理，同时又坚硬如杏仁，却还是被一束细到极致的理解之光穿透了。

"她死了。"

"她死了"这几个字，似乎比妈妈的死亡更真实。它存在于安东尼奥的嘴唇上，存在于打给曼努埃尔和玛丽亚·费尔南达的电话里。"她死了"，简简单单的几个字，简单得近乎荒唐，解释了妈妈已经不在了的事实，那个在给玛丽亚·费尔南达打电话时就睡着了的妈妈，那个说她是唯一一个爱她的人的妈妈，妈妈的双手本来让她充满希冀，现在却开始变得那么荒谬，原来真的是这样，所有的亡者都有相似的地方。

他们为她清洗了身体，带着一种陌生而又熟悉的小心为她换上一件蓝色的衣服，本是妈妈为节日准备的，收在衣柜一角，团在一个洗衣店的袋子里。突然，所有的一切都让她觉得感动：妈妈家起居室里收藏的扇子旁边与华金的合影，后来以一种可笑、做作的方式大哭着来到殡仪馆的玛丽亚·费尔南达，沉默的安东尼奥和路易莎，曼努埃尔的拥抱，当他出现在为妈妈准备的房间里时，她心底涌起的想和他做爱的念头，这个念头是那么地荒唐，甚至非常可笑，但她就是突然很想和他做爱，想跟他一起冲回家，慢慢做爱。躺在棺材里的妈妈，完全不像她本人，更像是黑白照片里和华金合影但又保持距离的妈妈，或者是和爸爸合影但也保持距离的妈妈，或者是跟孩子们一起合影但却像是在向别人展示一件物品，更像是将他们指给别人看而不是抱着他们的妈妈，更像是起居室里摆在曼努埃尔母亲的照片旁边的那张卷发照片，现在她躺在棺材里，从来没有像现在这样不像妈妈，那个有着千变万化又独一无二的面孔的妈妈。

"她最后说了什么？"大家正在讨论如何安排爸爸墓里的空间时，玛丽亚·费尔南达不合时宜地问道。

"什么她最后说了什么？"

"妈妈的遗言啊。她什么都没说？"

她迟疑了一秒钟，然后被自己撒谎时的干脆利落震惊到了，平时她都会变得很紧张的：

"她说，嗯，先是说觉得冷，好长一段时间都说自己冷。她让我把窗户关上，更准确地说，是让我把窗户打开，然后再关上。"

"关于我们呢？"安东尼奥问，直到此刻他才第一次开口，"难道她都没提我们？"

"她说她爱你们。"

"别扯了。"安东尼奥回应道。

"她说她爱你们，真的，当然，妈妈就是那样，妈妈说话总是那副样子，但是她确实说了，她爱你们。"

"她怎么说的，你说说看。"

"好了，不是都告诉你了吗，你在干吗？审问她？"玛丽亚·费尔南达插话道，三个人都陷入了沉默，妈妈死了，他们突然莫名其妙地聚拢在了谎言的边缘。"我觉得妈妈就是这么说的，不然还能说什么呢？"

"真相。"安东尼奥回答。

"这就是真相。"玛丽亚·费尔南达反驳道。

"不，这是你认为的真相。"

安东尼奥的语气中有种直白的指责，像个莽撞的孩子，而之前从未跟安东尼奥有过肢体接触的她，那个在节日里需要吻他时也总是非常迅速地亲一下，像是试图缓解一个尴尬局面的她，现在，正在用手掌轻轻摩挲他的后背。

"她就是这么说的，安东尼奥。"

死亡真正变得真实起来，是在曼努埃尔在床上吐出"死"这个字的时候，在孩子们的神情里，在电话那头华金的声音里，遥远而亲近，在妈妈二十岁时拍的那张带着浮夸微笑的黑白照片里，就摆在曼努埃尔母亲的照片旁边，那么荒谬，那么格格不入。

消　磨

　　萨拉从游泳池里出来，像往常一样，竭力想摆脱自己潮湿的身体所带来的那种黏腻恶心的感觉。

　　"你看看你，穿的是什么玩意儿啊，干吗不穿比基尼。"特蕾莎说。

　　她说：

　　"行了。"

　　路易斯一直盯着她看，从她解开纱丽到一头扎进泳池，澡都没来得及洗，因为实在是热得受不了了。自从一周前接过吻后，他们就再也没有说过话。一切都太快了，太奇怪了，甚至现在回想起来，能记住的似乎都是一些零星的时间片段：路易斯的双手，他说"我喜欢你"，她望向时钟，因为特蕾莎的生日宴会他们要迟到了；还有，那个吻，路易斯那荒唐甚至有些令人生厌的舌头，就像一只潮湿的小虫擦过她的舌头；她的兴奋，最初如同一种奇异的火焰，但当她觉察到他在摸她的胸部时，这种奇异就变成了恶心。并不是说她不喜欢路易斯，她一直都挺喜欢路易斯的，只是面对自己身体出现的那种意想不到的陌生反应时，她感到了一种深深的抵触，一种紧张，一种赘余，一种莫名的快乐，就像现在，从这个和特蕾莎一起受邀前来的泳池里出来时的感觉一样，这种感觉令她希望自己不曾打湿身体，这样就不用若无其事地冲向浴巾，以此来逃离路易斯的目光，路易斯朋友的目光，甚至是特蕾莎的目光了。特蕾莎再一次说起她的泳装，说她有那么多比基尼却偏偏不穿，而路易斯使劲儿点着头，似乎也在为一直没能和她聊聊一周前发生的事而责备她。

浴巾围在腰间，令她感到一种舒适的安心，整个下午她都没有把它摘掉。一周以后就要开学了，那个夏季的尾声带上了一种疲惫，一种玫瑰色，过得那么缓慢。她和爸爸在沙滩上待了一个月，8月份又与妈妈一起去了马德里。尽管她的父母早在三年前便离了婚，妈妈的情绪却一直不太稳定，这使萨拉一开始便站到了她的这一边，也就是爸爸的对立面，以至于在一年多的时间里，她都不肯跟爸爸见面，并把他看作一个具有威胁性的敌人。现在一切都不同了。现在她十六岁了，还留了级，但这并没有什么要紧。整个童年里，她都是一个高大壮实的小姑娘，因此，尽管她不大爱说话，大多数时候都用沉默来掩盖她那简单、质朴的害羞，但在那些年里，她对自己强壮的身体还是非常满意的。然而，到了青春期，情况明显不同了。她没再继续长高，甚至在不到一年半的时间里，变成了一个一等一的美女。这一点，与其说是她自己发现的，不如说是从别人对待她的方式中看出来的。在萨拉看来，不再长高，或者更准确地说，是和同学们一样高，便意味着同时失去了自信，失去了尊重。再也无法摆脱这种傻乎乎的身材，对于其他人来说，是一种最甜美的变化，但在她看来却是一种消磨。乳房的凸起，臀部的鼓胀，一切都变得黏腻，潮湿，因此，自感强壮的愉悦被粗鲁行事的享受所取代，被沉默不语所取代。

当妈妈说她不像个女孩子时，她甚至将这看作一种赞扬。尽管也注重仪表，但她还是喜欢穿得随性一些。为了不在梳头发上浪费时间，她将头发剪成了假小子头。

这种状态持续了三年之久。直到路易斯的出现。路易斯出现之前，一切还都好好的。她倒也不是不喜欢亲路易斯，这不是喜不喜欢的问题，而是再一次出现了那种黏腻的感觉——简直一模一样——那种从泳池里出来时的感觉，不是害羞，不是虚弱，不是恶心，尽管这三种都有一点。他们在谈论毕业之后选择哪个大学专业的事情。

"你呢，萨拉，你打算做什么？"

"不知道，我还得再想想。"

"可是，难道你就没有什么喜欢的东西吗？"

"我喜欢画画。"

"画画啊。"路易斯的朋友略带嘲弄地重复道，而她则回以一道恶狠狠的目光。

"对，画画，我喜欢画画。"她回应道。那个男孩没再开口。

后来，在更衣室里换衣服的时候，特蕾莎问她，为什么对那个男孩那么粗鲁，她不知道该怎么回答。她惊诧于特蕾莎脱衣服时的无所忌惮，甚至带着某种欢愉。特蕾莎的身体比她的发育得还要好。

"事情是这样的，"特蕾莎说，"我喜欢那个男孩，如果你总是像今天下午那么凶，会把他从我身边吓跑的。也许看上去不像，但是他真的挺害羞的……怎么？你是看上我了还是怎么？"

"什么？"

"因为你一直盯着我看……"

"没有。"萨拉的脸都要红了，因为的确如此：比基尼下的白皙，衬着整个夏天留下的古铜色皮肤，使特蕾莎的胸部和阴部散发着一种奇异的光，加上她脱掉泳衣时的淡定，都使她成为了一种独一无二的存在，一种令她着迷的所在。特蕾莎并不漂亮，但是那具身体，那具与她自己的截然不同的躯体，看上去是那么完整，就连臀部和胸部的曲线都似建筑物般浑然，使她看上去那么可爱。

路易斯在等她，希望能陪她一起坐公交车回家，但是她求他，让她一个人待一会儿，她需要想自己的事情。"想自己的事情"是萨拉惯用的表达，这么说的时候，其实并不是真的要想什么事情，而是想要恍恍惚惚地放空一会儿，图像、语言、思绪，都变得断断续续，如同火车窗外闪过的影像。

"那么，对于你来说是完全无所谓了。"路易斯总结道。

"什么事？"

"上周的事。"

"不是的。"萨拉回答道。

"我明白了。"路易斯说着，离开了。

萨拉乘坐公交车回家，为了能够步行穿过公园，她提前两站下了车。一个词语敲打着她的太阳穴。那是一个简单、圆润、白皙的词语。这个词语在树上，在跑步者的呼吸里，在那个9月的夜晚突然而至的燥热的黑暗里。有好几次她都差点儿脱口而出。到家的时候，妈妈不在。楼下传来楼门旁夏季露天茶座的喧嚣。她走进洗手间，在镜子前脱光了衣服。在她面前，出现了一个女孩的样子，老式泳衣下的区域像一块白色的胸甲，将她化作一名即将出征的女战士。那个整个下午都如梦魇一般存在的词语，像果味泡腾粉一般，从某个深邃的、隐秘的地方升腾起来。萨拉冲着自己的裸体露出了微笑。

"控制。"她喃喃道。

世界停滞了几秒钟，仿佛是一名为梦境而害羞的处女。那天是 9 月 2 日。

从那一刻起，那道将曾经的萨拉与她将成为的那个萨拉分隔开来的间隙已经微乎其微。似乎实际上并没有发生什么改变，似乎一切都停滞了一瞬，又从另外一个地方继续了下去，人还是那个人，就像一个熟人那难以理解的行为，在深思熟虑之后，不仅不再难以理解，甚至变得合情合理。控制即变化，变化即控制，两者都是无处安放的空白概念。虚无即所欲。虚无中的一切都将被毫不费力地发现。萨拉觉得这样很好。

开学一个星期以后，她在家附近碰到了路易斯。他很紧张，这份紧张后来也传染给了她。

"哎，萨拉，"他一边说，一边使劲揉搓着双手，"我一直在想……我不知道，那天的事对于我来说确实是有所谓的，我只是想告诉你这个。"

"好的。"

"然后呢？"

"什么然后？"

"好吧，"路易斯急促地结束谈话，"生活就是这样，是吧？"

"谁的生活？"她问道。此时，路易斯有了一种古怪的庄重感。

"再见，萨拉。"

已经不早了。她上楼回家去准备晚饭。打开门的时候她没有想路易斯，把书放到房间里的时候也没有，在厨房里开始给用来炖肉的土豆削皮的时候也没有。妈妈还没回家。她在一家报社工作，有时候会回来得比较晚。萨拉爱她，就像爱一只耳聋的小狗，爱一个透过窗子望向公园的百无聊赖的穷苦孩子。

　　突然，思绪来袭。她记起和特蕾莎的朋友们，还有特蕾莎自己的一些谈话。她也记起了，让自己感到厌烦的并不是她们，而是她们的自得。她走进洗手间，从腰部开始褪掉衣物。坐进浴缸，她开始抚摸自己。最初的不适感很快就消失了，在她发现这和亲吻路易斯时的那种抗拒是一回事的时候，感觉起来却不一样了，因为其中有让她感到欢愉的部分。萨拉相信，在她的身体里面，又诞生了一具身体，这具身体理解路易斯，理解她的妈妈，理解特蕾莎。她不喜欢那具身体。强烈的快感持续了几秒钟，随即缓缓消退。她洗了手，重新穿上衣服。厨房的门一直开着，整个房子都是炖肉的香气。天色已晚，吃过晚饭后她穿上了睡衣。她在日记中写道："亲爱的日记，今天我手淫了。"妈妈还没回来。她很伤心。不知道是为什么。

　　10月缓缓到来，10月总是如此。由于留了一级，萨拉对新同学还不太认识。第一个月里她也没有特意去亲近他们，最终她成为了坐在教室最后一排，将自己主动隔离的角色，但是由于她年龄稍大，也得到了应有的尊重。课间和吃饭的时候她会见到特蕾莎，因为她们会一起坐公交车回家。那天，一起坐车的时候，两个人均默不作声。几周前，特蕾莎就开始和路易斯的朋友约会了，这使得两个人之间的话更少了。

"哎，萨拉，"特蕾莎说，慢悠悠地，似乎在念一份酝酿已久的声明，"你很奇怪。"

她没有回答。

"你……就像什么都不在意。一直以来你都不太爱说话，但是现在你几乎从不开口。或许，我也不知道，是因为我们其他人都让你觉得无聊，对于你来说，我们都没那么聪明。"萨拉的沉默使特蕾莎的语气中再一次带上了责备的意味，"你还嫉妒我，因为我有男朋友……"

特蕾莎停下来，想观察她的反应，而她则努力不让自己笑出来。

"不是，"她说，"不是这样的。"

"那是什么？路易斯？"

她很惊讶特蕾莎居然知道这个，但是她什么都没说。

"还有，我是从他那儿知道这件事的，而不是从你这儿，这让我很恼火。怎么回事？你不信任我，还是怎么的？是好朋友就应该这样，懂吗？昨天路易斯说，那天我跟萨拉搞到一块儿了，而我就站在那儿，一脸蠢相，假装我早就知道这事了，当然，我想说的是，这感觉有点不一样，就好像我在那儿维护你，却不知道你为什么说都不跟我说。"

"特拉，你没有必要维护我。"为了让特蕾莎闭嘴，她说道。

"行，你爱干吗干吗吧。"特蕾莎生气地回应道。

"你别生气啊。"

"我没生气。"

她们又陷入了沉默。快到站的时候，特蕾莎站起身。

"还有路易斯，"下车的时候特蕾莎说，"你至少应该给他打个电话，或者写封信给他。总不能就这样晾着人家吧，太没人性了。"

"好。"她回答道。

萨拉既没有给路易斯写信，也没有给他打电话。不是因为她觉得不该给他写信或者打电话，而是因为她不知道除了告诉他她不爱他这个事实之外，还能跟他说什么。这种感觉在过去的几个星期里慢慢堆积，化作一种不满的情绪，而由于没有发泄对象，最终只能弹回到自己身上。最初，她觉得不爱他是一种卑鄙的行为，但是这种感觉只持续了短短几天。接着，她觉得总会有另外一个她喜欢的男孩出现，但是这也让她觉得不太可能，最后，那种对自己的身体的抗拒感又来了，并且有所加重。"是因为例假。"她想，但是在接下来的几个星期里依然如此。萨拉讨厌例假，就如同讨厌其他任何一种累赘，甚至是她自己的汗液。每天她都要喷两次廉价的花露水，因为她不想自己身上有异味，但她也忍受不了香水的味道。她的愿望很简单，就是没有味道。

有时，她会梦见自己变成了隐形人，起床，到公园去散步，没有人能感知到她的存在。醒来的时候，回想起那种轻飘飘的感觉，她露出微笑。她闭上双眼，以便能够将这种感觉多保留几秒钟，但这反而使得她对身体的感知变得更加痛苦了，最后总是在烦躁中放弃。

那天是 10 月 28 日，刮着风，萨拉第一次用妈妈的拆信刀（刀是那么地漂亮：金色的，上面有三只铜制的乌龟浮雕）在大腿上划了几道伤口。她一个人在家，妈妈很晚才会回来。远处的起居室里，传来电视上的窃窃私语。她试图回想自己去那里是为了找什么，这时，她看到了办公桌上的拆信刀，就在一些银行信件的旁边。那里不是她的领地。她小心翼翼地摩挲着刀尖，几乎是带着怜惜。那天是星期二，但感觉更像是星期四，星期六，因为夜晚满是霓虹。她轻柔地划动着拆信刀，直到刀尖来到了大腿之上。她用力地按压刀柄。她看到刀尖如何穿透薄薄的睡衣，如何轻轻地陷入肉里。疼痛很剧烈，很尖锐，很简单。刀尖的轮廓被一滴鲜血浸润，然后继续在大腿上深入，萨拉发现自己的心脏在急速地跳动着。

她不喜欢这种疼痛，但还能忍受。此时，她感觉流血的腿好像不是自己的，而是一个遥远而虚弱的敌人的，不必手下留情。刀尖无需再深入，血渍已经扩散成了一个完美的圆，犹如一枚血做的太阳。她停止按压，将拆信刀重新放回写字台上，这时，她感到一阵轻微的眩晕。之后，她笑了。她赢了，虽然不知道是赢了谁。

星期三到了，然后是星期四，星期五，这几天里，拆信刀的仪式每天都在重复上演，就像一种无比古朴的宗教仪式，需要分毫不差地严格执行。萨拉将其看作一种流传了千年的信仰。如果知道妈妈不会过来，她就在原地施行，就在书桌旁边。如果妈妈在家，她便会拿起拆信刀，回到自己的房间，关上门，将音乐声开到很大，这样妈妈就不会过来问了。第一日的伤口已经变成一个有着淡淡青紫色边缘的点，在它的旁边又有了别的点，有的浅一点，大多数都像第一个一样。由于不知道第一天坚持了多长时间，她决定做上十分钟。有时，她在裸露的大腿上操作的时候，手腕会颤抖，因为那时候的感觉最强烈。然而，最初的五分钟过去后，她便失去了敏感性，感觉像是在将拆信刀扎在一块没有生命的白肉上，扎在一块蜡上。

就像生活中的大多数事情都毫无意义一样，萨拉也并没有期待这件事会有什么不同。她沉迷于此，不是因为她喜欢疼痛。主动寻求疼痛会让人觉得毫无意义，甚至荒谬，但只要再坚持一会儿，等到感受突破了理智的门槛，便会抵达一种令人倍感愉悦的占领的境地，控制的境地。

占领的感觉，坚定的感觉，使她在那几个星期里都很愉快，然而，那种快乐，却不能像其他所有的快乐那样说给别人听。谁能理解这份快乐呢？妈妈？爸爸？路易斯？一天下午，从学校回来的路上，她几乎就要将这一切告诉特蕾莎了，但她刚要这么做的时候，突然想起那天两个人在游泳池的更衣室里一起脱衣服的情形，便立即取消了行动。不，特蕾莎也不会理解的，她会害怕，会觉得她疯了，甚至会打电话告诉她妈妈。萨拉害怕别人将她的这份幸福抢走，害怕别人会误解，这种恐惧变得越来越深，越来越浓。决定什么都不告诉特蕾莎，便意味着决定了不告诉任何人，永远，同时，承认这是个秘密，也使她害怕被别人发现。她开始隐藏和拥抱这份饱含焦虑的幸福，这让她不禁有些愧疚，但是因为什么而愧疚呢，对谁感到愧疚呢，她想。

整个周末，爸爸都热情得过分。他问了太多关于她的学习和朋友的问题，也吻了她太多次。然后，他告诉她，他认识了一个女人，名叫桑德拉。他说，在人的一生中，有时候需要告别过去，重新开始。他们在爷爷奶奶位于乡下的房子里，只有他们两个人，萨拉整个上午都在散步。到达几公里外的村庄时，她目睹了奇特的一幕：一条野狗闯进了别人家里，骑到了一条被链子拴在狗窝旁边的母狗身上。母狗试图挣脱，但是公狗用爪子死死地钳制着它。在男人的生活中，爸爸说，总会有一些孤独难熬的时候，就在他快失去希望的时候，出现了一个人，所有的一切又变得有意义了。公狗的爪子漆黑、弯曲，和它执着于刺入母狗的姿态一样。母狗的眼中流着泪水。爸爸正在和她说起柔情，柔——情，爸爸说这个词语的时候，每一个音节都是那么地用力，赋予了这个词语一种更深沉的炙热。她向公狗掷了一块石头。一块沉甸甸的黑色石头，足有摊开的手掌那么大。石头无声地落在公狗的脊背上，狗发出一声低低的呻吟，随即从喉咙深处发出一声低沉的咆哮，但它还是继续骑在母狗身上。或许她以后会理解他的想法，但不是现在，或许不是此时此刻，但是随着时间的流逝，几年后的一天她会记起这个下午，然后想到：现在，现在我懂得当时爸爸说的话了。于是，她捡起另一块石头，一块更大的石头，用尽全身力气投向栅栏的另一边。没打中。她比同龄的女孩要成熟一些，所以她不需为此感到害臊，也不会任由别人来嘲笑她。幸运的是，在还没开始生活之前，她就了解到了生活的真谛，对，幸运。她掂了掂在脚边找到的一根长长的棍子，然后将其从栅栏缝隙中伸进去，开始敲击公狗的嘴巴。公狗从母狗身上挪开了，它怒气冲冲地奔向大门。萨拉害怕地倒退了几步，但是当她发现狗不能把她怎么样时，就走近了一些，在栅栏上踢了一脚。她的心脏狂跳着。当你发现自己终于找到那个一直在寻觅的人的时候，心脏总是会狂跳，但是注意，一定要注意，这不单单是感情的问题，还要能共同生活，因为和她妈妈在一起的时候，他们也曾那么相爱（因为他们确实曾经彼此深爱），最终还是不得不承认他们无法继续生活在一起，这并不可悲，这就是生活。狗叫声把房主引了出来，并把狗赶跑了。在逃窜之前，还回头朝着她狂吠了一声。

"我去厨房再拿点咖啡。你要什么吗？"

"不要。"

"乖孩子。"爸爸说着，对她露出了一个大大的微笑，笑得满脸是牙。

那天下午，萨拉待在朝向公园的露台上，一直等到天空显现出本身的样子：一个巨大的蓝色舞台，空荡荡的。她很喜欢，尤其是到了 11 月以后。秋天在整个公园里铺展开来，犹如一场绚丽的换装秀。她已经有两个星期没见过特蕾莎了，也没有跟她说过话。最初的日子里，她觉得她的存在可有可无，是可以被替代的，但是渐渐地，她的存在变得像铅一样坚实。她想她。那个下午，她从家里打了三遍电话，也没能找到她。最后一通电话打过十分钟之后，特蕾莎给她打了过来。特蕾莎感到很失望。她以为是自己的朋友，但是她失望了。

"一会儿咱们不能见面了，我跟哈维尔约好了。"她说，"那个，我想起来了，还有其他人也会来，路易斯也来……"

"那我们还是改天再见吧。"

"好。"特蕾莎的声音回答道，冷冰冰的，毫无起伏，似乎谈话持续了这么久渐渐使她觉得不耐烦了。

"你今天不是要和特蕾莎出去吗？"挂电话的时候，妈妈问道。

"不出去了。"

她觉得自己就要哭出来了，于是她离开房间，穿上大衣，下楼去公园。不知道做什么的时候，她总是下楼去公园。不仅仅是因为她喜欢在公园里散步，更是因为她喜欢那种天色渐晚时，危险给人的那种涌上喉咙的愉悦感。那里晚间会发生很多事情。

"吸毒的，"妈妈说，"坏人们。公园的大门一直开着，他们就钻进去，互相厮杀，就像动物一样。"

如同在两个世界的边缘徘徊：白昼的世界属于情侣与孩童，夜晚的世界有时会出现在报道强奸案或者毒品吸食过量致死的新闻中，有时会出现在看门大妈浮夸地讲述发生在那里的事情时惊恐的眼睛里。

萨拉记得，她有一次目睹了一具尸体被从湖里捞上来的过程。那是两年前的一个8月的清晨，时间尚早，她出去散步。一个人都没有，天气炎热。她被警车的灯光吸引，走上前去。就那么一秒钟的时间，可是她清晰地记得死者青紫色的面孔，带着USA字样的T恤。她记得那个人一只脚光着，只有一只脚光着，很有冲击力，很荒诞，感觉不太像真的。她记得自己有好几次都梦到了那个男人，梦到了那个男人诡异的美丽，人们用绳子将他拉起来，拉到她散步的栏杆附近，在碰到路边石头的时候，那具尸体诡异地把头扭向了她，仿佛是一个完全自发的动作，既优美，又丑陋，呼唤着她。

那天下午，空气、狗、一对对的恋人，一切都令人痛苦，仿佛是从她看到溺水者的那个 8 月下午照搬过来的。她缓缓地朝湖泊走去。由于这天是星期日，便道上满是小丑、吉他手和演杂耍的人。

"女巫会在哪里呢？"穿着玩偶衣服的人问道。

"那里！"孩子们一齐喊道，食指齐刷刷地指着。

"哪里？"

"那里！"

那片湖有一种阴沉的力量，尽管天气很冷，仍旧不乏租小船的情侣。大概有四五对的样子，大家的脸上都蒙着一层疲惫的灰色，一层长久无聊的灰色。萨拉坐下来看他们。她想哭，但是忍住了。发现自己的脆弱，发现对特蕾莎的需要，这将她再一次推到了某个像她又不是她的人面前，再一次让她感到了厌恶。她觉得冷，但是却没有扣上大衣扣子。冰冷的空气从袖口钻入，穿过毛衣和衬衫，使她变得僵硬。现在她是石头做的。坚硬得像一块石头，她想。

她不再用拆信刀刺大腿，因为这对她来说已经毫不费力，也是因为跟特蕾莎通过电话之后，即使是那样做也无法令她感觉好一些。上午她去上学，到了吃饭的时间便一个人回家。坚硬的感觉，白日里对周遭的一切都无动于衷的感觉，在回到家，走进房间，独自待着的时候，便会被崩溃所取代。她感到如此脆弱，她甚至想，随便什么人只用说话的声音便能将她摧毁。那些感觉，虽然强烈，但是持续的时间并不长，之后，萨拉感受到了一种强烈的渴望，她想自残，想要检验自己所能忍受的极限。她的躯体在她面前矗立起来，仿佛是一种纯粹的变形的可能，就像一个超级工程，或者一块巨大的大理石块，里面沉睡着一座精美的雕像。

她开始停止进食是在一个星期三，那天仿佛是从很久以前照搬过来的，可能是童年时代，因为她感到了一种儿时才有的、不真实的、虚构的幸福。那时她一个人在厨房里，已经把前一天晚饭剩下来的鸡腿加热好了，可是，当她打开微波炉时，看到鸡腿冒着热气、油腻腻地泛着油光时，突然感到一阵不由自主的恶心。她把鸡腿扔进垃圾桶，虽然仍有饿意，但还是什么都没吃。肚子咕咕叫了半个小时，然后是几分钟的不适，之后便不再饿了。

那晚，妈妈回来得比平常要早一些，并且宣布她们要出去同埃莉姨妈共进晚餐。埃莉姨妈是妈妈的妹妹，两个人总是心心相通。萨拉崇拜埃莉姨妈，因为埃莉姨妈从未结过婚，也因为她住在巴塞罗那，一个世界性的大都市，那么文明，那么整洁，到处都是高迪建筑。埃莉姨妈是道路、河道及港口方面的工程师，身上总是带着一种在西班牙买都买不到的护肤霜的香味。埃莉姨妈很幸福。

妈妈本想带姨妈去一个离家近的餐厅，但是埃莉姨妈一口拒绝，还说，她请客，所以她来选。她们打了一辆出租车，去了一处优雅的场所，埃莉姨妈一定常去那里。

"这儿太贵了。"妈妈说，但还没等她说完，埃莉姨妈已经伸出手和胳膊知会了服务生，一个简单的动作就让她闭上了嘴，随后，便宛若在人群中游弋，径直走向角落里的一张桌子，那里摆着一张手写的牌子，上面写着"预留"。

"还戴着我送你的太阳项链呢。"埃莉姨妈说。

"对。"萨拉开心地回答道，两个人微笑起来，都在想那个微笑中包含着太多的蕴意，如果换作别人，肯定会去竭力解释，但她俩却明智地选择了缄口。

埃莉姨妈说是因为工作原因过来的，但是谁都没有被这一借口所蒙骗。自从妈妈得知爸爸有了新女友，就陷入了一种郁郁寡欢的状态，时不时地会掉眼泪，或者精神崩溃，出人意料的是，这种崩溃通常表现为整理衣柜和橱柜。埃莉姨妈是来拯救妈妈的，萨拉想。

晚饭的大多数时间里，都只是在听姨妈讲述她的伦敦之旅，她讲述着伦敦是多么地美妙，我们是多么地落后，讲述着同美国的英语相比，英国的英语是多么地高雅，至少比纽约（她说的是

New York，好像这并没有什么不妥）的英语高雅多了，尤其是到处的人们都很友好，令她印象深刻。每讲述一个故事，她都会搭配上一些考究、简单、优雅至极且难以模仿的手势。在萨拉看来，若是脱掉埃莉姨妈的衣服，将其抬上桌面，她整个人都将会闪闪发光，就像是一尊由雅致[1]生产的雕像。

她去了下洗手间，回来的时候，发现她们正在谈论自己的爸爸。妈妈在讲述自己如何得知这一消息、感觉又是如何的时候，脸上现出一份强忍的凄楚，难以掩盖想哭的冲动。埃莉姨妈静静地听着，双手交叉在下巴处，手上的骨骼被柔和的光笼罩着。等到萨拉已经开始觉得妈妈有些丢人了的时候，她终于说完了，埃莉姨妈肯定会分析清楚，会对妈妈说她很软弱，并会教她如何走出来。

然而，不知道为什么，埃莉姨妈竟然什么都没说。妈妈似乎也很惊讶，又说了起来。

---

1 Lladró，世界著名瓷器品牌，1953 年创立于西班牙。

"你应该多出去走走，振作起来。"埃莉姨妈最后说道，几乎有些羞涩。

"我试过，"妈妈说，"我确实试过。我以为这一年来我已经好多了，但是现在，不管去哪儿，我都会想，我会碰到他们，我就要碰到他们了，我该怎么办，萨拉可以为我作证。以前，他来接萨拉的时候，总是会上楼到家里坐会儿，跟我聊聊天，而现在，他总是按呼叫器。我跟他说，上来吧。而他总说，不了，我有急事。就这样。"

"我想跟你说件也许能够让你振作起来的事，一个月以前我以为我已经做到了，但是现在，我跟你的状况差不多。"

"谁？你？"妈妈吃惊地问，萨拉也有着同样的惊讶。

"你还记得吗？"姨妈继续说道，"一年前，我经常去马拉加出差，我跟你们说在那儿有一个桥梁的项目。嗯，其实没有什么桥。他叫拉蒙，那个时候处于分居状态，有三个女儿，是位牙医。一年的时间里我们都在见面。他向我求婚，但我没答应。"

一阵长长的沉默，萨拉希望自己当时并不在那里，希望自己没有听到这些事情。当她在埃莉姨妈身上也发现了那种脆弱、无助的神情时，疑虑消失了。

"你后悔吗？"她妈妈问道，而她则感到血流一下子涌入了太阳穴。不，她不后悔，她不后悔。

"几周前我去马拉加看他。他不太高兴，看得出来。他说，他已经回到了妻子的身边。我后不后悔没答应同他结婚？嗯，是的。"埃莉姨妈说道，仿佛在自言自语，"我得有十来年都没后悔过了，但是现在我真的后悔了。"

妈妈伸出手，慢慢地轻抚着她的后背。

"真是一个交心之夜啊，不是吗？"妈妈喃喃道，试图挤出一丝微笑，然后，两个人一齐转向她，脸都要红了，仿佛突然为自己的坦白感到有些羞愧。

在萨拉的脑海中，埃莉姨妈死去了，犹如一株兰花凋零，天蓝色的美艳在坚持了二十个漫长的时日之后，一夜之间缩减成了一团难看、枯萎的累赘。正是这样，埃莉姨妈死了，没有尊严，如此卑微。那天晚上剩下的时间里她都觉得很奇怪，因为她觉得自己受到了欺骗。那个女人突然之间承认了自己那可笑的软弱，捂着胃部，满脸痛楚，吃了一片中和胃酸的药。她不可能曾经那么崇拜这个女人。

那晚，她睡下的时候，有一种奇怪的空虚感，一遍又一遍地回想着埃莉姨妈的话。现在，她只有自己了，彻彻底底地，再也不可能回头。就像目睹了神的死亡，上帝的死亡。

一开始只是晚饭。一周后，早饭也是如此。十五天之后，几乎是所有的食物。第一个月里，她瘦了十一斤。妈妈总是说她看上去太瘦了，告诉她应该多吃一些。萨拉马上回答说好的，这种迅速的顺从反应彻底切断了对话。爸爸也会时不时地管管她，但最多也就是盯着她吃完一些食物而已。

而萨拉，在自认为熟识的世界中发现了另外一个陌生的世界。与禁食带来的快感相比，饥饿所带来的不适（其实是很容易克服的）就像是一份微不足道的贡品。她疲惫着醒来，稍微动一下就会感到力竭，但是换来的是世界变得可以忍受，变得轻飘飘的，甚至变得体面。萨拉从床飘到公交车，从公交车飘到课堂，飘到课堂上的窃窃私语，然后再一次，回家，步行穿过公园，12月的凛冽敲打着她的面颊，重塑一般。似乎万事万物都生存于她的皮肤之下。

但还不只是轻飘飘的。同基本需求的斗争使她许久以来第一次感到一种优越感。这是一场与自己的战斗，是一场与所有人的战斗，在这场斗争中，她一直忍着，直到饥饿在胃液分泌之后变成集中在胃部某个明确部位上的疼痛。她准备了小包装的食品，小番茄，半个梨，去掉面包皮的半个三明治，然后精心地用锡纸将这些东西包裹起来，仿佛那是幸存者最后的食物。只有在感到自己虚弱得快要晕倒了的时候，她才会吃一些，这样做的时候，也并不觉得解脱，反而是一种必要的恶行，一种令人生厌的生存义务。

通过妈妈房间的洗手间里的电子秤，每天都可以欣赏到这场战斗的成果。53.8变成52.4，52.4变成49.9。从这个数字开始，进程变得更加缓慢，更加艰难，但是从9变成8便能让她带着一种终于摆脱了某种烦人的东西的快乐入睡，9变成8便意味着解放，意味着控制，意味着8也有希望变成7，变成6，变成虚无，变成空气，就像在朝着一个尚未被发明的国度进军，每走一步，她都变得更加渺小，更加坚韧。

这种坚韧有眼，有手，有颜色，有值得倚赖的情感，但都跟她之前体验过的完全不同。现在，每次出门，她看到的都是一个看似混乱，实则清晰、有序的世界，在这个世界里，孤独不仅不再困扰她，相反，独自一人还能帮助她更好地思考和判断。有时候，她离开公园，走到从她家所在的那条街拐弯过去的大街上，她会觉得正在指挥那场由喇叭、人声和公交车组成的荒唐音乐会的人是她自己。她站在原地，定定地看着某个人，某件东西，无声地命令它们进行下一个动作，人们遵从着她的指令，却毫不知情，完全没有意识到实际上他们是在按照她的命令行事。每每此时，她都会觉得体内有某种空虚、简单的东西能与她完美契合，如同幼儿园里玩的那种恰好能嵌进缺口的木块玩具，那种感觉的洪流变得愈加强大。那里没有语言。控制是悄无声息的，就像星期一的夜晚，甚至比那更加安静，犹如目光缓缓拂过书上的文字。

在最初的几个月里，为了掩饰体重的下降，她采取的策略是将裤腰拆开再重新缝起来，这样就看不出来差别了。这个招数一直到圣诞节那天的晚饭之前都很管用。和往常一样，埃莉姨妈和外婆去了家里，已经有几个月没见过她的两个人一见到她就迸发出了惊呼。她们一表现出那种反应，萨拉便恨透了她们。

"学电视上的那些模特并不能让你变得更漂亮。"埃莉姨妈说。外婆则说：

"可是，老天爷啊，你有没有照过镜子，孩子？感觉一阵风就能把你刮跑……"

晚饭有羊肉，也是唯一的主菜。这时，她意识到，三个星期以来，她一口肉都没吃过。不是说她不喜欢羊肉，她一直都很喜欢羊肉，但是从晚饭的准备阶段开始，从她妈妈将羊肉放进烤箱，厨房里充满了烤肉的香气那一刻开始，她就想自己可能没办法吃下去。大家坐在桌前，妈妈朝她要盘子给她盛菜时，她迟疑了一秒钟，但是看向装着还冒着热气的羊排块的盘子时，她感到了恶心，于是说：

"我不能。"

"不能什么？"她妈妈问。

"我不能吃肉，我是素食主义者。"

"能告诉我是从什么时候开始的吗？"

"一个月前。"

"这不健康，这不可能健康。"外婆说。

"那你为什么一整个月里都没跟我说？"

"我不知道。"

"玛加丽塔，卡门的那个朋友，就曾是素食主义者，看着就吓人。"外婆说。

"不，'我不知道'不能算是一个回答。"

"她总是像要晕倒似的，苍白得像一张白纸。"外婆说。

"我没和你说是因为我到现在才确定，这就是原因。"

"看到没？"她妈妈对埃莉姨妈说，"看到了吧，现在她什么都不跟我说了。"

"电视上的那个医生，饭后节目里的医生，他一直说必须得吃肉。"外婆说。

"萨拉，"埃莉姨妈说，"倒不是说做一个素食主义者有什么不好，几年前我自己也是素食主义者，但是……"

"而且看着都吓人，也瘦得太多了，你会头晕的，上点儿心吧。"外婆说。

"……但重要的是你得说出来。"

"还是得吃肉。"外婆说。

"妈，闭会儿嘴吧，你烦死我了。"妈妈说。

"让我闭嘴，你们就是想让我干脆死了算了。"外婆说。

"没人盼着你死。"埃莉姨妈说。

"那你们为什么一直让我闭嘴？"外婆说。

"你应该吃点东西，萨拉。"妈妈说。

"我们是在说萨拉的事儿。"埃莉姨妈说。

"我也在说萨拉，可是你们甚至都不听我……"外婆说。

"如果你乐意，做一个素食主义者并不打紧，但是你要多摄入铁元素，像滨豆、鹰嘴豆……"

"蛋白质，肉。"外婆说。

"妈！求求你了！"她妈妈喊道。

"别冲着我嚷嚷！"外婆喊道。

"你们都闭嘴！"萨拉喊道，"都闭嘴！你们要把我逼疯了！"

她站起身，跑着冲向自己的房间，摔上门，插上门闩。趴在床上，用力捂住双耳，渴望消失，渴望变小，小到一只能够从门下偷偷遁走的小虫，小到一粒尘埃。

妈妈叫门的时候她没有应答，妈妈让她回到饭桌上的时候她没有应答，妈妈十分钟之后又回来用乞求的语气说这是圣诞晚餐的时候她也没有应答，妈妈说给她在门口放了一份沙拉和水果，如果她不愿意就不过去，但是至少应该吃点东西的时候，她也没有应答。她一动不动，双手用力地捂着耳朵，最初是有意识的，后来仿佛她的胳膊都已经不再属于她。自己的脉搏在掌心跳动的声音，呼吸。这个姿势让她觉得不太舒服，但是她并没有动。就应该这样，保持静止。渐渐睁开眼睛，她看到了床单，看到了印着雷诺阿《舞者》的画报，舞者清逸、苍白，就像是用芬芳之气做成的。她也可以用那种方式睡觉，睁着眼睛，踮着脚尖。

冰箱里有一份妈妈和埃莉姨妈一起制作的素食餐谱。食物的旁边，其他颜色的，是一堆蛋白质。从星期一到星期日，菜的种类没有重复，芦笋之后是滨豆，鸡蛋，鹰嘴豆，摆放得异常整齐，单这一点就让人觉得难以接受。

有时她不去上课。她清楚地知道逃哪些课不会被发现，她利用这些课的时间去公园，她对公园产生了一种异样的迷恋。一直以来她都很喜欢公园，从孩提时代开始，她便在那里度过了一个又一个的下午，但是现在她对它的感觉不一样了，她觉得公园就像是自己的一个阴郁的延伸。每天（除了喧闹的周末或节日），她都会穿过公园，从一处到另一处，就像穿过一大片不真实的荒凉空间，可是同时，又是那么近，清晰可辨，就像回想起一首痛苦的歌。萨拉是空气、纸、草木、空荡荡的演杂耍的小亭子，以及最重要的，比其他任何东西都重要的，那片湖。刚开始的时候她并不知道，因为来到湖边纯粹是出于偶然，突然之间看到它——静止，简单，就像一个水做的圆——她感觉自己并不是有意走向它的，而是在路上不期而遇的。

坐在同一个角落里的草地上，她将意识浸入湖中。这种轻盈的感觉太美好了，鉴于它是那么地坚固、圆润、沉重，同时又不带有任何意义。站起身，再看它一眼，慢慢地走回家，这意味着屈从于另外一种恐惧。自从圣诞假期结束，她不得不重新回到学校起，她便觉得全世界都在用同一种惊诧的表情看着她，其中有同情，也有简单纯粹的厌恶。在她毫无存在感的课堂上，恶作剧也开始出现了。一天，她坐在课桌前时，发现有人在桌上画了一个骷髅。而坐在她旁边的女孩们有时会轻微地挪动椅子，以使自己不必看到她。

如果那些话，以及说出那些话的人是真实的，可能萨拉还会在意一些，但是从几周前开始，唯一真实的存在便是那片湖，还有她房间的天花板。甚至妈妈都像是不真实的。她待在起居室里，听到妈妈下班回家进入起居室，她会觉得这太荒谬了，仿佛某种完全无法理解的荒谬的事情正在发生。

"你在这儿做什么？"她问。

"什么我在这儿做什么？我刚下班回来。你怎么了？"

"没什么，我在思考。"

而对于妈妈来说，在把假期后第一周里所有的居家时间都用在劝她吃东西上以后，便堕入了懈怠的哀怨。很多时候，尤其是在厨房里准备晚饭——萨拉早就不吃了的晚饭——的时候，她会自言自语，抱怨她总是要关注别人说了什么做了什么，埋怨没人在意她。这些怨言已经成为了晚间单调生活的组成部分，最初在唇齿间咀嚼研磨，然后是无意识地循环往复，像是一个忘了自己为什么要这么做的人。但是，那天不一样。

"我看到他们了。"她妈妈说。

"看到谁们？"

"还能是谁，你爸爸和那个桑德拉……"

"然后呢？"萨拉冷漠地问道。

"然后？他们正在以前我们庆祝结婚纪念日时会去的餐厅里吃晚饭。"

她不停地说着，直到描述出碰面的每一个细节，萨拉沉默着，很鄙夷这个是她妈妈的女人的软弱。她鄙视她断断续续的声音，她的苍白，她深紫色的眼圈，她的鞋子。她鄙夷自己周围的一切：她们正坐着的沙发那怡人的舒适，室内绿植，爸爸从希腊带回来的掷铁饼者，后面堆满了杂志，外公的照片，电视上方昂贵的画。

"你怎么想？"妈妈问。

"我觉得你很软弱，"萨拉缓缓地回答道，"而且你其实并没有那么难受。"

"你开玩笑的吧。"

她本想说自己没有。

"是啊。"她说。

只有一秒钟的沉默，但是两个人永远都会记着这份沉默。仿佛她们在那一刻才相识，仿佛直到那一瞬间她们才真实地相遇。

"我要睡了。"萨拉说，"我很累。"

"才8点半。"妈妈回道。

她没有回头看她。她离开起居室，就像离开一座陌生、令人不适的房子，她关上房间的门。那里也有那么多多余的东西：玩偶的眼神是那么地愚蠢，玫瑰色的窗帘是那么地轻佻、无用，床单，一起参加野营时拍的特蕾莎的照片。她拿起一个塑料袋，开始往里面塞自己不需要的东西。书太重了，所以她将其堆在了门边。做完之后，她满意地看向房间里光秃秃的墙壁。一整天她都没吃过一口东西，体力上的消耗使她感到眩晕。她听到妈妈在电话里啜泣着，说不知道该拿她怎么办才好。随即妈妈走到她的门前，停住了脚步，却并没有敲门。萨拉听着她的呼吸声，仿佛她是自己的敌人，想偷走她空无一物的房间里的空无一物，那种全新的、令人愉悦的简洁。

"女儿，"她说，"萨拉……"

她没回答。回答就是可想而知的投降。

"我们谈谈，我知道你最近不太好。让我来帮你吧。"

妈妈说这些的时候，带着一种不自信，好像这些话是别人告诉她的，而她也不太确信能否收到预期中的效果。这些话并不属于她。怎么会属于她呢？

"我过得也不好，我们可以互相帮助。"

萨拉看着自己的双手在眼前摊开，她被双手的丑陋吓到了。仿佛这双手从来都不曾属于她。手背上盘走着一条蓝色的血管，从手指中间蜿蜒而上，直到手腕，便消失不见了，就像在前臂上打开了一个小小的蓝色洞穴。

"让我们彼此支撑吧，萨拉……"

肘部毫无生气，就像一块被切割过的鹅卵石，皮肤僵硬发白。摩挲着自己的时候，她发现环住二头肌的手指可以闭合，继续向上，一直滑到腋下，直到被嶙峋的肩胛骨阻止。

"萨拉……"

食指的指尖沿着锁骨的曲线横向滑到咽喉。她打开手掌，绕过脖颈，下滑到后背，沿着后背上一，二，三，四，五，六，七块凸起的脊骨连成了一条垂直的脊柱。

"你还记得以前吗？以前我们经常聊天，你什么事都告诉我。"

萨拉的双手从胸前毫无知觉地滑落，细数着自己的肋骨，这场跋涉如预想一般停在了胯部。手触碰到骨盆上的岬角时产生了一种不适感，因此她继续向下。裙摆使得膝盖处的骨头更加突出，透明，就像一个机械装置，简单而丑陋。

"我们现在再一起聊天的话，可能只有最开始的时候会有些难。万事开头难嘛。开门吧，快点，到时候你就知道我们最后会怎么笑话自己了。"

到了脚的部位，那么遥远，在那里，脚趾异常修长，脚踝异常突出，像是两个被从土里艰难拔出来的根茎。但更糟的是镜子里那个注视着她的女孩，有着和她一样的双手，头发垂在相同的位置，一样的针织衫，一样的裙子（"萨拉，求求你了……"），但是脸色发黑，仿佛一个世纪的疲惫都扑到了她的脸上，那个蠢女孩用她的双眼，她的双唇，她的鼻子，固执地看着她的虚弱，（"萨拉，赶紧把门打开！"）她的头发挡住了眼睛，勾画出她的颧骨，她那可笑的鼻子（"萨拉！"），她躺到地板上，头枕着小臂，体会着硬邦邦的地板硌在每一块骨头上的感觉。走廊上渐渐远去的脚步声是谁的？那些眼泪又是谁的？

"吃吧。"爸爸说。

萨拉觉得自己都不知道是怎么到那儿的。他们坐在爷爷奶奶那座乡下房子里的饭桌前，爸爸，她，一个女人。

"你就是桑德拉，"萨拉说，"你就是那个跟我爸爸搞到一起的女人。"

爸爸响亮地拍了一下桌子，那个女人受到的惊吓比她还要大。

"你想干什么？"她说。

"我想让你吃掉你盘子里的东西，还有表现出起码的尊重。"爸爸回答。

"别发火。"女人说着，拉起爸爸的手，然后转过脸来看向她。女人奇怪地笑着，似乎是想表示她非常理解她。

盘子里是一块切好的牛排和炸薯条，叉子的顶端扎着一小块肉。她得把那些吃掉。

"拜托你现在就把叉子拿起来。"爸爸说着，语气中带着压抑的怒气。

"吃点吧，萨拉。"女人一边说，一边切了一块自己面前的肉，塞进嘴里，充作示范。女人的声音中有一种刻意装出来的坦然，这使她显得很滑稽，另外，她似乎很坚定地想表现出友好的立场，一边咀嚼，一边面带微笑看着她。萨拉拿起了叉子。

"吃掉。"爸爸说。

"别这么凶。"女人说。

"我没凶，我只是在做她妈妈早就该做的事。"然后，他转头看向她："吃掉，快点。"

"我是素食主义者。"

"去他妈的素食主义者。"

"行啦！"女人说。

萨拉把东西放进嘴里，开始慢慢地咀嚼，就像在被人逼迫着做一种反自然的行为。她觉得自己没办法咽下去，便将东西含在嘴里。干涩使肉变成了粗糙的一团，难以下咽。

"咽下去。"爸爸说。

萨拉痛苦地感受着那团糊糊沿着喉咙下去了。

"现在再来一块，快点。"

"让她歇口气儿吧。"女人说。

"快点。"短暂的沉默之后，爸爸又说道。

"我恨你。"

让这几个字倾洒在饭桌上的，并不是寂静，也不是前一幕的紧张。如果她是大声说出来的，或者是喊出来的，那就更像是一种幼稚的爆发，但是用这种方式，这种简单的告知语气说出来，就有了一种极大的说服力，仿佛这份恨穿越了情感的羁绊，扎根于她最残忍的领地之上，绝对漠然的领地。萨拉把叉子放回盘子上，喝了水，擦干嘴唇，又说了句"我恨你"，仿佛并没有比上一个动作多出一丝重要的含义，仿佛一切都属于同一个无形的链条。

"我不吃了。你想对我怎么样？"

这句话里也并没有预想中的威胁意味，她毫不关心这一决定会造成什么后果；这令爸爸无话可说。沉默并没有使事情变得更容易。

"我先走了，你们两个需要谈一谈。"女人说。

"不，请你留下来。"爸爸说。

"我觉得你们应该单独谈一谈。"女人说。

"滚。"萨拉说，依旧是那种镇定的语气。

她爸爸从椅子上站起身，走过去给了她一记重重的耳光。女人跑向他，求他不要这样。看上去像要哭了的样子，但是没哭，只是一遍又一遍地重复着"天啊"，像是在竭力模仿电视剧中的一幕。爸爸转向女人，用一只胳膊搂住她，试图让她平静下来。萨拉将头发掖到耳后，摸了摸脸颊，上面一定燃烧着她的冷漠。她没有哭的欲望，也不感到丢脸，甚至感觉不到疼。那个奇怪的男人抱着那个奇怪的女人。她想变成无限小，消失不见。她闭上了双眼。

"有没有那么一刻，"最终，爸爸说道，"哪怕是一会儿，你曾停下来想过你的所作所为会让你妈妈多难过？"

"有没有那么一刻，"她边睁开眼睛边重复道，"哪怕是一会儿，你曾停下来想过你的所作所为会让我妈妈多难过？"

两人对望着，就像两个在供认同一项罪行的

罪人，没有互相诘责，两个人心知肚明。很长时间以来，萨拉都不介意承认这一点，但相反的是，在她爸爸身上，这些话仿佛揭开了一道还没愈合好的旧伤，他的紧张反应暴露了内心的愧疚。

"收拾你的东西，"他说，"饭吃完了。"

一个小时的车程里，大家都沉默无语。到她家门口的时候，爸爸对女人说让她在车里等一下，他马上下来。在电梯里，两个人都没有看对方。爸爸说"开门"，于是她打开了房门。妈妈正在起居室里看电视。萨拉把两个人单独丢下。她听到爸爸大声嚷着。她听到妈妈大声嚷着。她听到爸爸关门的声音。她听到妈妈关电视的声音。

2 月 28 日。萨拉的体重是四十公斤零两百克。

萨拉离家出走的那晚是星期二，马德里的天气热得不寻常，如同春天一般。整个星期她都没有去学校，而妈妈即使是已经知道了这件事，也并没有做任何评论。凌晨 4 点钟，她尽量悄无声息地离开了家，从楼梯走下楼。做这些的时候，她有种丧失感，就像一个没有时间和空间的生物。

打开大门时，她深深地吸了一口气，用尽肺部所有的力气，身体里充满了空气。然后，她走向唯一能去的地方：公园。便道，树木，都是那么地安静，夜晚的公园被赋予了一种异样的活力。进入公园之后，她感到心情愉悦，就像一个快乐地在属于自己的花园里漫步的人。湖静静地等待着。她坐下来观察它。感到无法抵挡睡意的时候，她便躺在了草地上。闭上双眼，她感到自己身下的大地正在呼吸，感到一股最初几乎无法察觉，但是每一秒都在增强的力量将她吸引到了那儿，先是将她吸进去，然后将她抬至空中，轻飘飘的，仿佛没有躯壳。她闭着眼睛，抚摸着小草，为了不失去那种美妙的感觉，她用力地抓住小草，就像骑在一匹强壮无比的巨马背上，就像抓着一只以不可思议的速度拖拽着她的野兽的鬃毛，萨拉开始笑了起来。仿佛那种快乐已经穿透了整个大地，又一头撞进了她的胸膛。她感觉到，眼泪灼痛了双眼。她大喊。大喊只是为了不因胀满快乐而炸裂。然后，她微笑着，陷入了昏迷，或者说，梦境。

湖边一个露天咖啡馆的老板叫醒了她。她几乎从未像那天早上醒来时那样轻松，那样快乐过。可是，那个男人却在惊恐地看着她。

"你还好吧，小姑娘？"他问。

"你是谁？"

"我是……"男人指了指湖边的咖啡馆，但是他似乎察觉到这样解释下去很可笑，"你家在哪儿？你在这儿睡的？"

萨拉没有回答，她只是看向湖，看向她过夜的那片草地。天气很冷。

"你还好吗？"

虽然男人很担心，但是仍旧可以感觉得到，有什么东西使男人感到害怕，在恐惧深处，一星反感的火花一闪而逝，这使他蹙起了眉。

"我当然好。"

"那你爸妈在哪儿？你住哪儿？"

萨拉没有回答，她只希望男人能走开，让她自己清静一会儿，能立马闭嘴，让她能去看那片湖。她不会弄出动静，也不会打扰任何人。

"孩子。"

"啊？"

"我问你住哪儿。"

"我不知道。"她回答道，纯粹是为了回答而回答，想着这样也许能让他尽快走开，然而，他不但没走，反而抓起她的手腕，将她带到了咖啡馆，然后拿起电话，拨了一个号码。

"请问是警察吗？……好，我等着。"

听到这些，萨拉的血液开始燃烧。

"警察？为什么要叫警察？我怎么你了？"

"没有，孩子，你没怎么我。我只是想让警察过来接你，然后送你回家。"

"我不想回家。"

男人还想跟她说点什么，但应该是电话另一端的人跟他说话了。

"嗯，"他说，"是这样的，我在公园里上班，今天早上……"

萨拉狠狠地咬了那个男人的手，能感觉到牙齿撕开了他拇指上的肉。一脱身，她便跑了起来。

"抓住那个女孩！"男人叫道，但是唯一有可能这么做的人是一个走在便道上的女人，大概四十来岁，脸上僵着一副惊恐的表情，几乎是主动让出了路。

萨拉离开便道，朝着树丛跑去，听着奋力奔跑时鞋子发出的单调声响。嘴巴很干，有点喘不上气来，于是她只能断断续续地大口呼吸。现在她可以确定了：她必须要走得远远的，然后躲起来。肚子很疼，没了力气，但是她还是一直跑啊跑，直到眼前蒙上了一团白雾，提醒她快要晕倒了。她靠近一大片灌木丛，钻了进去。那里有一股很强烈的尿骚味，还有一些类似于野餐的残余：纸片，还有一个空的香烟盒。她坐了下来。在那儿谁都发现不了她。她用衬衣袖子擦干浸透两鬓的冷汗。她听着自己心脏的跳动，就像用力敲打蒙着布的鼓发出的声音。唾液中有一股金属的味道。她觉得自己就快要晕倒了。她躺了下来。

一个小时的时间里，她一直都在害怕，害怕那个男人会出现，会逼她回家。每一个出现在灌木丛旁的脚步声，每一个不属于公园的声音，都会让她想到这一点。然后，这种害怕变得空洞，她想起了妈妈，想起了特蕾莎，想起了埃莉姨妈，但是，她们仿佛并不坚实，仿佛只是一些储存在她记忆中的图像，只是存在于那里，没有任何其他影响，轻飘飘的。"我离开家了，"她想，"我逃出来了。"可即便是这个，也不能衍生出一丝悲伤或者快乐的波动。一切显现出来，又以那一片虚无结束，在那里，只有看得见摸得着的东西才是真实的，稳定的：草地，她藏身其中的灌木丛的叶墙，她双手抚摸着那些东西，空烟盒，空可乐罐，糖纸。"现在他们就要找我了，"她想着，似乎惊诧于自己的冷漠，似乎她希望自己能够保持惊诧，"他们会到处找我。"但是，她不相信那些影像有足够的实体来这样做。然后，她听到了脚步声，又开始害怕了，她抱紧双腿，屏住呼吸，尽量不发出任何声响。在有着虫形分针的玫瑰色手表上，一个小时过去了，又一个小时，又一个小时，在每一个小时里，害怕的感觉先是越来越浓烈，然后消散，然后又浓烈起来，之后是特蕾莎的形象，埃莉姨妈的形象，然后是她的双脚。

5点18分的时候，她看了一眼手表，因为她渴了。从醒来到现在，她滴水未进，突然就想到了这点，尽管一整天都有这种感觉。她决定忍一忍，因为天还亮着，人们可能会发现她，但是，做出这个决定的同时，她感觉对水的渴望又加剧了。她从树丛中探出头，远远地看到一个男人在遛狗。那个男人也会抓住她的胳膊，也会给警察打电话，她不能出去。但是她很渴。距灌木丛半米处有一个喷水头，但是没看到任何阀门，喷水头完全是干的。她可以跑出去，但她也不知道能往哪儿跑。她知道的那个喷泉离得太远，而且，湖边肯定会有人。她抓起一撮树叶，咀嚼着，直到将其变成小小的一团。然后，用舌头把它推向上颚。重复了四五次这样的操作，终于吃了下去，这么做纯粹是出于解渴的焦虑。尽管味道不太好，但她觉得自己平静了下来。

两个小时之后，天开始暗了。又过了一个小时，天已经完全黑了。为了确保不被任何人发现，她又在灌木丛中藏了许久。萨拉来到便道上的时候，玫瑰色手表上显示的时间是12点半。坐了一整天，她的腿都麻了，在寒气里一动不动地待了几个小时，她的胸口突然断断续续地打起了寒战。

向湖边走去的时候，她高兴地发现自己的身体渐渐暖起来了。路灯照射着荒芜的便道，看上去像是一条为在帷幕后等待与观众相见的名人而准备的通道，只是那里没有观众，没有幸福的见证者，也没有需要在其面前掩饰的人。萨拉离开便道，进入树丛中。寂静带上了另外一种质感：自然，日常。想想就知道不可能没人来过这里。月亮轻柔地映照着那片湖，便道对面的路灯被沿路勾描在水面上，就像光划过的痕迹。她朝水面俯下身，缓缓地喝着，没有焦灼，仿佛是第一次这样做。她心满意足地盘腿坐下，深深地吸了一口气。她并不困，也没有记忆。

　　早晨从远方到来，化作天空中的一个亮点，为公园披上了一层昏黄的光，犹如老电影一般。萨拉察觉到自己累了，察觉到自己整晚都不曾动过。湖的另一侧有一个清洁工。她急匆匆地喝了水，然后远离了湖，朝树丛中走去。突然之间，光亮又使她感到了羞愧，感到了害怕，尽管除了那个清洁工她没有看到任何人，尽管她知道那个人甚至都没有察觉到她的存在，萨拉仍旧对自己的丑陋感到非常羞愧。很恶心，她必须躲起来。裤子上满是泥土的污渍和草地上的绿色污痕，衬衣上不知怎么回事出现了一个7形的口子，可以一眼看到肋骨处的皮肤。用手梳理头发时直接缠到了手指上，她发现头发也脏了。肯定也很难闻。意识到这一点的时候，她几乎吓了一跳。她一直费尽心思不让自己发出任何味道，而现在她一定臭气熏天。有一次，一个乞丐在她家附近拦下她，向她乞讨，她不记得那个人的模样了，但是她记得他的气味。现在，浑身浓郁的尿骚味和腐臭味，夹杂着发酵的酸臭味，人们肯定就是这样看她的。

有着虫形分针的玫瑰色手表显示现在是7点半，星期三，但这两件事都不如再次藏起来那么紧要。她惊愕甚至是惊恐地发现自己尿裤子了。肯定是在晚上看湖的时候。当时她甚至都没注意到，但是现在，浅色裤子上的那一摊发黄的印迹是那么地明显，就像在昭告她的羞耻。

那个清晨的天气温暖怡人，她担心这会吸引人们走出来。就像是有意寻找一般，她藏到了前一晚藏身的同一片灌木丛里。她感到精疲力竭，于是她半躺下来，蜷缩起身体，用叶子盖住了自己，以防被别人发现。她已经差不多三十个小时没有睡觉了，闭上眼睛的时候，她感觉一切都在打转。光并没有干扰到她，但只要听到了什么奇怪的声音，她都会立刻睁开眼睛，一动不动地等待着危险过去。尽管整个上午这样的情形重复了好几次，但是萨拉并没有因此而放弃休息，她睡着，但是从未睡踏实，就像一只依赖持续的压力才能生存下去的动物。然而，休憩的时间就像洞穴一般阴郁、昏暗。她以一种奇怪的方式感知着身体的每一个部位，感受着这里或那里的肌肉在放松，与此同时，另外某个地方又一直保持着紧张。此起彼伏，就像是一场或许是由她亲自指挥的音乐会，只不过她全程都是无意识的。

那里既没有声音也没有影像。休憩的愉悦（周末的时候，她总是喜欢睡懒觉）变成了一种义务，一种必需。她带着真正的欢愉感受着那份坚忍。她不再为离家出走而感到愧疚，不再想任何人，她发现自己能够控制感官的每一个纤维，这使她迷恋不已，放任自己被这种迷恋所左右。每一种情感，每一个身体反应，最终都变成了可控的假想。饥饿，胃部的剧痛，一去想的时候便消失不见了，疼痛被渐渐分解，变成简简单单的痛感，变成一种像欲望一样容易压制的独特反应。孤独也是如此。几乎都不怎么需要去想它，将它同其他的情感、其他的反应分离开来，带着一种近乎谎言被揭穿的羞愧看着它慢慢熄灭，便能回复到一种前所未有的自我认知状态。

她醒来的时候，午后的温度正舒适宜人。她倾听着周围的人声，尽量不动。人声远去之后，她一边坐起来，一边抖落了之前盖在身上的树叶。透过灌木丛的树枝她看到了他们。是一群坐着聊完天之后起身准备离开的少年。萨拉害怕他们，一想到就害怕。他们像巨人一般说笑着。其他人远去的时候，其中一个离了群，转头向灌木丛走来。他长得很帅，穿着牛仔裤，有着一双绿色的大眼睛。她尽量保持不动，但是恐惧使她揪住了树叶，由此产生了一个其实很轻微但在她感觉中却奇大无比、足以被人发现的声音。

"你干什么呢？"其他人远远地向他喊道。

"找打火机。我记得放在这儿了。"他回答道。

萨拉迷上了他坚实的臂膀。

"快点，哥们儿！"他们喊道。

"等会儿！……就是这儿，我确定……"他几乎是嘟囔着说完了这些话。那个男孩摸索着草，跪下来寻找着。

"那我们走了！"他们喊。

"他妈的！"他说着，一下子跳起来，追着他们去了。

夜幕降临，她从灌木丛里出来，心里仍在想着那个男孩。这回就连湖也不能令她感到平静了。从藏身之处出来的时候，她便感觉到了阴影一般的危险，她走上亮着灯的便道，夜晚的温度正好，使便道带上了一种特别的迟缓。听着声音由远及近，进而停了下来，似乎是想保持距离，她并没有回头，因为她身体里有一个奇怪的部分已经接纳了恐惧，并已经将其分解，直到只剩下追逐着她、折断身后的树枝、不时轻踩一下的焦灼。她没有坐在前几晚的地方，因为她突然很想尽早与他碰面。她在湖边站着等他，等他赶上她。声音在大约二十步远的地方停了一会儿，几分钟后才继续行动。她急速地跑向自己觉得最后一次听见他声音的地方，大喊起来。那个身影慢慢地向后缩着，最后只剩下一个背影。她知道他已经彻底走了，因为空气再一次变得沉重、迟缓、艰难。她走到经常坐着的那个角落去观察那片湖。她俯身向湖面去喝水，将整张脸都打湿了。假如他对她说"离开那儿，走开，去投海"，她会照做的。

早上醒来的时候，她牙关紧咬，又一次藏身于树墙之后。有着虫形分针的玫瑰色手表显示是星期四，时间是 8 点 20 分。萨拉更加紧紧地咬住牙关，这样持续了很长一段时间，直到下颌骨都开始痛了。透过树枝的间隙，她发现天空带着一种阴郁的灰色，像是要下雨的样子。她觉得自己沉重、强壮，仿若此时的天空，坚硬、粗糙，仿若动物一般。她觉得自己似乎一直以来便生活在那里，在那一堵堵树墙之间，而此刻穿透树枝的光便是她一生中见过的所有。然而，周围的事物越是让她感到舒服，她便越不喜欢处在其中的她自己的身体。她捡起一根树枝，挽起裤管，划伤了大腿，直到出血。然后，似乎是被自己的举动吓到了，她痴痴地看着硕大的深红色血滴沿着雪白的皮肤滑落在地，就像是一面刚刚臆想出来的旗帜。

下午是最忧伤的时刻，那天下午，还下了半个小时的雨。她本想移动一下，可是被人发现的恐惧再一次阻止了她。她已经不再害怕被带回家了。说实话，从第一个早上开始，回家就已经不再困扰她了。不，她还是担心被人看到，这种恐惧，像空气，像阳光，每时每刻都在变化，从蔑视，到如影随形无法摆脱的恐慌，现在，雨已经停了，她浑身湿漉漉的，蜷缩着，竭力不放过任何一个可疑的动静。她反感自己，但同时，这种反感似乎又正是成就她的坚韧和控制力的关键。

夜晚将至，这时，一条狗开始在灌木丛中嗅来嗅去。这时她才意识到，她已经盯着那片叶子看了很长时间了。之前，为了忘却潮湿和寒冷，她开始盯着一根树枝看，并渐渐地缩小观察对象，直到集中在一片朝她垂落下来的叶子，就像一片小小的绿舌头。最初她很冷漠，后来带着好奇，她慢慢地靠近叶子。一个小时之后，当那条狗开始在灌木丛附近嗅来嗅去的时候，萨拉已经彻底被叶子那极简的美丽征服了。叶子的外表肉肉的，背面被一条大大张开的脉络分成不对称的手掌形状。雨水赋予它的正面一种黯淡、奇异的光辉。但是，那种美丽并不只是所有元素的总和，而是超越了其本身，变得无可辩驳，不容置疑，就像一座教堂。

当那条狗将鼻子探进树丛中，目光投向她所在的地方时，她感觉就像是在做一件私密的事情时被抓了个现行。那只畜生怔怔地看着那个奇怪的对象，愚蠢的眼神持续了几秒钟。萨拉用力地打了它的鼻子，然后听到一声呻吟，接着是几声干号。

"因迪！"一个女声喊道，应该是在叫那条狗。

那只畜生从另一处伸进了头，喉咙里不断发出号叫声，一直盯着她。而她以同样的方式回应着，就像捍卫自己领地的动物。

"因迪！"女声一边靠近，一边又叫了一声。"怎么了？是发现什么了吗？这儿有小狗？"

萨拉看到一双手拨开树丛，一张圆润的脸探了进来。她用尽所有力气大喊了一声。女人的表情凝成一副惊恐的模样，跑着离开了。便道上一个人都没有，但是恐惧驱使她朝树丛中跑去。她大口喘着粗气，感觉心脏都快从嗓子里跳出来了。她选择用来藏身的灌木丛比之前那片要小一些，她只能去适应这个不断有树枝刺她的狭小空间。

夜晚缓缓到来。天黑之后又过了几个小时，她才敢出来。出来以后，她似乎自然而然地采取了一种野兽般的姿势和步态去走动。节奏类似于小跑，头稍稍前倾，仿佛是在追踪某个人留下的痕迹。那晚，她没有直接去湖边，而是绕着湖转悠。这样做的时候，她感受到一种巡视时发现自己的领地井然有序的极大满足感。她想大叫，她想在地上爬行，她想出汗，她想吃肉。

萨拉永远都不会记起自己那晚到底是怎么去到那里的，也不会记得她到底做了什么。但是她确实记得，早上醒来的时候，她藏身于几乎是公园最边缘的一处灌木丛中。天气很好，玫瑰色手表显示是星期五。头痛，衣服潮湿，而皮肤却干爽苍白，湿布的触感使她产生了一种本能的不适。她脱下衬衣和裤子，蜷缩在透过灌木丛顶射进来的阳光下。尽管身体惬意地吸收着那种温暖，神经却一直保持着高度紧张。一个男声响起：

"哎，这儿没人。"

一个女声：

"嗯。"

透过树枝，她看到两个交叠的身体在草地上互相亲吻。

从那一刻开始，萨拉就只剩下了极度模糊、极度荒诞的记忆：她的脚尖，一个用过的注射器，衣服上的腐臭。男人说：

"可是真没人。"

女人：

"好啦。"

男人用膝盖拨开了女人的双腿，一边舔着她的脖颈，一边将大腿挤进她的大腿内侧。萨拉感觉自己在下滑，仿佛所有的感官都已经到了忍受的极限。不光是那一对，一切，甚至是最不起眼的东西，都似乎在发出刺耳的尖声，音量以几何倍数增长，直到变成一个令人无法忍受的尖利无比的音符。她攥紧了双手。女人发出一声动人的呻吟。

"不，我们去你家吧。"女人说，但男人仍在舔着她的脖颈。

天气很热，或是很冷，颜色刺伤了她的双眼。那声呻吟仍旧震耳欲聋，但是同时，她也无比清晰地听到了两具身体互相摩擦的声音。

"我们去你家……"女人重复道，但是声音中带着妥协的意味，与言语的意思恰恰相反，她双腿大张，以便男人进入。

如果有人问她那个时候的感受，她会回答说，突然之间变得很安静，然后所有的事物都分崩离析，变成一个一个的部分，然后每一个部分又变成更小的部分，直至到达一种貌似不可能继续的境地，一切都还在继续分解，每一次都分解成更简单的元素，在这个过程中，一切的一切，在失去整体的同时，也失去了意义。她扑向那个男人。

仿佛摧毁他之后，一切都将恢复原来的样子。女人大叫起来。萨拉一直记得她的神情：大张的眼睛，睫毛膏。她在男人的胳膊上咬了一口，但是男人一把就将她摔到了地上。她仿佛是在与一个巨人对抗，简直是在找死。她再一次跳起来，想去咬他的脖子。她记得，空气是沉甸甸的，男人最后死死地抓住她的肩膀。她一边踢腾，一边到处乱咬，迫使男人松了手，又再一次冲过去。之后，便什么都没有了。

应该是被狠狠地打了一下，因为，现在，在这间房间里醒来时，萨拉发现自己动不了，右脸颊火辣辣地疼。房间是白色的，就像医院的房间一般。床边有一把椅子。抬起头，她可以看到自己小得可笑的脚，还有一扇门，门后大概是洗手间。一个女人进来了。女人一边微笑着，一边坐到她旁边的椅子上。

"你好。"女人说。

"你好。"

"你好点了吗？"

"嗯。"她回答，并不知道别人为什么要这么问，但觉得应该给出肯定的回答。她觉得很虚弱。

"你叫什么名字？"

"萨拉。"

"外面肯定会有人很着急，正在找你，知道吧？"女人微笑着，唇膏染脏了她的一颗牙齿。

"能不能告诉我们一个电话，这样我们能联系他们说你在这儿。"

萨拉说了一个号码，一个名字。号码和名字似乎是从遥远的地方来到了她的身边，但是她却记得很清楚，简单而突兀，就像两个奇怪的物体。

"你在公园里干什么，萨拉？"

"什么都没干。"

"你为什么要打那个男人？"

"我不知道。"

女人再一次微笑起来。

"你歇会儿吧，"女人一边将一只手放在她的额头上，一边说，"我们会给你妈妈打电话的……"

萨拉想哭。牙齿染上唇膏的女人站起身，离开了。接下来是一段漫长、苍白的沉寂，只能听到门后金属碰撞的声音和无比遥远的人声。一个护士推着小车进来了，把它推到床边，揭开了盖着的东西。护士说了一些她听不懂的话。

"他们不让我们给你松绑。"

护士摇动手柄，将床斜立起来，直到萨拉能坐在餐盘前，上面有一杯冒着热气的汤，一块熟火腿，一盒酸奶。萨拉希望这个女人离开，但是她没走。她舀起一勺汤，放进萨拉的嘴里。然后又是一勺，又一勺。滚烫的液体像硫酸一样灼烧着她的内脏。

"好了。"萨拉说。

"不，你得把所有的东西都吃掉，医生说的。"

一勺汤，又一勺。

"拜托，够了。"萨拉说。

"不可以哦。"壮硕如牛的护士亲热地说。

萨拉看了一眼火腿，感到一阵恶心，吐到了餐盘上。护士离远了一些，以防溅到自己身上。她什么话都没说，撤走了餐盘和脏被单，就像一条训练有素的狗。

"他们对我做了什么？"她问。

"没什么，孩子，他们能对你做什么？不过是想办法治好你罢了。"

萨拉开始哭起来。缓慢，艰难。她努力停止哭泣，但是却做不到，她做不到了。她一直为自己忍住眼泪的能力感到骄傲。而现在，表面上的坚韧外壳已经破碎，她仿佛融化在一种黏糊糊的、油腻腻的软弱之中，融化在啼哭声中。

"小可怜儿。"护士一边说着，一边靠近她，手里拿着一块手帕，帮她擦了擦脸，然后放在她鼻子旁边，让她擤鼻子。"真可怜。"

萨拉鄙视这个女人：

香水的味道。

没精打采的眼神。

中年妇女的胸部。

但是她无力将自己的鄙视表现出来。鄙视需要太多的力气。她是那么渺小，而她的敌人又是那么庞大，一把抱住她就能弄碎她的每一块骨头，仅用身体的重量便能令她窒息。

"我会找医生谈的，你别担心。想怎么哭就怎么哭吧，这不是坏事。"

停止哭泣的时候，萨拉几乎感觉不到那只壮实的手在向后梳理她的头发。病房的白色变暗了，变黑了，沉甸甸的，过了一会儿，又变透明了，之后再一次变成黑色。在这份困惑中，她渐渐沉入一种无处安放之中，沉入一种淡淡的、脆弱的黑暗之中。她渴望变得渺小，更小一些，一粒尘埃，一只能够从门下、从空气中遁走的隐形小虫，但是跟以前不同的是，她不再有喊叫的欲望，仿佛整个世界都压在她的肩上，而她尚未完成使命便要消亡了。

"你休息一会儿吧。"护士说着，推着小车走了。

寂静。寂静淹没了整间病房，就像是房间本身古怪的一部分。

门开的时候，已经差不多是晚上了，牙齿染上唇膏的女人还没完全进入房间，便说道：

"萨拉……很好，我就是想看看你醒着没有。看看谁来了，看看谁来看你了。"

一个女人进来了，看上去像是她的妈妈，因为和妈妈一样，这个女人穿着一件蓝色的外衣，戴着一条金项链，还有鞋，但是除此之外，她非常苍白。她明显地消瘦了，紫色的眼圈使她的眼睛显得尤为突出。她还带了一些红色的花，她一边将花放在小桌子上，一边勉强露出笑容。她不知道该做些什么。

"女儿。"她说。

萨拉明白，自己现在应该给出一个解释，应该感到羞愧，应该哭泣，应该感到内疚，但是她没能自然而然地流露出其中任何一种情感。

"是只能这样吗？就这么绑着？"她妈妈转头看向那个女人，问道。

"我觉得应该不是，我去和医生谈谈。"

"天啊，你的眼睛这是怎么了？疼不疼？"

两个男人走进来，从一系列复杂的带子和扣子里把她放出来。妈妈吻了她。哭了。吸着鼻子。

"女儿，说点什么吧。"妈妈说。

她不知道能说什么，于是一言不发。

"他们明天会把你送到另外一个地方。那里有一个专门适用于你这样的女孩的项目。对不对，医生？"

医生是一个四十岁左右的男子，穿着一件别满圆珠笔的白大褂。直到他如教皇般平静又缓慢地说出"是"的那一瞬间，她才察觉到他的存在。

"在那儿对你有好处，你等着看吧，一周之后你就可以回家了。"

"这得看她的恢复情况。"医生纠正道。

"对，你等着看吧，一周之后你就在家里了。"

妈妈再一次亲吻她。萨拉觉得脸上湿乎乎的眼泪很恶心。

"你爸爸在门口呢。你想让他进来吗？"

"不。"

"他说让我代他跟你说声对不起。你知道那天下午他不是真的想打你。"

过了一会儿，医生把所有人都撵出了房间。然后递给她一枚白色的胶囊和一杯水。

"把这个吃了，有助于睡眠。"

门被关上的时候，已经是晚上了。瓷砖上反射着泛黄的光带。像是无数双眼睛。

有着虫形分针的玫瑰色手表显示是 10 点半，

萨拉现在住在另外一个病房里。她坐在轮椅上，被推过一条望不到尽头的走廊，被推上电梯。唯一的声音是护工鞋子的咔哒声，唯一的气味是不知名的消毒水味。口腔科。饮食紊乱。病房比之前那个要小一些，但有一扇窗户，窗外貌似是一座小花园。她躺在一张冷冰冰的床上。护士将针管扎进她的胳膊，为她接上了一个透明的管子，管子的另一头连着一包点滴袋。

"如果卡住了，或者看到点滴不滴了，或者针头松了，你就呼叫我。胳膊尽量别动，也不要碰它。"护士说着，就像在吟唱一首耳熟能详的歌曲。之后又来了一个女人。

"你马上会有一个新病友了，"女人一边说，一边轻轻地挪动她的床位以腾出空间，"这样你们两个就可以聊天了，你会发现这还不错。"

安娜。门开了，然后是安娜。门打开了，然后是安娜那双大大的栗色眼睛，安娜的鼻子，左脸颊上的痣，安娜的手和脚，就像是她自己的手和脚，还有跟她一样的点滴管，管子一直延伸到床边的一个配件上，护士的手擎着这条点滴管，似乎在害怕它会掉到地上。

"你好。"护士说。

但是安娜什么都没说，对护士的话既没有任何语言上的附和，也没有动作上的回应。在为了腾地方挪来挪去的混乱中，她唯一所做的便是一直盯着她看。看得出有人为她洗了澡，甚至头发也应该洗过了，因为萨拉闻到了一缕轻微的洗发水味。她一侧的头上戴着一个将刘海儿别在耳朵后面的红色发夹，手上戴着一只假的金戒指，上面有一颗超大的紫色石头，看上去像钻石一样，还有眼睛。

"你们两个会发现这儿挺好的，"护士说，"安娜，你瞧，这是萨拉。萨拉，这是安娜。"

两个人都想要说"你好"，但是两个人却都没说出来"你好"。说了"你好"就意味着说了大家都说的话，但是她们跟别人不一样。她们等待着，等到护士离开，便开始看向彼此。两个人都想说点什么，安娜甚至显出后悔的样子，以至于最后发出了类似咳嗽的声音。

"你眼睛怎么了？"最终问道。

"我打了一个男人。"

"啊。"

安娜将眼神细微地倾斜到床单上。她转动了几下戒指，猛然抬起头看向她。

"你注意到了吗，我们两个人的名字里都有两个 a，Ana，Sara。"

她甚至已经开始热情满满地琢磨起来，但是话说到一半，就像是有些后悔了，最后念出名字时，已经是近乎喃喃。

"对，"萨拉回答道，"我十七岁。"

"我十六岁。"

"你很漂亮。"

她这么说的时候，安娜开始非常严肃地凝视着她。她们又沉默了一阵。

"不是真的，"她说，"我不漂亮。"

"我不想漂亮。"萨拉回道。

"我也不想，我也不想漂亮。"安娜急不可待地回应道，似乎这会将她从某个想要加入的群体中剔除出去。

"我喜欢你那颗痣。"

"谢谢。"

她们再一次沉默了，看着对方，并不是她们无话可说，而是想说的太多了，以至于两个人谁都不知道该从哪里开始。从那一刻开始，萨拉便很想跟安娜说说那个公园，那片湖，夜晚时分路灯映在水面上的光。年龄差将她放在了优势的地位，这使她一瞬间恢复了力气。当她说到她打了一个男人的时候，安娜崇拜地看着她，而萨拉，从那一刻开始，便很想照照镜子。她已经有很长时间没有照过镜子了。

"这儿没有镜子之类的吗？"她问。

"或许洗手间里有，但是你不能起来。"安娜说。

"为什么不能？"

"我不知道。"

看上去，镜子里那个人的形象并没有什么不妥之处。她身穿带着圆点的病号服，短发。皮肤不显苍白，但是有些病恹恹的，这一点在深得近乎栗色的嘴唇上尤为明显。右眼眼周已经完全淤青，伤痕上透出淡淡的黄色。在她的背后，出现了安娜那双安静的栗色大眼睛，安娜模仿着她从床上站起身来，随身拖着点滴袋。

"我好久没照过镜子了。"她一动没动，解释道。

安娜在门口等了一会儿，然后靠近她，占据了镜子里空出来的部分，就像是在竭力完成一幅未完成的画作，同时，也为镜子里出现的那个女孩感到惊讶。

"我以前总照镜子，"安娜说，"照得太多了，我都受不了了，但是我就是没办法不去照。我是不是很傻？"

"不，你不傻。"萨拉坚定地回答道，仍然看着镜子，一动不动。

那一刻有什么事情发生了。也许是因为那些话。也许安娜是在开玩笑，而她回答的时候则当了真。也许是因为洗手间那昏暗的灯光，镜子中的两个人突然静止了，仿佛是在等人给她们照一张拍立得，仿佛是有人命令她们不许说话，直到一切明了之前就那样互相望着。

那天下午，大家第一次被召集起来。最大的

十九岁，染着红色的头发，名字叫作迈特。第二大的十八岁，不知道该说什么做什么的时候便会露出马一样的微笑，她叫努里娅。第三大的也是十八岁，她的名字太难记了，萨拉一直都记不住。她总是穿着一双玫瑰色的拖鞋，她母亲带给她的。之后便是安娜和萨拉。一个女人说她们生病了，还说为了恢复到正常状态，第一步便是认知自己的病情。之后，又谈到脂肪及其对女性身体不可或缺的作用。最后她解释了一些规则，大致就是说她们要与一名女心理医生聊一个小时，还要严格监控（她强调了这个词）饮食，并会视情况进行奖惩。最初没人愿意开口，女人说让大家自我介绍的时候，所有人都望向地面。轮到自己的时候，萨拉说了自己的名字，今年十七岁，还说自己是独生女，喜欢画画，最后这一点好像很得那个女人的欢心。

"我母亲是个画家，用粉彩画人像的。你用什么画？"

她感觉谎言被揭穿了。她一直说自己喜欢画画，是因为有一次，很多很多年以前，老师把她的画作为范本展示给了全班看。从那时开始，她便一直说自己喜欢画画，说自己会成为一名画家，但是她从来不曾画过画。所说的"粉彩"是什么东西？她怎么能说自己其实从来不画画，却喜欢画画呢？谁会相信这个呢？她突然恨起她来。她本来已经快要觉得舒适了，已经差不多接受了努里娅的微笑，迈特的头发，还有另外那个人的拖鞋，但是现在这些都无情地成为了她的敌人。除了安娜之外，所有人都在用那种愚蠢的期待表情看着她。一个小丑。老师在课堂上展示的画是一个小丑。他们当时正在用彩色蜡笔画画，老师走近她画的画，拿了起来，说："你看，这样加上两笔，好不好？"然后，寥寥几笔，便把她那张无趣的画变成了一个惊人的小丑，一个似笑非笑的小丑，一个微笑着但看上去却很悲伤的小丑，而她，害怕自己会毁了这幅画，便没再做修改。她在背景里画了几个气球，然后签了"萨拉"的名字，名字下面画了一条横线，就像毕加索一样。

"说说看，萨拉，你用什么画画？"

"用蜡。"

"可是没人用蜡画画，"迈特说，"画家一般画画都是用油彩，或是树脂，或是粉彩，或是水彩，或是炭条，但是我从没听过……"

"这些材料我画画的时候也用，"她急促地回答道，"但是用得最多的还是蜡。"

现在大家都知道她在说谎了。是的，老师之所以展示那张画，只是因为他不记得那其实是他自己画的了。

"大家看看萨拉画的画多棒。"

大家都惊诧地看着她，连特蕾莎也惊诧地看着她，似乎默认了她那隐藏许久、从未在人前展示或炫耀过的天分，但那是假的。假的。

"可是用蜡怎么画呢？"迈特问道，对得到的答案并不满意。

萨拉恨她们，也恨自己。在那种情况之下，她尤其鄙视自己当众出丑时的羞耻感，因为这使她再一次变得软弱，就像以前一样，就像面对特蕾莎，面对路易斯，她再也不想这样了。

"用粉彩蜡。"

"哈！粉彩蜡，根本不存在！"

"当然存在，我就是用这个画画的。"

"好了，行了。"女人说。

"可是她在说谎，"迈特坚持说，"规则里面的第一条便是不说谎……"

"无所谓，行了。"

"我没说谎，你个婊子养的！"萨拉喊道。

"萨拉！"

此前在整个谈话中间一直都在玩自己的紫色戒指的安娜，这时突然看向她，带着恐惧，带着崇拜，这种认同使她突然觉得自己是无敌的。

"你再敢说我说谎，我就杀了你。"

"萨拉！"

迈特没再说话，这代表着胜利。这种胜利的感觉，她在安娜的眼睛里也感受到了，那双眼睛朝她大大地睁着，闪亮得如同一枚荣誉勋章。

"好吧，萨拉，罚你四天之内都不许看电影，以儆效尤。"

"我无所谓。"

"会有所谓的，放心吧。"

确实有所谓。从当天晚上开始便有所谓了。在两名护士目光的注视下，她们默默地吃了晚饭，缓慢得如同一场沉重的仪式。晚饭之后，所有人，除了她以外，都去看电影了。看电影的地方通常是食堂旁边的一个小厅里。晚饭后一个小时之后才允许去洗手间，因此那时还没到上厕所的时间。萨拉只好待在那里，听着其他人如何大笑着。最后，护士跟她说，如果她愿意，可以回房间。一整天她都在盼望着回房间，但是那一刻她又宁愿留下来。

"我不能留在这儿？"

"不能，因为你在受罚，你知道的。"

隔壁的房间里，所有人都爆发出一阵大大的笑声。安娜也在笑。她将自己埋在床上等她。等到门终于打开的时候，她懒洋洋地翻了个身，试图模仿出已经睡了很久的人的那种厌烦。安娜走到床边，慢慢地钻进被窝，尽量不弄出动静。

"电影好看吗？"她问。

"好看，我给你讲讲？"

"嗯。"

安娜讲得很快，前言不搭后语，为了解释漏掉的事情，她又从后往前讲。这样并没有多有趣，但是萨拉很感动，感觉到安娜在期待的时候，甚至会努力地大笑几声。

"我讲得太烂了，那个电影。"安娜最后说道，像是给自己下了一个定论。

"我喜欢听你讲。"萨拉回应道。

那些颠三倒四的话像是从很远的地方传来的，安娜讲的时候，萨拉看着她的床，一句话都没说。小公园的灯光使她能够看到安娜的轮廓，仰面躺着，定定地看着天花板。

"迈特是一个蠢货。看电影的时候为了吸引别人的注意笑得最大声。我不像你那么勇敢，我坐在那儿，却什么都没说。"

"你也觉得我在会上说谎了？"

"没有。"她快速地回答。

"谢谢你。"

"所有人都是蠢货，对不对？"

"对。"

她本想接着说"除了我们，所有人都是蠢货，

消磨

除了我们"，但是她没有那样做，因为安娜转头看向了她，她们就这样静静地望着彼此。萨拉记不起自己是什么时候睡着的，记不起她看到的那双眼睛什么时候不再是安娜实实在在的眼睛，而变成了那双她整晚都在梦着的、更大的一双眼睛。她望着它们，带着记忆中那种令人愉悦的放空感，她记起曾经坐在那片静静的圆湖边，感受着如同一块漆黑、轻薄、柔软至极的丝绸般滑落的夜。

进食是最糟糕的。比和心理医生单独会面还要糟糕。甚至比组会还要糟糕。当就餐时间临近，所有人都陷入一片无助的寂静之中。这片寂静意味着距离护士来到公共厅并宣布"吃饭"的时间还有二十分钟，十四分钟，两分钟。护士清楚地懂得，只有在这里，听上去那么寻常的两个字才能在忍受的极限旁再打开一道缝隙。点滴，药物，运动（上午她们被强制要求去散步）使她们不可避免地感到饥饿，这使事情变得更加艰难。如果不饿，吃饭兴许会容易一些，更人性化一些。而现在这种操作不仅像是一种违背人性的行为，更

正当意图

像是抵触的情绪还未缓解，一切却都已经为她们准备好了。

　　于是，她们带着饥饿的感觉吃饭，以最野蛮、最无耻的方式残害着自我。寂静只是一种表达团结的方式，以团结的方式，某种东西超越了她们，将所有人变成了一个胃，一种屈从的意志。有时候会有人哭，但是没有一个人会从自己的盘子里抬起头来，这时，她们发现音乐响起了，为了使她们平静下来，有人放了一首曲子，她们发现护士正在轻声哼唱着那首歌，她们也发现第一道菜之后还有第二道菜，还有饭后甜点，而且要把所有的东西都吃掉，还要在餐后一小时之内都保持不动。女孩们，除了萨拉之外，一起看电影，同时期待着护士不要开启一个荒唐的聊天话题，感受着每一颗细小的食物渣滓如何穿过胃壁，推搡着血液，转换成脂肪。每一次，当心理医生让她讲述自己父母的事情，尤其是父亲的事情时，再一次问她为什么要朝那只狗扔石头、为什么没再给路易斯打电话、为什么说妈妈软弱时，羞耻感、油腻感、恶心感便会再一次袭来，敲击她的太阳穴。

如果不是因为安娜，第二个下午她便会被驯服，就像迈特、努里娅以及那个她永远都记不住名字的女孩，大家因为她的拖鞋而亲热地叫她"小玫"。她会像她们一样，默默地走着，从食堂到电影，从电影到与心理医生的谈话，从与心理医生的谈话到组会，一言不发，互相仇恨。有了安娜就不一样了。在食堂里，她们并肩坐着，每当两个人中的一个觉得忍受不下去了的时候，便会用自己的膝盖去碰另一个的，而另一个则用脚去摩擦这一个的，或者轻轻地靠拢，直到胯部碰到一起，这样就足够了，就变得可以忍受了。这些动作的实施，包含着接受自我的成分。安娜有一次解释得特别好，她说，这就像是生活在一个秃子的国度，却留着长发，那些秃子出于嫉妒，很想把她们的头发剃光，但是却无法使她们相信做秃子是多么地快乐，有头发是多么地违背人性。萨拉太喜欢这个例子了，于是将它告诉了努里娅，而努里娅则当作自己原创的故事在会上讲了。面对"感觉如何"的一贯问题，努里娅第一个举起了手。

"就像是生活在一个秃子的国度，却留着长发。"她说，然后，又逐字逐句地说了秃子们如何试图说服她剃掉头发。

安娜看了看萨拉，然后两个人一起望向努里娅，带着责备，而她非但没有因此感到心虚，反而说，那个关于秃子的故事，是她自己做过许多次的一个梦。

当天晚上，安娜给她讲完电影之后，她们聊了很久这件事。从那一刻开始，她们不会再跟任何人说任何话，她们两个，只有她们两个，将对抗所有人。

"就像姐妹。"安娜说。

她说：

"不，更亲，比姐妹更亲。"

为了加重这个词的分量，她们互相望着，很严肃，没有互相触碰，安娜带着左脸颊上的痣，还有那枚带着紫色金刚石的戒指，而她则带着颧骨上几近痊愈的伤，以及她那块有着虫形分针的玫瑰色手表。

"现在我们得发个誓。"萨拉说。

"什么誓？"

"发誓我们永远不会像她们那样。"

"好。"

"我，萨拉，发誓永远不会像其他人那样。"

"我，安娜，发誓永远不会像其他人那样。"

"你软弱之时，我会坚强。"萨拉缓缓地继续道，沉迷在安娜那双大大的栗色眼睛里。

"你软弱之时，我会坚强。"

"我会帮助你。"

"我会帮助你。"

"永远。"

"永远。"

"这回我们永远也不分开了。"萨拉郑重地说。

"永不。"安娜答道。

夜漆黑而粗糙，犹如一颗火山石。

一切都变了，从隔壁房间缓慢的电影对白到与心理医生的交谈。最初几天的软弱，以及看到自己身体新生的恶心感，都固化了。看到安娜，感觉到她在自己身边，使她重拾了在公园里度过那一周时的坚韧和控制。就在两天前，她还差一点儿就要告诉心理医生公园里那对在草地上接吻的情侣的事，但是现在，即使是这段记忆都已经固化了，变得非常小，她也感觉自己只需心念一动便可以压制住。

安娜更软弱一些。萨拉注意到，不和自己在一起的时候，她会屈从于迈特。因为是最大的女孩，迈特已经建立起一种权威，主要体现在谁都不能质疑她说的话，也不能质疑她在餐桌上的优先位置。如果说萨拉恨迈特的话，那也不是因为她的权威，而是因为她对安娜的控制，而她却无能为力。

"迈特跟我说，你满嘴都是谎话。"发誓之后的第二个晚上，他们准备走去食堂吃晚饭的时候，安娜对她说。

"那你相信吗？"

"不。"她回答道，但从她的语气里，萨拉感觉她有所保留。萨拉昼思夜想的那对脆弱的栗色眼睛里，某种东西已经崩塌了，或者说即将崩塌。

她们像往常一样坐下，坐在第一次坐的位置

上，不看对方。这是一个重要的日子，因为晚饭之后，她的受罚便将正式结束，她可以和其他人一起去看电影了。整个下午她都在想这件事，这使她的心情一直很好，直到安娜跟她转述了迈特的话。晚饭有蔬菜和鱼，还有土豆泥。

就像其他任何一顿饭一样，这一顿饭也原原本本地遵循着从一开始便确定的流程。没有人从座位上抬起头，但是所有人都清楚地知道其他人的盘子里是什么状况。没有人会比别人吃得快一些或慢一些。如果有人觉得自己比别人快了一点，便会在其他部分慢下来，这样便不会第一个吃完。没有人会同别人讲话。如果需要什么东西，他们会直接向护士要。

萨拉那天晚上打破了规矩。进入饭厅的时候，她差点儿撞上迈特，随后还向她投去了一个挑衅的眼神。迈特的怒气集中在她染成金色的头发上，集中在她说话的语调上，集中在她的双手上。甚至牵连到她的饭菜上。她的土豆泥碰都没碰。

"我不吃土豆泥。"当差不多所有人都快吃完了的时候，迈特大声地说。

"你当然要吃。"护士回道，完全没有把她当回事。

"我从来没吃过。在家里就不吃，我妈妈从来都不逼我吃。"

"我妈妈从来都不逼我吃。"萨拉用嘲弄的声音说道。

仿佛有人在饭桌上投下了一枚无声的炸弹。迈特恶狠狠地瞪了她一眼。

"萨拉！"护士喊道。

其他人都从餐盘上抬起了头，就像是等待着一场雄性头鹿决斗的鹿群。

"吃下去我会吐的。"迈特一边对护士说，一边偷偷溜走。

"不，你不会吐的，因为你早就知道你要是吐了，就会有双份等着你。"

"这不公平。"迈特回道。

"别人每次都得把自己不喜欢的东西吃下去，偏偏你不用的话，那才叫不公平。"洞悉一切的护士说道，"你知道规矩的，除非你过敏，否则没有任何借口。"

萨拉感觉到安娜的脚落在了自己的脚上，仿佛是对她的勇气的一种肯定。她感到她的眼神落在自己的脸颊上，摩挲着。她已经选择了她，安娜选择了她，那双小脚对她的脚先是缓慢然后用力的摩擦，使她确认了这一点。萨拉觉得自己是无敌的。

"我吃了肯定会吐的。"迈特重复道，声音很低，就像是在自言自语。

"哎！迈特！"萨拉大喊，"迈特，看这个！"

她用手拿起自己的土豆泥，一下子塞到嘴里，就像一只野兽。迈特的脸上挂着一副厌恶的神情。

"萨拉！"护士大喊。

"看！"她再一次说道，并将盘子里剩下的食物抓起来，抹到脸上。迈特吐到了盘子里，有人拉起她的一只胳膊，将她拖出了食堂。

"这意味着一周之内都没有电影看了。"

"一周之后我都已经离开了。"

"不，孩子，不是你想的那样。"护士一边回答，一边将她关到房间里。

在那个小公园里，在那扇窗的后面，下午变

得绯红、炎热，但是安娜不在的话就不一样了，因为安娜不在，所以她没有静静地坐下来盯着她看，树木那种橙色和石榴红的色调使她的心绪更加躁动。她很紧张。她想打碎什么东西，想大喊。安娜回来的时候，她已经平静了下来。

"电影怎么样？"

"呸，以前看过了。一部关于印度人和牛仔的片子。"

"我不喜欢这类的。"

"我也不喜欢。"

不去谈论食堂发生的事情，是安娜对她盲目崇拜的最后一丝表现。

"你想让我给你讲讲我被带来这里之前那个星期发生的事情吗？"

"想。"

安娜不知道，尽管有些时候她曾经提起过那段时光，但之所以迟迟未讲，就是因为从一开始，她便希望讲述的时机应该恰如此刻：安静，夜间，没有任何被别人打断的可能。她缓缓地说着，几近耳语，竭尽所能地描述着。有时候，她会觉得讲得很差，还觉得她没听懂，因此她会一次又一次地重复"不是这样的"和"说不清楚"。还有一些时候，仿佛有人在向她口述她该说的事情，她觉得她的那些话能够被嗅到，能够被触碰到，这些话语本身就是那些树叶，就是那片湖，就是休憩在树间的那个夜晚。安娜盯着她看了几分钟后，便将头转向了公园，把带痣的一侧脸颊留给了她。这个姿势让萨拉觉得，她的那些话在安娜身上撕开了一条深邃而明晰的裂痕，安娜的手一直转动着那枚带着紫色金刚石的戒指，目光迷失在公园里，迷失在某种不再是公园的东西里，而是在公园的背后，更远，更深的地方。

第二天，吃早饭的时候，他们被告知那个下午家人会来探望，吃过饭之后，他们会有半个小时的时间梳洗打扮。衣服。所有人都说想念自己的衣服了。而萨拉从一开始便很喜欢整齐划一的病号服，但是当她看到，安娜在想到可以重新穿上自己的裤子、自己的蓝色套衫的时候，眼睛亮了起来。有人给了她一条裤子，一件绿色 T 恤，应该是妈妈从家里带过来的。

安娜穿着自己的衣服从洗手间里出来时，萨拉先是觉得有点伤心。仿佛她就要离开了。仿佛她要同那件套衫、那只发夹、那双漆皮鞋，以及那颗痣一起离开，再也不会回来了。

"我看上去怎么样？"

"非常漂亮。"萨拉答道。

"你想见你的父母吗？"

"不想，你呢？"

"不知道，"安娜说，"有一点。"

"我想让我的父母死掉。"

"我也是。"

"那你为什么说你想见他们？"

"一点，我说了就只有一点点。"

"我一点点都不想。我想要全世界都别来打扰我们，我们两个去公园里，白天躲起来，晚上出去。"

那些话，或者是前一晚的记忆，使安娜的唇边露出了一丝几乎是不自觉的微笑。

"嗯。"

"让爸爸们，妈妈们，护士们都去死吧。"

"嗯。"

"你想象过吗，两个人待在那儿，坐在湖边，什么都不吃，也没有人告诉你要吃东西。"

"你觉得我们能做到吗？"安娜带着一丝怀疑问道，"你知道的，出去以后，医生不会让我们碰面的。"

"当然，我们要逃出去。"

"我们不能。"安娜非常严肃地说。

"不是，不是这里，他们把我们送回家之后，我们就逃跑，然后晚上在湖边集合。"

安娜的沉寂是说"嗯"的最深沉、最庄重的方式。每个人同父母有半个小时的见面时间，之后，所有人同家人一起，开了一个大会。

萨拉的父母在第二个房间等着她。一切都很缓慢，都很艰难。她的妈妈不停地揉搓着双手，她的爸爸打着领带。妈妈从来没有像那样揉搓过双手，而爸爸也一向讨厌打领带。房间里有些冷。妈妈说了很多，爸爸几乎没怎么说话，她一个字都没说。

"这太可笑了。"最后，爸爸说道，几近恼怒。妈妈又说了一些。萨拉记不得那些话了，但是她记得古龙水的味道、爸爸的肚子、那件 T 恤、那盏落地台灯和医院的椅子。半小时快结束前，妈妈说：

"啊，看看谁跟我们一起来了。"

房间的门开了，特蕾莎出现了。

"萨拉。"她说。

她觉得人们好像给她设下了一个圈套。包围着，她被包围着。她差一点儿就要跟特蕾莎说"你好"了，但最后还是保持了沉默，等待着她的下一步反应，无非是再重复一次她的名字。

"萨拉，是特蕾莎啊。"妈妈说。

"我不认识你。"

"我简直不敢相信。"爸爸说。

特蕾莎本想说点什么，但最终还是没说话，仿佛她懂得了在那里的那个萨拉是在用自己的方式与那个在电话中遭遇她的冷漠的萨拉断绝联系，并且认为这样很公平。拒绝认她，便意味着突破了那种再次袭来的挫败感，变得像之前一样毋庸置疑，她坐在医院的小厅里，面对着她朋友那建筑物般果敢的身体，如往常一般凛然，手垂在两胯旁边。

"萨拉。"特蕾莎最后一次说道，名字的语调发生了改变，表明她知道她想做什么，表明她应该适可而止了。

"我不认识你。我不知道你是谁。"

特蕾莎的下巴痛苦地抽搐了一下。

"你走吧。"

特蕾莎几乎是跑着离开了房间。

"女儿，"她的爸爸惊诧于自己的发现，"你不光是病了，你还很残忍。"

"拜托。"她妈妈说。

"难道你不这么觉得吗？"

"行了。"

尽管每次有人对自己的观点加以评论时，心理医生都会极尽赞扬之能事，但是大会也并没有改变什么。少数几个发表评论的人不知不觉地便有了一种戏剧化的矫揉造作，这使其失去了可信度，而在那段时间里面，除了安娜的双手之外，她对其他任何事情都不关心。父母们离开之后，所有人都陷入了一种既严肃又轻松的沉默中，就像是一个人关上了一扇门，在这扇门的后面，可以不再伪装，甚至可以显出一种蔑视的神情。

安娜非常严肃，从公共厅的另一端定定地看着她。萨拉本来要朝她走过去，本来想跟她说点什么，比如特蕾莎的出现。但是她仍旧什么都没做，因为，一刹那间，她感觉到安娜正在进行一场激烈的情感斗争。安娜从未以那种方式看过她。当她眯起眼睛，第一次见她的人一定会认为她恨她。从她父母离开的那一刻开始，她便一直是那种眼神，那种庄严的眼神，萨拉觉得安娜正在努力从另一端走到蔑视的边缘。

而她呢，她觉得，自从开始绝食，她一直在扮演的角色已经被颠覆了，因为现在她自己已经成为了被观察的对象，正在被严苛地分析着。和以前的她一样严苛。房间另一端的安娜眼神饱满，坚定。在她的周围，有人声，有人影，但是所有的一切，就连那副包围她们的模糊框架，都已经变得那么微不足道。

然后有了一种奇怪的满足感。两个人还没有摒弃厌恶的神情，空气却已经变得柔和起来。萨拉意识到这一点，是因为安娜勾画出了一种类似微笑的表情。如果别人问她，她可能都不知道该怎么解释那种幸福。或许，她会回答说，那就像是疼痛的间歇，疼痛不曾消失，却忽然变得理所当然，甚至在之后的合理化过程中几近消散。此刻，她才是那个以那种方式看着安娜的人，结束了那种爱的举动。萨拉从未像此刻那样明确地意识到，自己生活在另一具躯体里。互相凝视的时候，仿佛寂静使她们交换了身体，在对方的眼睛里，身体在缓缓销毁。同一个举动，但是在两个人之间重复着，越来越有力，越来越密集。萨拉站起身，走向她。

"过来，安娜，我们去房间。"她说。

她走在她的身后，不知道到了那里要做什么，要说什么。她一边走，一边看着安娜的后背，屁股，双脚，她开始对那具小小的、脆弱的身体产生了一种满溢的迷恋：身上仍旧穿着别人带给她的外出服，头发很短，但是还是用发夹别到了耳后。那是和第一天见到在担架上的她时一样的迷恋，但是现在她觉得这种迷恋推搡着来到了喉咙处，就像是一种从自己的脚底传来的紧张。关上门的时候，她不知道该说什么，也不知道会发生什么。蓝色套衫下，安娜的胸部似乎比穿病号服的时候要大一些。

"我们需要赤裸相见。"安娜说，声音中带着庄重，很严肃，而她感到胃部一阵急剧的痉挛。

"现在？"

"现在。"

她们从来没有赤裸相见过。仪式中使她们觉得自己奇怪的，恰恰是她们知道自己的裸体很丑陋。在那一刻之前，不用说，她们都是轮流使用卫生间换衣服的。如果门关着，另一个人从来不敢进去，甚至不敢敲门。而这一点，则使裸体的庄重感显得更加强烈，这一私人行为带来的不适感，使她们一直没有看向彼此。可是现在，安娜已经说了她们需要赤裸相见，那个之前从未说过什么的安娜，说她们需要赤裸相见，这些话以一种不可言喻的方式安抚了她的喉咙，同时，又迅速地下滑到了她的腹部。安娜脱掉套衫。萨拉脱掉T恤。

"等一下。"萨拉说，然后走过去，把百叶窗关上了一半，以防别人看到她们。房间里的光不见了，带上了一种淡淡的昏暗，微弱而纤细。她们同时脱掉裤子，内裤，袜子。现在她们俩都一丝不挂了。安娜任由手臂垂到胯部两侧，她也一样。乳房有一种简简单单的感觉，圆润而不对称，乳头看上去模糊不清，颜色接近肤色。阴毛漆黑浓密，萨拉对它着了迷，仿佛脆弱到足以毁掉安娜的整个身体。她感到安娜在以同样的方式看着她：爱着她，同时又摧毁着她，目光狠狠地停留在她瘦削的双腿上，慢慢地停留在她的腹股沟里，沿着肋骨向上攀爬，她很想跳到她的身上，抓挠她，撕咬她的脸颊，但是她没有，就应该这样待着，静静地站着，相隔一米的距离，就像是两尊石像。眼睛上下逡巡，互相吞噬。

安娜朝她走近一些，伸出手去，似乎想要触摸她的胸部。

"不要。"萨拉说。安娜的手停住了，然后第一次看向她的眼睛。"我们不能碰彼此。"她说。

"当然，"安娜缓缓答道，仿佛她们之间只剩下这一点不曾相互了解了，"现在我们没有秘密了。"

那一天，努里娅离开了。当她在食堂里宣布这一消息时，所有人都看向她，似乎觉得此前大家都没怎么注意的她，不太可能真的成为第一个离开的人。

　　"你是说你要走了？"迈特问道，她的权威从晚餐之后便不断地被挑衅。

　　"正如你们所听到的，"护士说，"她要走了，如果你们以她为榜样，你们也很快就能回家了。"

　　在那一天之前，努里娅一直都是一个隐形的存在。她会说话，但是从来不会太大声，也不会太有信服力。她也吃饭，但是从来不会是第一个吃完的人。她绝对是一个可有可无的人。

　　所有人，除了安娜和萨拉，似乎每个人都迅速、直观地明白了那一点，因为从那天下午开始，她们都陷入了一场装作隐形人的竞争。没人愿意比别人多说一句话，多吃一口饭，多笑一声。沉默也是危险的，因为它会暴露，因此也没有人愿意一直沉默。于是，发生的事情便像极了生活：那种最初有意识的表演，在一天之内便成为了一种不假思索的常态，而她们自己，或许是下意识的，开始在开会的时候把自己描述成她们假装是的那个人，或者说是她们真的以为自己是的那个人，而不是她们本来是的那个人。

对于萨拉来说，在这种越来越令人恼火的局面中，同安娜一起去房间里便成了难得的休憩。她们像第一次那样脱光衣服，但是已经不再需要任何语言，萨拉看向她，或者安娜给她一个眼神，两个人便走向那里。沉默着，裸着身子，每一次都比上一次更接近一些，到了快要触碰到的地步，却从来没有真正触碰到，混合着肥皂与洗发水的味道，徐徐上升的安娜的体香，瓷砖上脚的冰冷，手上的汗，从门后经过的小汽车那金属质感的噪音。这套缓慢的仪式正在生成自己的规则，一切都遵循着这套规则，分毫不差，循环往复。

那天下午，雨绝望地下着。努里娅已经离开两天了，所有人都急切地盼望着能够轮到自己，似乎一个神情，一个态度都可能将其彻底地解救出去。尽管萨拉沉浸在对安娜的迷恋之中，但她还是察觉到，怨恨开始在迈特的身上发酵。开会的时候，她会肆无忌惮地挑衅她，不管她说什么，都会大声地质疑她。在这种公开的对垒面前，因为有了安娜，萨拉以冷漠和沉默予以回应，而这则更加激怒了她，直至那个下午，大雨带来了一种令人窒息的闷热，四个人一起坐在公共厅里，彼此不说话，但却焦躁不安，近乎歇斯底里。

萨拉和安娜连看都没有看彼此一眼，便做了决定，离开回房间，就像是已经能够预知到情欲的老情人。当两个人已经脱光衣服的时候，门打开了，门楣下出现了迈特那双猫样的眼睛，和她那染成金色的头发。

"哈！"她喊道，"我看到了什么！"

萨拉转过头去看安娜，发现她羞愧难当，用双手遮盖着胸部。

"我真恨她。"她喃喃道。

她们迅速地穿好衣服，当她们走到门边正准备离开的时候，心理医生出现了。

"安娜，"她说，"过来，我们聊一会儿。"

安娜快速地看向萨拉，仿佛是在急切地寻求帮助。

"别担心，"萨拉回道，"我们一会儿见，晚饭的时候见。"

"好。"安娜回应道，脸上的担心有了少许舒缓。萨拉仍旧待在门旁，看着她们在走廊里慢慢走远。心理医生穿着白大褂，鞋跟发出咔哒咔哒的声音，安娜穿着病号服，小而安静，一双小手垂在无性别特征的胯部，简直像是男孩的胯部。两个人从走廊里一直走到心理医生办公室的门口，医生用钥匙开了门，然后打开门，让安娜先进。

"进去吧。"她听到她说。

进去之前，安娜回了一下头。那双栗色的大眼睛，最后一次看向了她。

那天晚上，晚饭时没有看到她，她便知道她已经走了，等回到房间里，她的东西都不见了，证实了这一点。她迟迟未能睡去。就连房间里的墙壁都仍旧保留着安娜的气味，保留着她那小小的身体的气息，从另一端那个朝向小公园的床上望着她，这种时候她是不可能睡着的。如果睡下了，也只是为了不再过多悲伤。在枕头下面，她发现了安娜的紫戒指。她戴上了。

迈特走了。小玫也走了。一天之后，人们给她换了房间。一个好像是她妈妈的女人来探望她，说爱她，想她。这些都发生在她被带到同一个公共厅，听同一名医生重复了那些关于脂肪对于女人身体的重要性的话之前。也发生在别人给她介绍另外五个她连名字都不愿意去记的女孩之前。她说她叫萨拉，她喜欢画画。别人问她用什么画。她回答说用粉彩蜡。谁都没有对此发表任何评论。天气很热。吃饭的时候她应该是说错了什么话，护士惩罚她不能看电影。她说无所谓。真的无所谓。

她曾经很想离开那里。现在却一点都不想了。如果有人问起，她不会说自己很不开心。每一天都是一样的，循环往复的同一天，没有痛苦，但也没有乐趣。心理医生让她谈谈她的父亲，她讲述的时候，就像是在虚构一篇自己读过的小说。

那些女孩走了，又来了一些女孩，告诉人们自己的名字。同一名医生重复了那些关于脂肪对于女人身体的重要性的话。她说她叫萨拉，她喜欢画画。没有人再问些什么。一个好像是她妈妈的女人来探望她，说爱她，想她，但语气却不再可信。有时，下午的时候，她会从公共厅的窗户探出头去，望着小公园，深深地呼吸。她已经不再想下楼到公园里去了。应该是夏天了。

更多的女孩来了，女孩们说了自己的名字。她看着她们来了又走了，就像房间窗户背后的阳光来了又走了，就像小小的、羞涩的、甚至甜美的白衣护士们来了又走了，就像安娜来了又走了。她离开后的最初几天里，她曾经非常地想她，她太想她了，甚至觉得自己所有的力气都来源于她，只有再次见到她，她才能重新强大起来。她不断地激活着记忆，以免忘记任何一个表情，任何一场对话，每次心理医生叫她，她都以为心理医生会跟她说安娜从家里逃出去了，而她跟她关系这么好，应该知道在哪里可以找到她。她竭力想象着那些医生们对她严刑拷打，问她安娜的下落，打到她鲜血直流，而她呢，置身于这一切之中，如坟墓般沉默，不把安娜在湖边等她的事情说出来。但是这一切都没有发生，就像她一次都没有来看过她。

一开始她有一种被背叛了的感觉，却一直在给她最后一次机会。她想着，比如到星期三，如果到星期三之前还是一点消息都没有，那么就再也不想知道了。但是星期三到了，她便再给一个机会，想象着安娜不可能会碰到的困难。

　　她离开满一个月了，她已经无法再继续那场游戏，在一段时间之内，恨与爱仍然是那么地相似，在那之后，她开始试图说服自己那一切并不重要。然而，安娜还是会出现在太多的地方：在食堂里，从公共厅的另一端看着她，像一个石像一样在她面前赤裸着，现在，终于是彻底凝固了。

　　一个星期五，去吃饭的时候，她突然意识到自己已经一整天都没有想起过安娜了，这使她感觉好了一些。再一天，她几乎记不起她的手。再一天，她把戒指扔进了马桶。

　　更多的女孩来了。其中一个跟她很像。也长着一双小脚，一对一样明亮、坚忍的日本女人式的栗色眼睛。她对她说自己叫萨拉，想要学画画。

　　"可是你画得不好吗？"

　　"不好，"她说，"马马虎虎。"

"我可以教你，如果你愿意的话。"

她可能永远也记不住她的名字，却会记得她们坐在公共厅的桌子旁边的那个下午的阳光。

"你想画什么？"

"小丑。"她说，于是她学会了（也没有那么难）只用四个圆和两个充当眼睛的×号便能画出几个非常滑稽的小丑，还有几个爬上气球的小丑，甚至有几个很像当初老师画的那个不知是悲伤还是快乐的小丑，就如同她不知道自己是悲伤还是快乐；小丑不胖不瘦，就如同她不知道自己是胖是瘦。周围只有关于安娜的那个越来越纤细的回忆，已经没了声音，因为她已经记不起她的声音，尽管她记得那些话，在一切之中，她寻找着那根"线"，就像心理医生所说，她需要去寻找某种东西，当然不是一根真的线，这么说只是为了更好理解，是某种跟线很像的东西，某种不好的东西，一个没有解释的回忆，某种可以让她开始扯开身体里那个乱线团的东西，她开始以这样的方式感受着这个乱线团：就像一股言语的洪流，在这些话里，安娜说着"你很漂亮"，说着"你软弱之时，我会坚强"，但是已经不像从前了，已经不会像一股迅速、紧张的悸动般的血流涌向她的胃部，好像当初说这些话的那个她现在却让她觉得羞耻，不是因为那些话，而是因为是她说了那些话。因为这也是事实，一个难以接受的事实，那就是自从那个女孩教她画小丑之后，她便不再开口，不再在会上发言，她身上的某种东西已经破碎成语言的碎片，还没有说出口，便从遥远的地方流淌而来，如此地遥远，就像是她七岁的那年，特蕾莎的母亲心脏骤停去世了，她一个星期没有见到她，当她在课堂上再次见到脸色苍白的她时，却不知道该作何反应，她想跟她说一些贴心的话，想跟她说自己感到很伤心，但是突然她便狠心起来，对她的软弱感到很恼火，于是对她冷嘲热讽，而现在，那种同样的狠心溶解在了言语之中，使她再一次走近安娜，靠近安娜那漆黑的阴毛，她的双脚，以及她脸颊上的痣，与此同时，同一名医生在重复着那些关于脂肪对于女人身体的重要性的话，而她则重复了一遍，理解了确实如此，并接受了这一点，但她的喉咙里却感到恶心，就是看到镜子中的自己柔软、裸露的样子，看到乳房、屁股、双腿时所感受到的那种恶心，面对着那具柔软、肥胖、模糊的躯体，她觉得想吐，因此那天下午，在和心理医生进行例行的谈话时，她说她感到恶心，医生问为什么，她回答说不知道，医生又问为什么，她还是回答说不知道，医生很严肃地、几乎是喊着说，她是知道的，于是，突然间，路易斯出现了，特蕾莎生日的那个下午路易斯吻她时的舌头，游泳池的恶心和黏腻感，拆信刀，在爷爷奶奶的老房子那里看到的狗，还有她的父亲，所有的一切都像呕吐物一样脱口而出，汹涌湍急，灼热的话语融化在唇齿之间。"还有呢？"心理医生问，她回答说没了。"还有呢？"医生又重复了一遍，伴着那种笃定、权威的神情，就像一阵旋风闯入了她回忆的暗室，回忆里有公园里的那段时光，有湖，有那像囊肿一样坚硬、无法言说的东西。"你当然可以的。"心理医生说。就像一个其硬无比的囊肿，时间再一次缓慢下来，寂静，并不只是没有声音，而是绝对的寂静，将一切事物分解成越来越小、越来越荒谬的碎片，公园草地上男人舔舐着女人的脖颈，她想要毁灭那所有的一切：男人，女人，他们身体间可恶至极的摩擦，张开的双腿，荒诞、丑陋的快感中不连贯的间歇，破坏了树叶的柔软，破坏了天空的颜色，破坏了她的消瘦，她的丑陋，这就是为什么她要朝他扑去，为了结束这一切，不是为了摧毁什么，而是为了被某种东西摧毁，就像是有某种东西毁掉了多年以前溺死在湖里的那个男人，穿着写有 USA 字样的 T 恤，一只脚光着，另外一只穿着鞋，就像一定有某种东西摧毁了他，把他扔在那里，丑陋而美丽，漂浮在纹丝不动的湖面上，后来的人无法知道真相，一个同时笑着和哭着的小丑，因此她也哭了起来。当心理医生抱着她，并用手缓缓地抚摸她的头时，她想起了某种更加遥远，更加艰难的东西。"你逼安娜在你面前脱光衣服就是因为这个？"心理医生问道。"什么？""你逼安娜在你面前脱光衣服就是因为这个？对吧，萨拉？我都知道了，上次我跟她谈了，她和我说是你逼她的。""你知道什么？""一切。你那么做就是因为这个，对吧？"

世界凝滞了，就像是胶片中的一帧定格画面，安娜，安娜那双小小的脚，她的手，左脸颊上的痣，她乳房那不对称的美，尤其是她的那双眼睛，当她们第一次在镜子里看到对方时那双冷酷至极的眼睛，现在全都融化在了另外一种像是光的东西里。"说吧，你逼她就是因为这个，对吧，萨拉？"说出"是"很容易，因为说"是"就是在说"你很漂亮"，也就是在说"你软弱之时，我会坚强"，尤其是在说"我已经不爱你了"，但与此同时，她记起了那双已经无法造成任何伤害的小手，安娜的双手在回忆中静止了，就像是在怀念一片无法企及的湖。

夜 曲

《男寻男》版块的启事上写着：

我好孤独。罗伯托。913077670。

夹在一连串能预想到的荤话和口交需求中间。第四十三页。上侧。在一个名叫安赫尔的想要找人三人行的双性恋的照片上面，下面的照片上是一个看不出年龄的男子，有种莫名的悲伤，戴着面具，这让他看上去就像一个刚刚洗完澡出来的恐怖分子一样凄凉。那句"我好孤独"，仿佛是在一个悠长的午后，一个人在起居室的窗户后面忙活着，从那里能一眼望见公园，什么都没说，就像是接受了周末午后那种一成不变的无聊，毫无怨言。

我好孤独。

如果之前接受了玛尔塔的邀请，那现在便会有了一个穿好衣服走出门的借口，门房的桌子便会是空荡荡的，街道也将会是空旷的，狗将会再一次一直望着他，眼泪汪汪，舌头耷拉着喘着气，尾巴摇晃着，流露出去街上的渴望，一遍遍地重复的"坐。爪子。坐。"，如同往复的阳光，如同朝向院子的卧室窗下，日复一日的不知谁人的谈话，如同那些来来往往的车辆。

杂志是昨天晚上买的，他先看了发布启事者的年龄（几乎从不会注明，这更糟糕，因为这意味着大多数都应该是年轻人）。敢于公布照片，便代表着接受了另外一种可能，被人认出来的可能。他本来是去买烟的，结果却买了那本杂志。到家后，他开始对着其中一个发布者手淫，但最后却还是靠着一本一个月前买的色情画报才了事。完事之后，他洗洗手，做了一份汤，喂了狗。电视上没放什么电影。玛尔塔打电话邀请他周日去家里与拉蒙及孩子们一起吃饭，他回答说不去了，说他有别的安排。可是他并没有别的安排。电影院里的影片并没有好看到让他想下楼到街上去，忍受排队买冷饮时的喧闹，然后回到家里，无力夸赞或者评价看过的内容。他有好几年的时间没去看过展览了。入睡的时候，他想着第二天要待在家里休息，他觉得这个想法还不错。时不时地，他就会想待在家里，饭后看看电视，窝在沙发上听着肖邦的曲子看看书来打发时间。杂志躺在一个扶手椅上，如同一场冗长的、众所周知的失败。前一天晚上用过之后，他想过要扔掉它，但还是留在了那里，看完饭后电影之后，杂志便一直盯着他，封面上写着马德里交友，红色字体，字体略小的让虚伪去死吧位于标题下方，再下面是一个女人的照片，长得很像他妹夫拉蒙的姐姐，因为她们都涂着一斤重的睫毛膏，口红溢出了薄唇的轮廓。他再一次打开杂志，找到《男寻男》版块，重读了一遍所有的启事。目光停留在那些照片上，他又兴奋了起来。

我好孤独。罗伯托。913077670。

然后，他意识到这样的生活已经持续了很多年。简简单单，不痛不痒，他已经不再苛求启事中所要求的东西。尽管他也叫过几次牛郎来自己的公寓，但是需要付费的事实、掏钱包的动作、询价、交易都让他觉得扫兴，以至于后来迟迟得不到满足，这使他感到不舒服，甚至有时候，最后会带着纯粹的不快把人撵走。

狗叫了，他找出鞋子，准备下楼遛狗。没关灯，他穿上了大衣。

从银行办公室的窗户望出去，星期一的一切都一如往常。可口可乐的广告牌一会儿熄灭，一会儿亮起，为迎接即将来临的圣诞节而新装的彩灯也一会儿熄灭，一会儿亮起。别人跟他说起员工聚餐的事，尽管他说会参加——如果说不，就意味着会陷入一种无望地寻找借口的境地——但别人和他都知道，多年以来，他一直都不喜欢阿尔贝托的那些笑话（总是千篇一律，总是贴着新来的小秘书或者大学刚毕业的新女同事的耳朵讲），他不喜欢安德烈斯的敬酒，不喜欢听桑德拉聊孩子的事。他是办公室里资历最老的员工这件事，给了他拒绝那些邀约的底气，可以无视它们而不必担心事后被人怀恨在心。这让他觉得很舒服，就像他的孤独，聊以慰藉的收藏，以及小小的奢侈放纵（拿破仑白兰地，昂贵的香烟，每周一次的豪华餐厅晚餐）一样舒服，他对这些已经习以为常，也使他自认是一个还算幸福的男人。在他看来，办公室里关于他同性恋取向的低声调侃不过是浮云，对周遭事物的漠然早已使他变得坚不可摧，尽管一开始，这种冷漠的伪装纯粹是出于生存的需要，但现在，他确实觉得这样很舒服，就像终于找到了一个温暖的避风港，他已经心满意足，不再奢求任何更好的东西。

可是，那则启事上写着：

我好孤独。罗伯托。913077670。

那几个字，从星期六的晚上读到它们的那一刻起，便已经扰乱了一切。星期一的工作结束之后，不知为何，他感到很紧张。又或者，他知道究竟因为什么，却不愿承认。接受想打给那个号码的事实，就等于放任那种混乱打破平静多年来的统治，或者不是平静，而是某种类似的东西：拿破仑白兰地，每两个星期去玛尔塔家吃一次饭，遛狗，在夜里看电影频道直到困得睡着，或许还有开车带某个牛郎回家，事后他会尽快抹去其出现过的痕迹，整理好沙发（不是床，从来不在床上）上的靠垫，打开窗户，暗自懊悔。

那天晚上，他比平常早了一些去遛狗，这使事情显得更加昭然若揭。有什么东西已经崩塌了。某种极为细微、脆弱的东西已经崩塌了。他一向是先吃晚饭，边看电视边抽一支烟，然后带狗下楼。今天为什么没这么做呢？狗看到他拿着狗绳走向自己时甚至都没有摇尾巴，一直到下楼的电梯里，还在用兽类特有的惊讶表情看着他。

"爪子，"他对它说，"爪子。"狗伸着舌头，挑着眉毛，把爪子递给他，就像是主人在教它玩一个之前从没玩过的游戏。

回到家之后，他开始找那本杂志。之前放在桌子上了，他很确定，可是现在那里却没有。他找了洗手间和厨房，翻了写字台的抽屉。往常这个时间，他应该已经吃过晚饭，正在抽烟，同时为下楼遛狗做准备，然而，那天晚上，他不但没有做这些，还感到很紧张，绝望地找寻着那本杂志，要是没有上个月买的色情画报，单靠它手淫都没法顺利高潮的那本杂志。发现自己这般模样使他更加绝望，但是他并没有就此罢手，直到找到了它。它躺在地上，就在沙发旁边。他再一次翻开了它，读着里面的启事，再一次亢奋起来，但是有某种东西已经不同了。不是电视，也不是白兰地，也不是狗，而是置身其中的他。浏览所有启事就是一种自欺欺人的游戏，他始终知道哪一个才是他要找的。第四十三页。上侧。在一个名叫安赫尔的想要找人三人行的双性恋的照片上面，在一个戴着面具的裸体男人的照片下面。

我好孤独。罗伯托。913077670。

找到它，就像是在看到意料之中的访客时假装惊喜，只不过这惊喜是真的，就好像它根本不在那里，而是凭空出现的。他不认识任何一个名叫罗伯托的人，尽管这是一个很普通的名字，于是他觉得这个名字就像是漂浮在第四十三页之上，如同一道等待被破解的谜题。倒不是一个难听的名字。罗伯托。焦虑使他吃下了几块本来准备周末吃的牛排。现在他需要再去采买一次，因为本来准备当天晚上吃的剩饭，留到第二天的卖相就会很难看了。那样不好。并不是说吃掉为另外一个场合准备的东西不好，这种奢侈也使他感到相当幸福，而是说以这种方式吃掉，无缘无故地，就那么吃了。但话说回来，难道之前吃的时候就有什么特别的缘故吗？

半个小时过去了，他仍无法入睡。靠着看电视带来的疲倦，他总是很快便能睡着，可是那天晚上他就是睡不着。他已经随身将杂志带到了床边，放在了床头柜上。他拿起杂志，再一次翻开，但是这一次他感到很荒诞。那个罗伯托是所有这一切的罪魁祸首。衣柜柜门大开，上面的镜子映出他五十六岁的样子，在电视屏光的映照下暗淡、模糊的样子，很疲惫，有一点点胖，但是不严重，他也没有刻意去减过肥。他觉得加入罗伯特提出的那个游戏很可悲。在这么多年来还算不错的幸福与宁静之后，怎么能在一个这么粗陋的手段面前缴械投降呢？他把杂志揉作一团，拿进厨房，扔到了垃圾桶里。然后收紧了袋口，放在门旁，心里怀着门房还没有进行例行巡查的希冀。那晚，困意来袭时，就像是在一个看不见的胸口上恬静地休憩。他为自己感到骄傲。

　　早上，垃圾袋已经不见了。他本可以透过猫眼来确认，但是他还是打开了房门。到银行的时候，别人问他是不是身体不舒服。

　　"我有点头疼。"他说。

　　"是这波流感吧。所有人都中招了。"

　　可那并不是流感。可口可乐的广告牌一会儿熄灭，一会儿亮起，圣诞节彩灯也一会儿熄灭，一会儿亮起。圣诞节到了。之前他怎么没想到呢。两年前，就是在这个节日期间，他遭受了一场让他身心俱疲的伤痛，直到彩灯被取下才走出来。但是，此时他所感受到的不是伤痛。而是紧张。录入账号的时候他犯了个错，还同一个没有收到工资的客户争执了将近三十分钟。午间他去找了药箱，量了体温。可也并没有发烧。他吃了一片阿司匹林。可他的头并不疼。启事中写着：

　　我好孤独。罗伯托。之后是一个电话号码。他想不起来那个号码了。他一向很得意于自己的数字记忆能力，但他记不起来了。是以 307 开头的。以 307 开头，然后是类似于 4680 的数字。不是 4680，但是跟 4680 很相近。5690。3680。

我好孤独。罗伯托。之后是 307……

从银行出来以后，他没有回家，而是去了报亭，那天下午买杂志的报亭。

"在那块儿找找。"报亭主对他说。

那里没有。

"卖光了吗？"

"那儿没有？"

"没找着。"

"那就是卖完了。"

在三个街区以外的情趣用品商店也没找到，店员甚至都不知道类似出版物的存在。他想投诉，但他觉得很可笑。进家门的时候，狗因为他不在而焦虑不安。它饿了，摇着尾巴。其他任何一天，他在到家的那一刻都会感到轻松，可是这天他不知道该做什么，不知道是不是该坐下来还是看电视。他甚至都没吃晚饭。应该下楼遛狗了。多年以来他一直遵循的那些带着缓缓幸福感的仪式，一瞬间都变成了令人厌恶的义务。他给狗戴上狗绳，下楼遛狗，但并没有走平时常走的那条路。回到家以后，他索然无味地吃了晚饭，吞了两粒安眠药。他梦到一个很久以前他爱了三年之久的人，但是他没有看到那个人的脸，只有身旁那具身体熟悉的存在，那个人的气味，那个人的唾液。

星期二，星期三，星期四，他发着烧去了银行。他感到很虚弱，但同时又有种大叫的欲望。简直不可能就这样忍了这么多年。午休的时候，他来到街上，去常光顾的酒吧吃点心、喝咖啡，但是他有一种被周围所有的事物排除在外的感觉。目之所及都是成双成对的人，亲吻，调情。过去看到这些时那种冷酷的傲慢，在那天早晨却转而对准了他自己，裹挟着加倍的妒忌与焦虑，在他的脸上爆裂开来。他一定要找到那本杂志，现在就要找到它。

我好孤独，罗伯托说。他也很孤独。他也想像那些情侣一样接吻，牵着某个人的手，买礼物。他已经不想把时间浪费在讽刺这种游戏上了。

得来全不费工夫。他以为至少得走到下个街区，可连这都用不着。他走到路上碰到的第一个摊位，说："《马德里交友》。"报亭主伸出了手，手上拿着那本杂志。

"三百五十比塞塔。"

他高兴坏了，简直想要嘲笑那个来买日报的老奶奶看向他时的一脸震惊。长得像他妹夫拉蒙姐姐的女人就在那里，手臂交叉挤出乳沟，口红溢出了薄唇的轮廓，像是在快速修复身体上一向令自己不满意的地方。在第四十三页，上侧，罗伯托也会在那里，在一个名叫安赫尔的双性恋的上方，一个戴着面具的男人照片的下方。他要了一个袋子，将杂志装到袋子里，带着近乎愉悦的心情朝银行走去，可是在剩下来的工作时间里，另外一种恐惧诞生了。现在他要做什么呢？难道他真的想给那个号码打电话吗？如果不想打，做这一切又是为了什么呢？他打了一辆出租车回家。进门的时候没有和门房打招呼，关上房门之后，他翻到第四十三页。

913077670。

他怎么会忘掉这么好记的数字呢？但这不是问题的关键。

狗看着他，眼泪汪汪，因为他忘记遛狗了，他对狗说：

"爪爪。"

狗抬起一只疲惫的爪子，就像一个被迫把同一句原本很好笑的俏皮话讲了二十次的孩子，他决定遛狗的时候再去想那件事。可是并没有什么好想的。从他下楼走到街上开始，罗伯托的号码便一直撞击着他的太阳穴，就像一首广告歌曲那么清晰、难忘，913077670，就算他要打电话，也只是为了听听声音，仅此而已，他会打电话，然后会挂断，喝一大杯白兰地，看一部电影，对，那天晚上电视上会播一部好看的电影，他在报纸上看到过，入睡将不会很难。

他一直等到10点半才打电话。他觉得10点太早了，而他从来没有在11点之后给任何人打过电话。10点半刚刚好。电话响了三声，没有人接。

"喂？"罗伯托的声音说道。

感觉很年轻，比他看到启事时想象的还要年轻。很容易让人联想到一处小小的公寓，可能是合租的，一条狭窄的走廊，衣服摊在床上，开着电视，廉价的晚餐。

"喂？"

他想起了很久以前他爱了三年之久的那个人。他不知道为什么，那个声音里有种腼腆、敏感的男孩被人深爱时所具有的东西。罗伯托挂了电话，而他，听着电话忙音，回想着那个有人用花朵装饰他的头发、为他画唇、与他共浴的夜晚。他记不清他的脸，却记着他的触感。他记起他的手，他舌头的温存，公寓的混乱，彼此占有的奇异感觉，交谈中充满了令人愉悦的平静、欢笑、沉默，世界渐渐升腾，变得安适而易于接受，唇间流露的幸福与爱等字眼，也带着一种简单平常的自然而然。

开始下雨了，似乎就连老天都想让他错得更加离谱，他再一次拨通了电话。

"喂？"

"你好，我打电话来是……我看到了你的启事。"

"你就是刚才打电话来的那个人？"

"是。"

"之前为什么不说话？"

"因为我害怕。"

那天早上他醒了过来，走进起居室。罗伯托喝酒的杯子还在那里，他抽完的烟蒂，他身体的重量留在沙发上的痕迹。想起他尝到为重要场合准备的白兰地时的兴奋，得知一瓶多少钱时的惊诧，他露出了微笑。

"比我整整工作四天挣的钱还要多。"他一边对着光欣赏那赭色的液体，一边说道，然后又闻了闻，再抿一口，刚刚浸湿嘴唇，然后又笑了，眼睛里整晚都闪耀着一种紧张而又奇异的幸福。

通电话的过程中，他承认自己害怕之后，罗伯托问他多大年纪，他回答说五十。他看上去确实像五十岁。人们总说他看上去要更年轻一些。

"我二十一岁。"他是这样回答的，好像正在后悔。

随后的沉默差点儿使他挂断电话，因为他猜

罗伯托对他的年纪很失望，他应该是在找一个年轻的男孩，并且很快便会找到一个拒绝他的借口。但罗伯托没有拒绝他。

"你还想见面吗？"

"当然，"他回答，"可是……现在吗？"

"为什么不呢？"

他们约在一个广场见面，据罗伯托说离他家很近，他到早了，坐在车里等，车灯熄着。他看到他来了，看到他点了一根烟，雨又下起来了，他系上了夹克衫领口的扣子，走到柱廊下面避雨。身材消瘦，直发遮住耳朵，有一种别样的美感。并不是很帅，但的确很有魅力，他想，他多么想穿成罗伯托那样，有着二十来岁的年纪，走过去，从背后吓他一跳，牵着他的手走在大街上。夜里这个时间，街上只有寥寥几个行人，他们的大衣，鞋子，眼睛的颜色中有着某种共同的东西。只有他看上去不一样。从穿衣来看，几乎可以肯定他连房子都没有，然而，他却觉得所有的一切都属于他：街道，汽车，甚至是从他身边经过的人。他下了车，朝他走去。从他关上车门起，罗伯托便一直看着他。

"你好。"他说道，脸上带着一种类似微笑的表情。

"你好……你很失望？"他回道。

"不。你呢？"

"不。"

开车回公寓的路上，罗伯托坐在副驾驶位上，直直地望着他，面带微笑。一种令他们无法保持平静的兴奋在两个人之间传递。罗伯托摇下车窗，他也做了同样的事情。他感受着脸上的冷空气，就像是一种令人舒适的唤醒。接下来会发生什么？是什么在路上等着他？在它的内部又会有什么？那条道路使他的生活变得奇异而不凡，如今，它又将通往何方？他们下了车，拉起彼此的手，乘上电梯，进入公寓，夜晚中满是树木。

"我喜欢你的房子。"罗伯托说。

"谢谢。"

他的好脾气，他的笑容，似乎都让罗伯托感到振奋，而实际上，那只不过是单纯的紧张。现在要做什么？亲吻他？邀请他喝点东西？他去取白兰地的时候，罗伯托说他上午在洗衣店工作，下午在酒吧工作，一直工作到 10 点。收入并不高，但也足以让他不用跟别人合租了。他为他倒上白兰地，坐在他旁边的沙发上，抚摸他的头发。罗伯托侧着眼，拿起酒杯，再一次润湿了双唇。他被那种无助的不安诱惑了，耐心地等到罗伯托再次抬头看向他，就开始抚摸着他的头发，将其别往耳后。罗伯托的双眸迷人而又严肃，专注地看着他的眼睛，不肯错过任何一个动作。他慢慢地靠近他。他们接吻了。罗伯托的双唇很细腻，带着淡淡的白兰地的味道。他已经闭上了双眼，手虚虚地环在他的背上，却不敢去抚摸。他不记得自己曾这么用心地去吻一个人。再次望向他的时候，他又抬起了眼睛，微笑着。放在他背上的手伸向酒杯，送往唇边。他从他手中夺下酒杯，将杯子放在桌子上，再一次亲吻了他。罗伯托嘴唇微张，羞涩地试着用舌头摩挲了一下，同时拥抱了他，学着他的样子抚摸着他的发丝。接下来的事情似乎顺理成章：他摸索着他裤子的拉链，将其拉下，发现他已经勃起了。罗伯托阻止了他的动作。

"不要这么快……我们今晚才刚见面，你还记得吗？"

他不知道该说什么。

"如果我们今晚做了，我明天早上会觉得很难过……你不希望我难过，对吧？"

问题有点幼稚，近乎童贞。

"不希望。"他答道。

"你一定理解的。"

"我当然理解，没关系，对不起。"他一边重复道，一边离罗伯托稍稍远了一些。

"有一次，我和一个人第一晚就做了，之后他再也没有给我打过电话。"

那个二十一岁的男孩的身体，尽管不曾袒露，却显得更加强大了，五分钟前还有些可笑的那种青春的含羞，现在在他的认知里凝结成一个清晰、纯净的定理：等待是必要的，愉悦的，合理的。

"但我很喜欢你的抚摸。"

罗伯托窝在他的臂弯里，两腿蜷缩在沙发上，头靠在他的肩膀上。由于淋了雨，头发还是湿的，消瘦的身子，小小的鼻子，环在他腰间的双臂，看上去就像是一只湿漉漉的、瑟瑟发抖的小猫。他有一种奇怪的感觉，觉得自己理应保护他。

可口可乐的广告牌一会儿熄灭，一会儿亮起，为即将来临的圣诞节而新装的彩灯也一会儿熄灭，一会儿亮起。但是中午 12 点，前往常光顾的那个酒吧时，灯光让他觉得关于罗伯托的回忆有了一种夜晚所特有的不真实。然而那天早上他起床的时候，罗伯托的酒杯还放在茶几上，就在一包他落下的香烟和写着兰德玛特的打火机旁边，他的身体在抱枕上留下的痕迹还没有抹去。

那天晚上他们又见面了，以及接下来的那晚，再接下来的那晚。第三次去的时候，他给了他一把公寓的备用钥匙。他们坐下来，随意地闲聊。他买了一张觉得罗伯托可能会喜欢的流行音乐的唱片，等他到了就放了上去，假装那是他平时常听的音乐。

"你不喜欢这个音乐。"还没听完三首曲子，罗伯托便说。

"你怎么知道的？"

"看看你的脸就知道了。"

"可是你喜欢吗？"

"我喜欢，但是你不需要喜欢所有我喜欢的东西。"

无言以对。他为那阵子的一些对话感到羞愧。担心会让罗伯托不高兴，所以他有几次都假装对年轻人的东西很有热情，那样做的时候，他总是很担心罗伯托会识破他的谎言。

"放你一个人的时候会听的音乐吧。"罗伯托提议。

"我一个人的时候会听肖邦。"

"那就放肖邦。"

《夜曲》充溢着整间房子，就像是晚餐时的一个美丽的谎言。

"是不是很美？"

"非常美，我以前从来没听过肖邦的曲子。这首叫什么？"

"《夜曲》。"

谈论银行和股票的时候，总是很容易便会让罗伯托感到钦佩，但他很快便不那么做了，因为他害怕那种崇拜会让他没完没了地自夸。那些下午，让他喜欢的是他渐入沉默的样子，是他靠近他，在谈话间亲吻他的方式，他那近乎温驯的性格，安静而瘦削，他走向洗手间，或者从厨房回来，又拿来一罐已经打开的啤酒。在爱情游戏中他并不主动，却总是能靠爱一个同样爱自己的人稳赢不败。罗伯托所有的情感知觉都在等待他的激活，因此，当他轻轻地抚摸着他的手，或下颌，或头发的时候，他都会觉得一种本能的、自发的鞭策，迫使他去加倍偿还他的爱抚或亲吻。这并不是一种紧张的运动，而是一种发自内心的感谢。当谈话淡下来的时候，罗伯托会靠近他，一边将头倚靠在他的肩膀上，一边把玩着他的手。其中也没有紧张的成分，只是他们探寻正确路径时的一种温柔的方式。他的人生，就像所有富有同情心和共情能力的人的一样，接受他人的痛苦与快乐，将其变成自己的，并不断放大。

"昨天我梦到你不想再见我了，我到你家来，满满的都是人，而你仿佛根本不认识我一样。"

那些下午，他察觉到，罗伯托做噩梦的原因，与他希望男孩晚上不要回家的原因并没有什么不同。事情发生的速度，他们相识的奇怪方式，将两个人赤条条地放进了一个需要虚构的空间里，这个空间的法则不是深思熟虑的结果，不存在什么深思熟虑，也不是常理的结果，而是出于纯粹的行动：爱抚罗伯托的头发，牵他的手，亲吻他。不是基于协议，也不是出于欲望，尽管是欲望让他们有了更加强烈的动作，而是建造一个容身之处，发明一种他人都无法理解的密语的迫切需要。那种感觉，与罗伯托惯常的沉默一起，使那些下午蒙上了一种庄重的缓慢。

　　第四个夜晚，他们几乎没说话。罗伯托甚至没有脱掉大衣，便在他身旁坐了下来，解开他裤子的扣子和拉链，开始爱抚他。他什么都没说。罗伯托缓缓地行动着，一直紧盯着他的双眼。而他则感觉，这个男孩身上有种深深的忧伤，自己已经开始爱上他了，就像爱自己身体中某个奇怪、遥远的部分。他害怕自己会不再爱他，但是也害怕罗伯托不再爱自己。他抚摸他的脸颊，罗伯托闭上了双眼，却并没有停止手上的动作。眼睑之下，一定闪动着某种下定决心主动去取悦别人的快感。结束之后，他对他做了同样的事情，不同之处在于，当他解开他的腰带时，罗伯托变得有些紧张。

"想要吗？"

"想。"

罗伯托抽搐了几下，腹部以一种难以察觉的方式绷紧了。几乎不用怎么刺激，他很快就射精了。然后，他把脸埋在他的肩上，他感到一阵突然的湿润。

"你在哭吗？"

他把手指放在他的下巴上，将他的脸抬起来，直视着他。

"为什么哭？"

"我不知道。"他回答道，环住他的脖颈，仍旧颤抖着，如同一只幸福的、猜不透的小动物。

他喜欢听他讲生活中的趣事，看到他准备开始时（在沙发上交叉着双腿，拿起酒杯轻轻地抿一口，手指张开，摆出一个带有诠释意味的手势），都会感受到一种快乐，就像一个准备好被故事吸引的人，而这些故事通常不过是从自行车上摔下来，或者某个搞笑的尴尬瞬间，或者一桩杜撰出来的家庭轶事，就像所有的家庭轶事一样。第一个星期快结束时，他惊奇地发现，除了有一两次假装还年轻之外，他连一次谎都没说过，而他之所以没说谎，是因为他觉得这一切都像是谎言：从罗伯托的双手到垂落的发丝，从他的裤子到他对母亲的记忆。公寓的墙壁，幽闭的空间，使这个谎言有了一种可能的效力。

"我喜欢你的房子。"第一次跨进房门的时候，罗伯托曾这样说过。

仿佛是在一个舞台上，记忆排成排，一点一点地在墙壁之间累积起来，最初只是一个不带家具的老房子，自从他二十年前买了之后就不断地变化，先是变成实用型，再后来变成舒适型。但他最新的感受，不是因为置身于那些东西中间而感到舒服，而是因为罗伯托曾夸赞过它们而感到骄傲。因此，他们最初共度的几个下午里，游戏的一部分便是，罗伯托询问他周围一切东西的历史。他走近这些东西，拿起来抚摸，小心翼翼地问"那这个呢"，都构成了仪式的一部分，从一开始，两个人便明白这一点的重要性。罗伯托正在为天堂的元素——命名，赋予其特征与形状，扮演亚当的角色让他感到幸福，而他则开始被这个二十一岁的年轻人慢慢地、不断地伤害，因为他深知，在最初那些发现的喜悦之后，罗伯托很快就会意识到，就像所有的伊甸园一样，他们的伊甸园只是一个封闭的所在，而现在让他觉得璀璨的事物，最终都会让他觉得窒息。

那些夜里，他一遍又一遍地梦见湖泊或是一望无际的草坪，梦见裸体的男孩们躺在草地上，缓缓地接吻。那是无声的梦境，缓慢的梦境，出现在梦里的男孩们除了互相爱抚、大笑，没有任何其他的举动。在他们身上，有某种热烈、简单的东西，某种衰老的事物，虽然他们还是年轻人。而他记得自己在梦里是躲在一片灯芯草后面的。醒来时，他感到了一种欢喜，奇怪的是，他的性幻想往往都很暴力，但在那个场景里，他却并没有靠近他们，只是远远地观察便已满足。

罗伯托走后，事情就变了模样。像他这样的人会为了一个二十一岁的男孩失去理智是再正常不过的事了，反过来却让他倍感荒诞。爱上一个像他这样的老头（可是他并不老，还算不上老），像罗伯托爱他一样爱一个老头，只有骗子或是坏人才做得出来。或许罗伯托就是在说谎，或许只是为了骗他的钱（可他哪有什么钱呢），兴许他纯粹是一个变态，或许他正在跟一群围在他身边的同龄男孩们嘲笑他（可是为什么会嘲笑他呢），这样才更自然，更合理（可是"自然""合理"是什么意思呢），他会说："那个老头又孤独，又忧伤，他让我觉得可怜。"（可是他为什么要这么说呢）或许他已经醒悟了过来，因此保持沉默，或者，他就是一个傻子（可罗伯托不是傻子），或者他在说谎（可说谎的人不会写那样的启事），或者他只是太孤单了。

他到达时的脚步声，电梯的叮咚声，鞋子在门垫上的摩擦声——他坐在沙发上等着，因此总是能听到——然后是掏出钥匙开门，与其他钥匙碰撞的声音——他不知道那都是些什么门上的钥匙，或许永远都不会知道——进门时喘着粗气，带着微笑。

"你都不知道外面有多冷。"

于是，再一次地，他探测着恐惧的极限，等待着他靠近，虽然他根本不想等他走过来，而是想跑向他，给他一个吻，就像一个单纯的新婚小职员。罗伯托脱下外套，扔在沙发上，微笑着走到他身边："真的，你都不知道有多冷。"罗伯托湿润的双唇，发丝，因为暖气而微微变红的脸颊。

"怎么，你不相信我？摸摸我的手，看看它们有多凉。"

那个他已经不再有能力使之惊叹的男孩，只用了不到一周的时间，便失去了最初对房子、银行的趣事以及白兰地的赞叹。

那晚他们决定看一部电影的录像带。他当天下午租的。看到封面的时候，罗伯托坦白说他听都没听说过那部电影。他总是记不住电影的片名，但他记得情节是围绕着一个十四岁的男孩展开的，父亲的死给他造成了严重的创伤。男孩在痛苦与愤世嫉俗间徘徊，那场突然夺走他父亲生命的事故对他的震撼之大，以至于在忍受的极限内孕育出了一个不同的自我，一个带着恶毒的戏谑观望着别人的痛苦，甚至是他自己的痛苦的人。因此，在葬礼上，看到母亲一边哭泣，一边诡异地挥舞着双臂时，男孩带着一种令他自己都感到不安的冷漠想："演得真好，妈妈，搬到舞台上肯定效果不错。"

在那部电影里，他发现了自己身上的某种东西。他也曾带着那样的冷漠嘲笑过别人的痛苦，嘲笑过自己的痛苦，他之所以那样做，是因为大多数时候，他都无法找到有力的理由来说服自己去爱身边的人。在他看来，任何爱的表现都是一种自发的盲目行为，这么做的时候，也只是出于自我保护的身体需要，或是情感需要，永远期待着一份回应，即使不是立刻，至少也应该是在不久的将来。罗伯托就不一样了。其他人早早就被审问了，被宣判了，只有罗伯托展露出了水上行走般的神迹。其他人都在力求被拯救，被接受，被喜欢，而罗伯托沉默，赤裸，完整。怎么可能对他冷嘲热讽呢？

再次望向他的时候，他发现从关了电视开始，他便一直抱着他的双膝。

"罗伯托。"

"嗯？"

"你喜欢这部电影吗？"

"不喜欢。"

"为什么？"

"不知道……"

"你在想什么？"

"我在想世界是丑陋的，人是可悲的。"

他走过去亲吻他。

"我也是吗？"他问。

"不，你不是。"

"今晚你想留下来吗？"

罗伯托突然望向他，仿佛他刚刚说出了一个向往已久的愿望。

"想。"他说。

他们走向卧室。罗伯托坐在床上脱掉鞋袜。

"站起来。"他说，罗伯托马上微笑着照做了。他慢慢地为他解开衬衣的扣子。帮他脱去 T 恤。不管他做什么，罗伯托总是会马上呈现出同样的反应。尽管他喜欢这样，但是他第一次想到，或许那个男孩的爱终究还是无法超越他公寓的四壁，在这里动人的一切，出了这里便会变得荒唐、肮脏，或者变态。很快他们便脱光了，罗伯托笑着钻进被子里，从他的怀抱里逃了出来。他很开心。闪耀着光辉。他一边把被子拉到鼻翼，一边望着他，眼睛里透出开朗、单纯的笑意。他心甘情愿地投身于这场追逐游戏，轻而易举地忘却了自己的疑虑。

拥抱着罗伯托赤裸的身体给了他一种空虚感。几年前，他曾有过类似的经历，但是那些经历使他不快，而这一次，他找到了一种新奇的愉悦。他从来没有遇到过一具像罗伯托这样明确地意识到自己的赤裸，却又表现得如此欢愉的身体。因此，赤裸不是普遍意义上的赤裸：那是一种在展示过程中将自己消耗殆尽的存在，在这种存在中，思想不再朝着理智迈进，反而奔向了空虚，在自由落体的过程中，向一个世界敞开了，在那里，罗伯托是唯一的大师，一个纯粹而简单的感知世界。他一定是累坏了，因为他片刻便睡着了，一只手抱着枕头，另一只手放在他的腰间。他羡慕罗伯托的年轻，想要的东西很快就能得到，也记起了那些他只需闭上眼睛便能睡着的日子。他把罗伯托的手挪开，打开了床头柜上的灯。他转过头去看他醒了没有，可是罗伯托几乎都没怎么睁开眼睛。瞳孔在眼白上出现了一下，马上又消失了，就像一把勺子，没入到一杯牛奶里。房间的寂静中，能够听到他绵长、疲倦的呼吸。狂风乱撞，那是世界在玻璃中咆哮。

可是悲伤仍旧在那里。与罗伯托一周半的交往将悲伤暂时地隐藏了起来，但并没有解决。在他独处的时候，最基本的问题会以一种最简单、最直白的方式闯入房间，闯入起居室，闯入洗手间。现在他要做什么呢？观望未来就如同将头探进一个山洞的黑暗中，只能听到一头野兽的吁吁呼吸。仿佛他害怕活着，仿佛一瞬间便已经忘却了使生活变得值得一过的那些机制，那些东西，那些谎言。如果连他自己都不相信，又能怎样去向别人展示自己对那个男孩的爱呢？只要罗伯托打电话来说会晚到一会儿，他便会开始备受煎熬，想着他其实并不想见他，或者他已经认识了别人，尽管非常荒唐，他自己都觉得荒唐，但是这种想法极速螺旋上升，使他不安，除了想象他在另一个地方，与其他人在一起，笑着，什么都做不了。

罗伯托来了，空气又变得可以呼吸了，一点一点地，他觉得自己再一次掌控了局面。那个沉默的小动物一出现，便能浇灭他的焦灼。

"今天你有没有很想我？"他问。

"想了，非常想。"

"真的？"

"你无处不在。"

那些下午里惯有的宁静使他再一次意识到他在这个世界上的存在，同时，也使他能够观察罗伯托。有一天夜晚，他想，或许他永远都不会比那个时刻更加了解他。从那一刻起，他所能做的便只是收集他的嗜好，他的反应，微笑或是眯眼的方式，尽管那是了解一个人的惯常路径，但在罗伯托这里，却只是为第一印象增添了些许细节，加以明确，第一印象是真实的，正确的。这样，他第一次时自然而然地感受到的风情，在那个夜晚具象为一整套彩色的小罐子，罗伯托精心地涂抹着脚趾甲，而他则静静地想着，生命再一次找到了简捷的出路，除了因为不被理解或者无足轻重而自我厌恶之外，不再有任何问题。这有什么不好呢？他需要那个二十一岁男孩的存在，需要他那遮住耳朵的深色发丝，他那介于痛苦与单纯之间的飘渺微笑，他需要那个名叫罗伯托的奇怪小生物的爱，和他内心的秘密，借此逃离那种每次转弯生活都将分崩离析的感觉。

圣诞节那天，他怀着愉快的心情去玛尔塔家吃晚饭。拉蒙做了海鲈鱼，晚餐时光很舒适，尽管孩子们一直在不停地吵吵闹闹。玛尔塔说他看上去状态很好，拉蒙的姐姐也确认了这一点。那晚她与他们共进晚餐，在她身上年复一年地堆积的，除了疲倦或者说松弛，更多的则是化妆品。

他觉得一切都很好。连拉蒙讲的笑话都还不错。直到晚餐几近结束，他才意识到有什么事情发生了改变。一直以来，他坐在那张桌子旁的时候，总是觉得与玛尔塔相距甚远。至少，她还有拉蒙。而在这些年的记忆里，他能想到的最亲密的便是在佛罗伦萨的那个夏天，比萨一个庭院中的那口井，喷泉旁边，一个躺在热那亚的海滩上看他的裸体男孩，餐厅里牡蛎的味道，他感到大腿上有一只手，镜子里映出一张涂着口红的脸，但那并不是关于一个深爱的、具体的、独立的人的回忆，而是一部小说里的段落，记起的同时，也在不由自主地对其加以重构、润饰，从而带上了一种虚构的色彩。在那之后，便是一成不变的银行岁月，在记忆里不断重复，就像是由一成不变的习惯和动作所构成的的唯一一天，现在是罗伯托。做什么。说什么。尤其是为什么做，为什么说。

破裂了，如同一块极其轻薄的玻璃，一根悬着一颗纽扣的丝线。圣诞节的第二天，他正在家里等着罗伯托的到来，这时，电话响了。不是玛尔塔，而是银行的何塞·路易斯。通知他必须去巴塞罗那出差。从三年前开始，仿照着美国公司的模式，他工作的银行所属的集团便形成了一种惯例，每在其他城市开一家分行，就需要一些资深员工去那个城市出差，开几场会，分享一些经验。以前他经常出这类差，也有一些是出于私人委托。他一直很喜欢这种事，离开马德里，到另外一个城市住几天，尤其是旅费及住宿费还是由别人支付。但现在有罗伯托了。他现在不能走。

"我去不了。"他说。

"我不是在问你能不能去，我是在告诉你你要去。"

听到这里，他感觉有某种东西崩塌了。他把离开马德里理解为一种被迫的放弃。他要离开了，再回来的时候，一切都将变样了。罗伯托会改变，不再爱他（可是为什么会不爱他了呢），他会告诉他，他不在的时候自己认识了别的人，或者只是单纯地厌倦了，年轻人总是很快便会厌倦，他们很容易换交往对象。

他到的时候，他几乎是带着恐惧将这件事告

诉了他，罗伯托很喜欢这个主意。

"你好幸运啊。"他评论道。

"所以，你不介意我离开？"

"当然不介意，为什么要介意？"

他们聊了彼此的圣诞晚餐。他几乎可以猜到罗伯托的圣诞晚餐是什么样的，鉴于他对自己的家人知之甚少，因为他几乎从来不谈论他们。他的两个姐姐带着各自的丈夫一起去吃晚饭，其中一个宣布她怀孕了，其实一个月前便能从她的衣服上看出来了。罗伯托说他很期待做舅舅。但是那并不是他想要进行的谈话。

"你真的希望我去巴塞罗那？"

"当然。"

罗伯托的回答总是这样，热烈，简洁，就像是射击声。

"呃，你干什么？"

"我想给你涂脚趾甲。"

"哦，不行，真的不行。"

"来嘛，让我……"

他很快便放弃了抵抗，罗伯托拿出彩色的罐

子。在他将它们一一摆在桌子上的时候，他抚摸着他的头发。

"你要在那儿待几天？"

"五天。"

"也就是说，岁末那天你已经回来了。"

"为什么这么问？"

"没什么，有一个狂欢我们可以参加。"

"那晚我们不能待在家里吗？"

"为什么？"

"嗯，为了待在一起啊，我不想参加什么狂欢。我们可以在家里做一顿晚餐。喝一点香槟，洗个澡……"

"可是我想去那个狂欢。其他的事情我们哪天都可以做。"

"好吧。"

罗伯托突然变回了二十一岁。一个二十一岁的男孩怎么会不想参加岁末狂欢呢？有时候他会忘记他的年龄，那是因为他觉得他的年龄像是更大一些，因为他会像一个成年人那样半闭双眼，像一个成年人一样静默，聆听。但是他只有二十一岁。这一点再一次变得昭然，而当它变得昭然的时候，他便有了一种自己正在腐烂的感觉，他觉得，他之所以经常害怕向旁人展示这段感情，就是因为在内心深处，连他自己都对此感到羞耻。但他并不是对感情本身感到羞耻，他只是害怕。害怕自己不再爱他，害怕对方不再爱自己，罗伯托斜靠在他的脚边。刘海儿遮住眼睛，嘴唇紧绷，是一个完全专注于某件事情时不自觉地带上的滑稽表情。现在他是丑陋的。现在他只是一个在酒吧和洗衣店工作的男孩，什么都不懂，因为罗伯托不理解他，一个二十一岁的男孩怎么可能理解他呢？他试图去回忆这个年纪的自己，但是只得到了一些转瞬即逝的画面：玛尔塔；他上大学时喜欢的一个朋友，他们不时会一起喝喝啤酒；他的母亲。罗伯托已经把肖邦的唱片放上了。自从他告诉他自己喜欢肖邦，他总是会放那张唱片。现在肖邦使他觉得疲惫，一如罗伯托的表情，他对那个愚蠢的狂欢的执念，甚至是他一点都不介意他去巴塞罗那出差。在对他出差的不关心里，难道没有一丝冷漠的迹象？不在乎他去巴塞罗那，归根结底是因为那个男孩对他的兴趣并没有他想象中那么大。

"好了。你喜欢吗？"

脚上黄色、蓝色和红色的指甲望着他。

"现在需要吹一吹，这样，才会干得好一些。"

吹的时候，罗伯托微笑着，而他则突然涌上来一股怒火。可是又不是愤怒，而是痛苦。也不是痛苦。他抬起他的头，粗暴地吻了他。尽管一开始趋从了那场游戏，罗伯托还是对他的反应感到有些困惑。他急急地将他扒光，而在困惑之后，罗伯托似乎也加入了这场游戏，就在沙发上做，没有明显的理由。不一样的。再没有任何困惑的可能。他褪下他的裤子，吮吸它。但是与往常不同，没有停滞，甚至没有像其他夜晚一样感觉得到认可。他只是在单纯地吮吸罗伯托的阴茎，发现这一事实使他感到片刻的舒服，因为他确实知道那是什么。性很简单，折磨他的是性背后的东西，因此他才会觉得舒服。吮吸罗伯托的阴茎是一种简单的动作，说结束就结束，没有任何后果，让他备受折磨的是别的东西，别的：停留在同一个旋律上的肖邦，另外一个房间里的狗，他不了解的罗伯托的生活。他终将离他而去，是的，他迟早会感到厌倦，他会在某一个下午到来，杜撰出一个可笑的借口离开他，而他只能回到银行，仿佛什么都没有发生过，似乎一切都从未发生。所以这样更好，他一次比一次强烈地吞吐着他，就像是在摇晃着一只充气娃娃。

他想得太过专注，都没有发现罗伯托已经不再陪他玩那个游戏了。他停止爱抚他已经有一段时间了，当罗伯托意识到他也停下来的时候，便将他的头抬了起来。他跪在他的面前，罗伯托从一个不可思议的高度看着他，脸上带着一种类似悲悯的东西。

"你怎么了？"他问。

他的语气中并没有责备，而是遗憾，某种像遗憾一样缓慢、晦涩的东西。

"你难道没意识到我是一个老头吗？"

"拜托，你不是老头，你才五十岁。"

"五十六岁。"

一阵长长的沉默，仿佛那六年不是一个谎言，而是一道不可逾越的鸿沟，似乎五十六岁便是衰老的极限。

"二十年后，"他继续说道，"当你成为一个英俊的四十岁男人，一个成熟、健壮的男人，我则需要别人帮忙才能吃饭穿衣，因为我连这个都做不了了。你想过这些吗？"

"没有。"

"事情就会是这样。"

"我会帮你穿衣服，喂你吃东西。"一阵短短的沉默之后，罗伯托说道，而他则忍不住微笑起来。"不，别这样，别这么笑。别让我难过。"

"我不想让你难过，我只是想告诉你最终会发生的事情。"

"可是你是爱我的，对不对？"他问。

"当然。"

巴塞罗那之行演变成了对那场对话的不断回忆。罗伯托问他是否爱他的时候，他为什么回答"当然"？为什么没有简简单单地说一句"是"，或是"我爱你"？不得不与罗伯托分开的不快之上，又添上了开会的枯燥乏味。他几乎从不离开酒店，就是担心他打电话来的时候不能马上接到。如果他下午没从酒吧打过来的话，便会在晚上打过来。对于罗伯托来说，最理想的对话便是不厌其烦地重复着他有多么爱他，多么想他。他总是会问他穿的什么衣服。罗伯托会亲吻电话话筒。

"昨天我梦到你在这儿，和我在一起，我们不用去任何地方，我在给你涂趾甲。"

"可是我的趾甲才涂了没多久……"

"好啦。"

并不是说他不是真的想他，而是说他确定地知道想他的方式变了。从他告诉他自己的真实年龄的那次对话以来，从惊讶的表情以及"我爱你"的问题以来，有些时候，他会有一种这段感情很快就会走到尽头的想法，那才是合乎逻辑的，甚至那才是可以接受的，另一些时候，尤其是在晚上的时候，世界重新变成一台复杂至极的机器，没有了他的帮助，他根本无法在其中生存下去。

第三天的凌晨，电话吵醒了他。是罗伯托。他是从一个电话亭里打来的。声音断断续续，他觉得他是在压抑着不让自己哭出来。一群男孩子在酒吧出口等着他，其中一个他觉得面熟。他出来的时候，他们冲他吐口水，还管他叫基佬。他努力不停下脚步，可那个场面还是持续了一段时间，直到他来到一条更大的街道上。看到警车之后，男孩们走开了，而罗伯托则留在原地，愣在那里，像一株掉光了叶子的树一样可怜，他脱下外套，用力擦掉脸上和头发上的口水。他不是一个粗暴的人，讲述的时候却带着暴躁，带着愤怒，只是为了生存。

"他们打你没有？"

"没有，那也许更容易让人接受，他们想侮辱我，他们得逞了。"

"不，他们没有得逞。"

一阵长长的沉默，他听到了公交车加速的声音，汽车喇叭的声音。

"这群狗娘养的。"好像是罗伯托的声音在说。

"我真希望自己能在那里，抱抱你。"

"我也很希望你能在这儿，能够抱抱我。"

"罗伯托。"

"怎么？"

"我爱你。"

他不假思索地说出了那几个字，就像是一个合理、必要的渐进过程的结果，但是他一说完便感到了恐惧。罗伯托没有回答，他的沉默使他的庄重变得触手可及。他的目光掠过房间里的物品：扔在沙发上的毛巾，电视机，小吧台，窗外推揉着玻璃的夜色。

"真的吗？"

"真的。"

再一次，毛巾，电视机，夜，再一次，恐惧。

"我也爱你。"

第二天是出差的最后一天，尽管他们通了电话，但并没有再去重复那些话。交谈接近尾声时，罗伯托沉默地期待着他的重复，虽然没有很坚持，但也足够使他感知到他对那些话的渴求。而他觉得，那些话，以及他关于那些话的回忆，已经一下子洞穿了一面无法重组的墙。当飞机降落在马德里的时候，他感到万分害怕，那是因为，现在，他终于意识到自己是脆弱无比的。罗伯托在他的公寓里等他。为了给他一个惊喜，他特意请了一下午的假。他保证说那可真不容易，因为那天是12月31日，他工作的地方在为晚上的狂欢做准备。拥抱的时候，罗伯托的身体、胳膊、头发给了他一种新鲜感。他嘴里有烟草和薄荷口香糖的味道，他看起来似乎也不太一样了，壮实了一点。

"你真好看。"

"谢谢。"

他的头发梳过了，穿着一件新衬衣，刚刚熨烫过，还有鞋。

"我希望你回来的时候我能够好看一些。"

那天下午罗伯托确实有一种璀璨的美丽。他们聊了所有的事，除了有关那帮年轻人的不快经历，每一次谈到有趣的事情，他都感觉自己被他的笑声包围了，成了笑声的一部分，同时，远远地，他观望着自己的生活因为罗伯托的存在而变得那么生动。他记得他在电话里说起的之前参加那些会议时的种种趣事，以及它们最小的细节，那些人的名字，甚至那些笑话，仿佛他曾亲历过。

那个夜晚他们缓缓做了爱，然后在凌乱的床

上赤裸着身体喝了白兰地。他的身体有汗水和古龙水的味道。他发现罗伯托打扫过房间，还在镜子旁边放了一束雏菊，在洗手间放了一束向日葵。

"这些花？"

"天啊！终于！我还以为你永远都不会发现呢！"他笑了，带着克制的愤怒，"我昨天在市场上买的。我喜欢雏菊和向日葵。你看过梵高的向日葵吗？是不是很动人？"

又一次，那个孩子。梵高把他带来了，把他丢在了床单上。在空气中营造漩涡以模仿星空的效果。他不是不喜欢梵高，只是他感受到的是一种放纵的爱，一种青春、粗暴而难忘的激情。而罗伯托则完全沉浸在对强烈的色彩和热情的笔触的赞扬中，别无他法，再一次离他远去。他要怎样把这个孩子介绍给别人？他在干什么？他听任他讲完那段独白，不出所料地提到了割掉的耳朵和歇斯底里。结束之后，罗伯托又变回了那五个漫长的日夜里他做梦都想见到的小动物。他再次羡慕他的青春，羡慕他从床上跳下来、赤着身子去洗手间时的敏捷。他也曾像罗伯托一样。

"哦，我们得赶紧换衣服了。"回来的时候，他停在房间门口说道。

"换衣服干吗？"

"去狂欢啊，你忘了我跟你说今晚有个狂欢了？"

"我不想去什么狂欢，我只想和你待在这里。"

"可是你不记得了吗？我们说好了的，并且我都给你买好票了……"

"好吧，那个狂欢什么样？"

他不想去，因此罗伯托说的所有的话，地点、等着他的朋友、免费酒水，在他看来，更像是支持他不出去的理由，而非诱惑。在那群孩子中间他能做什么呢？难道不会显得很滑稽吗？他们不会嘲笑他吗？一直以来，对于那些紧紧抓着荒谬的青春不放，穿得像个年轻人，或者去年轻人的酒吧，或者像年轻人一样开玩笑的人们，他总有一种发自内心的鄙视，这种从大学时代便开始有的鄙视，在很多情况下，会驱使他穿衣做派都显得更老成，而现在，这种感觉甚至使他无法想象陪伴在罗伯托身边的情景。

"可是，我认识的人里有谁会去这个活动？"

"没有，可他们都是非常讨人喜欢的男孩子。"

"你没发现这就是问题所在吗？他们是非常讨人喜欢的'男孩子'。"

"我自己也是'男孩子'。"罗伯托说道，模仿着他说那个词时的轻蔑语气。

"你不一样啦。"

"说说看，有什么不一样。"

他不想进行那场对话，然而，他知道，或许是无意间，罗伯托正在将他带往那名为恐惧的深巷的尽头。

"你不一样，因为你实际上很成熟。"

"我并不成熟，并不比他们中的任何一个成熟，并且他们是我的朋友，我很喜欢他们。"

"我并没有不让你喜欢他们，也没说他们不好，他们肯定很好……"

"可是……"

"我不知道，罗伯托。"

"我只知道，自从你从巴塞罗那回来，对我就怪怪的。你不知道我多么费劲儿才请到一下午的假，而你并没有为此表示感谢，我为你准备了花，而你居然都没注意到……"

一阵沉默，罗伯托似乎想要得到他的肯定，但是他没有给予。尽管觉得那很合情合理，但他也只是静静地看着他，在心底里乞求他不要沿着那条巷子走下去。

"并且每张门票都花了我八千块。"罗伯托最后说道，声音低低的。

"如果你在意的是这个，可以从我的钱包拿。"

"你太蠢了。"

罗伯托开始快速地穿衣服，没有看他。

"你要干什么？"

"我走了。"

"那你就别回来了，听见了吗？如果你要走，就最好别再回来了。"

"你就是一个混蛋。"

"我就是，怎么样？"

他为什么要那样做？他为什么就站在那儿看着他穿衣服，带着自负的愚蠢表情，似乎他的离开对他来说无所谓？现在他要怎么做？罗伯托穿上了鞋，离开了房间。他听到他在门口穿上了外套，离开的时候狠狠地摔了一下门。他望向凌乱的床，罗伯托曾用来喝酒的酒杯，有着香烟残留的烟灰缸，还有那些花。

"不要走。"他说。

一秒钟过去了，接下来是另一秒，再一秒，每一秒里面，都有一个虚无的空间在慢慢堆积，变成一分钟，三十分钟，一个小时，天空变得昏暗，看不到人的面容，但是却能听到街上人们呼喊的声音，他们可能正在笑着前往罗伯托参加的那个狂欢。12点也不过是又一分钟，能够听到窗下男孩子们的喧闹，听得出来他们被新年的钟声惊到了。之后电话响了，他感到自己的血液冻结了。跑向起居室时，他撞到了家具上。是玛尔塔。她祝他新年快乐，并问他晚点想不想过去看看，拉蒙在家，孩子们也还没有睡下。不，他不想，他头痛得厉害。从上飞机开始，在飞机上他便头疼欲裂。挂了电话。他想到了罗伯托，可是现在仿佛他从来不曾拥有他，他再一次害怕自己不再爱他，害怕他也不再爱自己。他快速地穿上衣服，却并不清楚自己要做什么，就来到了街上。他记得罗伯托有一次跟他提起过，晚上喜欢去丘埃卡区的酒吧，便朝那边走去。人很多，所有人都在大喊。那种恼人的幸福，像拒绝怪物一样将他排除在外。在那群醉醺醺的年轻人中间，他突然觉得自己老了。

"新年快乐！"他旁边的一个男孩望着他，喊道，"嗨起来啊，哥们儿，今天是新年啊！"

罗伯托不在。或者说，他无处不在，一个背影，一件相似的外套，一个声音。每次觉得看到他了，他的脉搏便会加速。他要对他说很抱歉，对他说自己表现得就像是一个混蛋，对他说他说得对，并不是他让自己觉得丢脸，也不是他的朋友们，仅仅是因为他害怕，他能懂吗？他当然能。他要去那个该死的狂欢，两个人都会酩酊大醉，然后一起回家。他再不会那样做了，他发誓他再也不会那样做了。

罗伯托没有出现。他感到夜晚带上了一种凛冽、刺骨的寒意。所有的汽车都鸣响了喇叭，制造出了一片人工渲染出的欢乐。一个男孩在酒吧门口吐了。他缓缓地回到家里，背负着爱情那难以承受的重量。

第二天上午他打了三通电话给他，可总是跳出来自动答录机的声音。打第四通的时候已经将近2点，这次听到了罗伯托疲倦的声音。

"罗伯托……"

"你好。"

"罗伯托，我非常非常抱歉，昨天我表现得就像一个混蛋。"

"对。"

他的声音听起来很疲惫，或者说是失望，或者伤心。

"你想来我家吃饭吗？我买了香槟和羊肉。我们可以做羊肉。"

"我要回家吃饭，和姐姐们一起。"

"那你可以之后再来。"

"好。"

"你会来吗？"

"会。"

"几点来？"

"不知道，8 点吧。"

"8 点。不能再早点吗？"

"不能。"

"好的，那就 8 点，给你一个大大的吻。"

"再见。"

8 点的时候，罗伯托没有来。8 点半也没有。9 点也没有。9 点一刻，他听到电梯上来了，但是已经有了那么多次虚假的警报，他没再兴奋，直到发觉电梯停在了他的楼层，察觉到这一点的时候，他不知道该怎么做，不知道是应该冲向门口，还是应该像往常一样坐在沙发上。罗伯托用自己的钥匙开了门，他站起身。他走向他。紧皱的眉头使罗伯托带上了一种奇怪的丑陋，就像是一个发脾气的孩子。

"原谅我吧。"他对他说。

"你是一个混蛋。"

"我知道，可是，你能原谅我吗？"

"好吧。"

他们亲吻了彼此。两个小时之后，罗伯托的不快似乎已经彻底蒸发掉了，两个人开始在卧室里脱衣服。罗伯托问他前一天晚上做了什么，他承认自己出去找他了。这让罗伯托很开心，并且想知道每一个细节。

"你不可能找到我，因为我没在丘埃卡区，我在太阳区呢。"

"玩得开心吗？"

"不开心，所有人都问我怎么了，问我为什么不跳舞，什么都不做。"

"你没跳舞？"

"没人陪我跳。"

"那儿肯定有成千上万的男孩子，疯了一样想和你跳舞。"

"男孩子是有，可是我不想和他们一起跳。"

罗伯托描画过的嘴唇有一种肉嘟嘟的质感，使他的整个面孔都带上了些许虚构的特点，他再一次觉得自己臣服在他的面前，不是很敢相信这个男孩是爱他的。

那天是他的狂欢，第二天也是，还有接下来的两天。由于去巴塞罗那的出差占掉了一天假期，所以之后公司给他补了一天。和解那晚的快乐，从某种程度上说，是虚幻的。很快他又再次感到了恐惧、嫉妒和焦虑。有时候，他甚至会想，如果没有认识罗伯托或许会更好。他厌倦了生活在长时间的不安之中，身体里遥远的一部分想念着那些温和岁月里的平静，在那些年里，幸福简单而琐碎，就像饭后昏昏欲睡时的一杯拿破仑白兰地、昂贵的香烟、时不时地在豪华餐厅享受的一顿晚餐。

　　罗伯托的爱让他感动，然而，从争吵的那一晚开始，他觉得有什么东西已经崩裂了，不是因为争吵本身（他已经觉得争吵无关紧要了），而是争吵所带来的后果。就如同有时候一具漂亮的躯体在展示的过程中会损耗一般，罗伯托的沉默，同所有平静的事物一样，也会变成一种致命的无聊。然而，在那个"不"的下面，是对于"是"的激情，每当他看到罗伯托对于做一个令他钟爱的小动物那始终如一的需求时，这种激情都会被打破。在他那可想而知的爱的方式中——没有任何东西会像他的善良那么显而易见——有时青春超越了拥有这具躯体的简单事实、一瞥的性感，然后，又变得不可捉摸。

其中一个下午，罗伯托给他在洗衣店工作的同事打电话，两个人聊了大概十五分钟。实际上他去打那个电话，是因为当他坐到他身旁的沙发上时，他没怎么理睬他。当时他正在看新闻，尽管不是很感兴趣，可他还是觉得罗伯托的到来是一种打扰。感到自己被抵触，罗伯托便一声不吭地起身去打电话了，如此一来，他便忍不住去看他了。跟他打电话的是一个名叫马科斯的人，而他则从交谈的语气中，验证了他们之间存在某种默契，有一些他听不懂的笑话，却能让罗伯托迸发出干净、爽朗的笑声。看到罗伯托的大笑所带来的不适感是如此地复杂，以至于不能简单地将其归为"嫉妒"。那是他第一次意识到，在那个二十一岁的男孩的生活中，有一大片空间是他永远都无法参与的，并且突然感到自己有必要加入进去。和他在一起的时候，罗伯托何曾那样对他笑过？为什么没那样笑过呢？那个讲电话的小动物（双腿交叉，用香烟戳弄着烟灰），到底是不是罗伯托？如果说那是真正的罗伯托，为什么他会有一种不认识他的感觉？几秒钟之后，他被罗伯托也许已经厌倦了自己的想法吓到了。一切都定格为一个必然的三段论：罗伯托从来没有爱过他，最初只是崇拜，之后是同情；因此他的崇拜或同情能持续多久，他的爱便会持续多久；他永远都得不到那个光着脚、涂着趾甲油、没心没肺地大笑着的男孩子，因为他们不是一类人。那一刻所发生的事远不只是自我厌恶，而是渴望像另一个人一样，渴望成为另一个人，渴望成为与罗伯托打电话的那个人，二十来岁，在洗衣店工作，为了某个晚上去剧院或者抽烟而省吃俭用地攒钱，能够让罗伯托以那样的方式大笑。

"那个马科斯是谁？"

"哦，一个朋友，和我一起在洗衣店工作。怎么了？"

"没，没什么。"

他还在装模作样地看电视。假装自己无动于

衷，可是罗伯托突然笑了。

"你在吃马科斯的醋？"

"我？"

"你在吃马科斯的醋！"罗伯托喊道，对这一发现感到很开心，对能够挑起醋意感到很骄傲。他觉得自己挑起那个话题的行为很蠢，希望能够尽快结束，可是他同样希望罗伯托能尽快坦白真相，跟他说马科斯是一个丑到极点的人。这种感觉让他不舒服，因为他意识到了自己的担心是多么地幼稚。

"你在吃马科斯的醋！"罗伯托一边重复着，一边站在他面前，直视他的双眼，大笑不止。

"停。"

"你在吃马科斯的醋！"他再一次重复道，同时将手放在他的大腿上，使他没有办法不面对面地看向他。他推了他一把，一下子跳了起来。

"好吧，怎么样？我吃醋了又怎么样？该死的白痴！"

罗伯托立刻停止了笑声，眼睛睁得大大的。罗伯托栗色的大眼睛望着他。

"你听我说……"他说。

"你什么都不懂。"他说着离开了，可是他离开起居室时，并不知道自己该干些什么，于是朝卧室走去。

"你听我说……"罗伯托说着，走了进来，声音中带着一丝悲伤。他没有转过头去看他，那就太容易了，太容易被看穿了。

"说什么？"

他感觉到他从背后抱住了自己。

"马科斯只不过是一个跟我一起工作的男孩，我一点都不喜欢他，而且他有一个交往了三年的女朋友。你为什么就这样了呢？"

"我怎么样了？"

"拜托，你都有点让我恼火了。"罗伯托说着，放开了抱着他的双手，朝起居室走去。他听见他关了电视，放上了肖邦的唱片，但只放了几秒钟，因为他立即就把它取了下来，换成了他以前买给他的流行音乐的专辑。他坐在房间里，将其理解为罗伯托不再试图取悦他的明确标志。他很年轻，令人屈辱的年轻，并将永远年轻。这个选择证明了这一点。这就是交往以来他一直害怕的事情：他已经厌烦了对他的容忍，他感到窒息，于是他回到了起居室，他听到罗伯托说他需要冷静一下，只需要几天时间，他需要想一想的时候，一点都没有觉得惊讶。

"想什么？"

"当然是想我们之间的事，如果不行了，应该怎么办。"他说。

那晚，他并不在意罗伯托的离开，可是第二天早上，他忍了好几次，才没有拨出他的号码。他已经说了给他四天时间，不要给他打电话，尽管那一刻的疲惫让他觉得这根本不费力，但事实上，一天还没过去，他已经感受到了地狱般的煎熬。

第一天的激动和焦虑，在第二天变成了绝望。前一天晚上睡觉的时候，为了让自己平静下来，他对自己重复着说罗伯托第二天就会打电话过来，到了下午5点钟，他紧张得饭都吃不下了。他下楼去遛狗，因为过去几个星期的疏于照顾，狗已经变得比往常更加孤僻。罗伯托说的是"想我们之间的事"。多么白痴的表达。"我们之间"。就像是从一部青春剧里面照搬过来的。"想我们之间的事",罗伯托说,就像是随便一个二十一岁的男孩子每天回家之后一定会看的弱智电视剧里面的情节。他都可以做他的父亲了。他想过很多次,可是在那一刻,这一想法擦过了怪诞的边界。他都可以做罗伯托的父亲了。那一次他没有觉得内疚,而是觉得受到了欺骗,从一开始,他对待罗伯托的方式就没有什么好指摘的。他总是不计成本地请他享受这一切:最贵的酒,最好的肉和香烟。那个男孩有什么好抱怨的?抱怨没有去他的狂欢吗?难道这不应该是罗伯托的错吗?从一开始他就说了不想去,换位思考一下,他从来没有坚持让罗伯托去做任何一件他马上表现出明确的不喜欢的事。实际上,他那么做,只是为了考验他。

然而,在那些想法里面,有某些东西是站不住脚的。接受了这些想法便意味着接受了那个男孩的狡猾,他的恶意,从另外一个角度说,那也是很难接受的事情。在记忆中最长的一次遛狗之后，带着极度的饥饿，他在夜晚回到了家里。他煎了几片牛排，几乎是带着怒气狼吞虎咽地吃了下去，之后就上床了。他无法入睡。接连抽了三支烟。他吐了。

第三天早上起床，他感到筋疲力尽，但又觉得自己没办法忍受在家里待着。所有的一切都让他想起罗伯托。他给玛尔塔打了一个电话，问她自己能不能过去吃饭。

"当然……你还好吧？"

"挺好的，只是想见你们了，有那么奇怪吗？"

"没有，哪有啊，来吧，随时都可以。"

3点钟之前的几个小时里，他的身上开始升腾起一种奇怪的破坏欲。他甚至有些怀念似的记起往昔，但并不是因为他更喜欢孤独，没有任何一个心智健全的人会喜欢孤独，而是因为至少在孤独中，他知道自己能够倚靠什么。关于自己现状的思考，使他产生一种掺杂着不快与愤怒的情绪。罗伯托的形象开始带上了某种危险和威胁的色彩。他已经不再害怕罗伯托不再爱他，而是害怕罗伯托本人。

玛尔塔一个人在家。拉蒙在上班，孩子们要6点钟才能放学。

"你真的没事？"

"你怎么问这么多？"他回答，几乎觉得有点生气。

"好吧，说实话，一周中的时间你过来吃饭，这事确实不太正常。"

"是因为我还在休假，也因为新年的时候都没见到你们……"

尽管玛尔塔在吃饭的过程中还一直保持着那种惊诧的表情，并且一直坚持问他的健康和工作情况，希望能够找到来访的可能缘由，但最后她还是相信了哥哥这次来访可能只是为了聊聊天。喝咖啡的时候，玛尔塔猛拍了一下额头，仿佛是忘记了某件绝不该忘记的事。

"你还记得胡安叔叔吗？"

"记得啊。怎么了？"

"什么怎么了，他要结婚啦！"

"他多大年纪了？"

"六十三岁。但你肯定想不到。那个幸运儿是一个二十八岁的女孩。"玛尔塔将他的沉默当成了与自己听到这个消息时同样的震惊，这似乎鼓舞了她。"你跟我当时一样，石化了似的。"

"他怎么说？"

"谁？胡安叔叔？胡安叔叔说他们真的非常相爱，实际上，胡安叔叔确实是这样，可是至于那个女孩……在我看来，胡安叔叔除了有钱以外，就只是一个需要随时提防的老色鬼了。仅此而已。"

"你觉得年龄差距很大的人不可能相爱？"

玛尔塔用嘴唇做出一个深深的厌恶表情来回答，但是由于他没有作出回应，她认为自己有义务做出进一步的解释。

"我认为老男人爱上年轻女孩没什么不好，因为这很正常，我们不用自欺欺人，比如说，一个老女人爱上一个小伙子，这很正常，但这不是真的相爱，只是喜欢，你懂我的意思，可如果一个年轻女孩投入一个老头的怀抱，这太不堪了，有点违背人性，我也说不清楚，你单单想一下，十年之后，那个姑娘看起来就像是在陪自己的爷爷散步。"

跟玛尔塔的饭局，尤其是关于胡安叔叔的轶事给了他一种奇怪的宁静，让他更加确信了与罗伯托的交往是不可能的，从那一刻开始，他觉得有一股冷漠侵袭了自己，这份冷漠将他们的关系定义为某种虽然并非令人不快，可是确实是不道德的、肮脏的东西，在多年的孤单之后，他在这上面翻了船。

第二天罗伯托打来电话，他说他等他，让他来自己家里。他进门时，他在他的身上看到了同样忧心的症状：黑眼圈，声音中疲惫的意味，压抑的悲伤。

"你好。"罗伯托说。

没有了吸引力，现在的他只是一个沮丧的男孩。以他那五十六岁的高龄，几乎是带着迁就地看着他。

"嗯。你已经想过'我们之间的事'了，是吧？"

罗伯托看上去是那么地伤心，都没有体会到那些话中的讽刺意味。

"实际上，我来是希望你能帮帮我，告诉我该怎么做。我想了很多，可是……"

"你想离开我，这就是你想要的，你只是不知道该怎么做，因为你可怜我。可是你知道吗，我不想让任何人可怜我，所以你也不必担心。你对我没感觉了，是不是这样？你们现在不是都这么说吗？你对我没感觉了，以前你对我有感觉，我不知道怎么回事，或许是一种病态的好奇，但是现在你厌倦我了，当然，你不会承认的，可是事情就是这样。我并不是说你对我一点感觉都没有了，除非是你撒谎的技术特别好，你确实对我还有那么一点感觉，但是对我来说这还不够，我跟你说你不懂我，是因为你就是不懂我，你能懂我什么呢，你需要独自生活二十年，身边没有任何人，才有可能懂我，你活过的这些年里，我几乎都是一个人过来的。你想过这些吗？说，你想过吗？"

"想过，我当然想过，"他回答道，"你为什么这样跟我说话？"

"如果你想过，"他试图不丢掉自己诡辩的那根线索，继续道，"你就会意识到，不应该走到今天这一步，不应该要求我成为一个二十一岁的男孩，因为这不是事情该有的样子，罗伯托，你不能要求我假装心甘情愿醉倒在酒吧里，因为我不愿意。在你到来之前，我已经习惯了一种生活方式，我有所慰藉，我有自己的小快乐，这对我来说足够了，而现在我将用五年的时间来努力忘掉你。这个呢，你想过吗？没有，对不对？不要跟我说你需要再冷静一段时间，然后一个星期之后过来跟我说你要离开我。如果你是这么想的，就打开门，永远都不要再出现了。但是别跟我说你需要再冷静一段时间。哈，所有的事情我都替你做了。你觉得怎么样？"

"我觉得你把什么话都说了，都是你自己，一点都没有想过我。"罗伯托回答道，声音颤抖着。

"太多了，我替你想的太多了，太多了。"

"看起来像是你在要求我离开你。"他说。

"我要求你离开我，是因为你本来就想这么做，罗伯托。"

"你跟我说让我离开你，是因为我不爱你，可是实际上，我要离开你，是因为我发现你才是那个不爱我的人。"

他没有回答。罗伯托的回答就像一记耳光打在了他的脸上。他自认在长篇大论中所保持的所有的诡辩和思考的连贯性，被罗伯托的几句话轻易地打散了。罗伯托拿出公寓的整套钥匙，放在门口的柜子上。然后穿上了外套。

"在我看来，你也是一个可悲的人。"他说着转过身，慢慢地关上了身后的门，没有像他预想中那样摔门而去。

狗叫了。电梯升到他家所在的楼层，门开了，罗伯托走了进去，起居室里时钟秒针的声音清晰可闻。他探身到窗外，看到他走出大门，停下来，上了一辆公交车。街上，冬日的寒气渗透骨髓。

马拉松

他喜欢跑步，就像孩童喜欢仰望天空，荒诞而无休。他一直很喜欢跑步，从未想过有一天会不再跑步，就像他从来没有想过有人会不再是另一个人的兄弟，或是两个人互相交换母亲。此外，跑步还是最私密的行为，是一个即使是迪亚娜或是大学同窗也不能插足的空间，然而，它却隶属于那一小撮最不可或缺的事物。每周两天，如果可能的话三天，他都会带着一种在精准时刻不费吹灰之力便能重燃起对方激情的旧情人所特有的自信，重复着运动鞋和短袖上衣的缓慢仪式。最近三个月，也就是婚礼以来的这段时间里，此中又平添了另外一种吸引力，现在他家附近的公园要大得多了，可选的奔跑路线也更多了。最初发现这个公园时，他有一种小孩子第一次打开一份期待已久的礼物时的热切，同时又忍着不去多玩，仿佛这种坚持可以延长那种初见的喜悦，品味着，直至全部耗尽。

迪亚娜不懂这些，或者说，即使她懂，在已婚状态下，她也无法忍受了。婚后的第一个星期，她几次坚持让他允许自己陪他去跑步，尽管他尝试了各种借口（她会累的，她一点都不会喜欢，她肯定会一直抱怨），有一个下午，他还是妥协了。从一开始，他仿佛就很抗拒让迪亚娜进入那个空间，仿佛是只想把它留给自己一个人。他故意带她去最难跑的路段，也没有为适应她的步伐而做些什么。跑了十分钟之后，她央求他跑慢一些。十五分钟后，她放弃了，自己回了家。尽管他也没有不喜欢她的努力（这种努力显而易见，同时又带着讨好的意味，因为迪亚娜为了陪他已经用尽了全部力气），但是她的体力不支和缺乏韧性还是让他恼火。还有，为什么现在都已经结婚了，迪亚娜却还是想做什么事情都在一起，而这一点，在之前八年的恋爱里都从来没有被提出来过。那天，他觉得自己以前不婚的决心是对的，他甚至后悔结了婚，后悔在迪亚娜家人面前让了步。

"你是故意那样做的。"那天下午他回到家的时候，大概是一个小时之后，她对他说。

"什么？"

"你想让我累到，你是故意那样做的。"

"不是。"他说谎。迪亚娜太可笑了，也很丑陋，大概从来没有像那一刻那样丑陋过。虽然她已经洗过澡，也已经在家里休息了一段时间了，但运动仍旧使她的脸颊微微泛着红。他觉得她的乳房太小了，或者说太平淡了，一直以来都长在迪亚娜身上的某种东西，现在展示在他的面前，不是令人不快，而只是无趣，彻底地缺乏吸引力。现下，她的乳房成了他厌恶的焦点，这一事实使他感到困惑，因为那曾经是迪亚娜的身体上让他觉得最具魅力、最为温存的部位之一。

"我了解你，我太了解你了，"她坚持道，"你那样做就是为了让我觉得累，至少你应该鼓起勇气承认。"

"不是这样的，随便你怎么想。"

他去卫生间洗澡，并将门落了锁。跟迪亚娜在一起的时候，他从来不锁卫生间的门，那一刻他之所以那么做，是因为他觉得自己换衣服的时候如果她闯进来会让他不舒服。尽管那次她也并没有试图那样做，可是他还是觉得锁门的话自己会感到更加安心，同时也很高兴能够让人清楚地知道他的跑步空间是非常私密的。没有理由成为一个问题，他想，也没有理由为此感到烦恼，所有的夫妻，不管多么幸福，总会为彼此保留一个可以用来喘息的地方，接受这个地方的存在并不意味着不足，而是接受一种现实。之后，他把这话对她说了，带着他洗澡的时候思考这件事时同样的语气，一开始，从迪亚娜听他说话时的表情来看，在内心深处她是理解的，而且认为他说得对。然而，她并没有留下来和他一起看那晚电视上放的电影。她说她头很痛，更想躺下去休息。

翻译工作。她做的是翻译工作。不像他，就职于一家律所的遗嘱执行部门，而是做翻译。如果至少能是文学作品，小说或是诗歌，或许还能将她从荒唐中拯救出来，可是迪亚娜翻译的东西常常是一些工业机械手册或是厨房用具说明，或是帐篷组装指南。怎么会有人喜欢做这个呢。他甚至觉得直到现在才想到这一点很奇怪。离家的时候看见她还在睡，中午给她打电话，知道她还没起，到家的时候发现她坐在电脑前面工作，这使他产生了一种感觉，感觉她是房间里家具的一部分，长长的黑发，着装随便却振振有词地说是为了舒适，穿着家居拖鞋走来走去，那种感觉有时候会类似于厌恶，卡在他的喉咙处。

他们认识已经八年了，但也可能彼此并不了解。最初喜欢她是因为她那难以察觉的柔弱感，她的双眸。两个星期之后，他们接吻了，再一个月之后，他们第一次做爱，在一家他们俩分摊房费的小旅馆，结束之后，当她坦白自己是处女时，房间的昏暗使他觉得有些哀伤。

"我没告诉你是不想吓到你，所以才这样，也是因为我希望那个人是你。"迪亚娜说。他不知道该拥抱她，还是该生气，是应该跟她说他爱她，还是应该拿起自己的衣服起身跑开。

"我爱你。"他说。

最初的三年里，他们就像许多刚毕业的大学生情侣一般，有共同的朋友圈子，有一起参加的聚会。每个夏天，他们都会去海边旅行（她喜欢南方），圣诞节的时候，或许会去滑雪。他们幸福得恰如其分，幸福得平平无奇，没有悲剧，也没有闹剧。有时候他们在等红灯的间隙在车里接吻，晚餐的时候会拉彼此的手。有时候人们将他们视作完美伴侣的典范。

第四年迪亚娜去了英国教授西班牙语。他对她说（在过去的几个月里，他们已经吵了许多次），很可能他们会就此分手了，他说没必要把这看作一件伤心的事情，她可能会认识某个人，而他也会认识某个人。但是最终他们还是会给彼此打电话。有几个月的时间，他和一位叫做玛里纳的女孩交往了，女孩的发型使他想起迪亚娜，最后却纯粹是因为无聊而离开了那个女孩。迪亚娜会写长长的信件，信里却没有任何实质内容，却让他再一次记起她那淡然的存在，让他几乎可以确信那个人能给他幸福。她回来的时候，他去机场接她，两个人像陌生人一样接吻。

"我爱你。"迪亚娜说。那一刻，他想，如果向生活索求更多的话就太不公道了。

那之后的岁月，在他看来，就是一条缓慢而不可避免地通往婚姻的道路。现在再回头看那些年，他的想法已经变了，尽管他无法忘记那些年里迪亚娜的存在是多么地可贵。那时候他已经开始在律所的遗嘱执行部门工作了，想让他在冗长的会议之后还能保持平和简直太难了，因为在这些会上，更多时候他需要避免死者的亲戚们互相噬咬。几乎没有例外，似乎死亡使人性中最不堪的部分都祖露了出来，似乎人性被缩减得只剩下那种野蛮的分割。对迪亚娜讲述那些事情使他感到放松，甚至成了赖以生存的必需，因为不管他说了多少次，她总会带着那种吃惊的表情表示难以置信，而那种难以置信而非原谅救了他，使他得以依存于另一套秩序之上，与他被迫寄身其中的那套截然不同。

在她找到翻译工作的两个月之后，他们结婚
了。在他看来，婚礼总是有些悲伤，他自己的也
不例外。

"这只不过是个形式。"婚礼前三天他和迪亚
娜说，可是实际上，那时她的白色婚纱就像白色
的死亡一样压在他的身上。不是一种形式，也不
是一个为宴请还算得上亲近的人所搭建的舞台，
而是一个纯粹、恐怖的东西，就像一头白色的爱
情巨象，无助地闯入意识之中，以各种各样的形
式呈现：婚纱，宣布自己代表上帝的半秃男人，
微笑着拍照的迪亚娜母亲（"这是一流的产品，希
望在你这儿经久耐用"），以及她的其他女性朋友
开的玩笑，周围的所有人都酩酊大醉（"赶紧把那
些花摘了吧，迪亚娜！"），白色的花童服饰，身
着白衣的神父，戴着恐怖白帽子的迪亚娜的妹妹，
在一切之中，他假装自己并不紧张。他已经和迪
亚娜说好了切完蛋糕他们就走，因为留下来便意
味着认输，意味着宣布自己被这场强装的幸福仪
式打败，意味着对有时会难掩独居生活带来的悲
伤、但是会快速地擦去一滴泪以免弄花眼妆的母

亲说"是"，对带着雪茄及清晰地印着他们名字的印花香烟过来的侍者们说"是"，对照片（"这样，再过来一点。现在搂住你爱人的腰。"）说"是"，对来宾们说"是"。到了住处之后，那里几乎还没有家具，于是他们便以最大胆、最狂野的方式做了爱，他觉得自己明白了迪亚娜为什么会在即将脱光的时候停下来，因为害怕，因为责任心使她眩晕，因为她自己的女性身体（就像一条路线消失在远方的马拉松跑道）有时候会成为一道可怕的风景。

跑步是一种极大的释放。尤其是在婚礼之后的那些日子里，因为这不仅仅意味着逃离迪亚娜的存在所突然带来的烦恼，同时也意味着逃离自己情绪多变所带来烦恼。如果有人问他跑步的时候在想什么，他估计也不知道该如何回答。除了技术层面的努力（为最难跑的路段保存体力，什么时候冲刺最好，是否能够带着足够的体力攻克三十公里的瓶颈），跑步能够使他的身体机能处于完美的状态。他可能会说，不跑步的人是不会懂得那种控制疲惫的成就感的，有时候，他甚至不会像其他人那样，感觉到身体属于自己（类似于某种完全属于自己的东西，永远都不可能分离），他会觉得自己像是从身体中剥离了出来，能感知到每一块肌肉，绝对地控制每一块肌肉，但只能在外界进行，似乎只有在跑步的过程中，他的身体才不再是身体，而是某种完全属于他的东西。

此外，在公园里，有一种他并不陌生的生活。一种在所有的跑者之间以一种看不见的方式悄无声息地建立起来的生活。就像是一张由嫉妒、挑衅和试探织成的蛛网，从一个人的眼睛撒向另一个人的眼睛，衡量别人并不单单是观察，而是无需赛过便知道自己能否赢过他，在最难的路段超过他，而在脸上却看不到一点费力的迹象，或许之后还会等着他赶上，以便能再超他一次，是跑鞋、双腿和汗水的比较，是暗自比较但从不表现出来，从不宣之于口。

那个经常穿一件绿色短袖的男孩，或许并不是从第一天就发现了他的存在，但是当天开始跟着他跑步之后，他有一种那个人一直都在那里的感觉。他几乎是带着愉悦地发现自己是唯一可能赢他的人。他更瘦削，有一种粗犷的美感，跑步的姿势也不太协调，胳膊抬得过高，并且似乎从来没有注意过他的存在。那不仅是一个瘦削的红发跑步男孩，也是公园里一个看得见的移动因素，这种生命的存在并没有超越公园里的树木，因此遇见到他（他在他家旁边的蔬果店工作）的时候，他还是花了一些时间才认出来是他。

"你跑步，对吧？"男孩说着，把他要的那捆芦笋包了起来，"我看到过你很多次，在公园里。"

最开始，这使他产生了一种焦虑感，类似于面对一只关在笼子里的金钱豹，一种在陌生环境里极其强烈的求生意志。

"是的，"他回答，"我也看见过你跑步，你跑得真不赖。"

"谢谢，你也不赖。"

他叫埃内斯托，他没有告诉迪亚娜他认识了他，两个人甚至相约三天之后一起跑步，只是因为从她竭力陪他的那天起，关于他跑步的话题便被心照不宣地隐藏了起来，就像一个情人那不言而喻的存在。

那是在晚上。他刚刚刷完牙，这时，他从镜子里看到了迪亚娜在房间里脱衣服的样子。总是带着那种私密性，总是解开两个或三个扣子，然后从头上将衬衫脱去，像一个女孩轻蔑地抛弃一件俗气的衣服，每天都需要费事将脱掉的裤子从地板上捡起来，再放在椅子上，看起来就像是一双脱臼的腿。迪亚娜就在那儿，带着一贯的行事方式和神情，但是现在她似乎并不属于他，似乎他也不属于她。结婚还不到三个月，这个事实并没有使他觉得讽刺，而是觉得痛苦。怎么可能不互相怨恨呢，他想，两个人在一间在走廊上相遇都需要侧身靠墙才能通过的房子里，在超过两个人便显得拥挤的厨房里，在一张睡觉时不触碰彼此都是奇迹的床上，最后怎么可能不以相互怨恨而告终呢？他需要喘息，需要空间，所以他出去跑步。

她对秩序的执着使事情变得更复杂了。第一次看到光秃秃的房子和后来涂成了白色的裱糊墙壁时，房子显得比现在更大，更冰冷。婚后的前两个月里，迪亚娜已经感觉到一种将这种空白填补上的生理需求。每个星期她都会买一点东西或者做一下整理。

"将支柱 B 折叠成说明书所示形状，然后将其穿过金属孔。"迪亚娜落在桌上的译稿上这样写着，就在一张类似帐篷的图片旁边，他甚至觉得她的表情都带上了说明书里的那种简短的、命令式的语气。"你明天去跑步吗？""为什么这么问？""我们可以去看电影，我们很久没看电影了。""我要去跑步。"然后就那样睡下了，迪亚娜带着明显的不快，他觉得最近几个星期里，这样的场景已经重复了太多次（"从位于插图中 F 点处的顶点开始拉紧支柱框架，注意避免帐篷的地面部分起皱。"），因为在某些情况下，迪亚娜就像变了个人似的，手从被单里探出，直抵他的下颌，然后抚摸他，将他转向自己，然后是脚、唇、被单、牙膏的味道，在那种惯常的高潮神情中扬起的脖颈略带一丝甜意。"你吃药了，对吧？"（"将立柱插入胶圈，在这个过程中需要用手指牢牢捏住胶圈。为了确保牢固，应将立柱以对角线方向朝结构内部钉牢。")突如其来的一句调情,"我爱你",这么说是因为在这种情景下她喜欢这样,这有点自私,然后是游走在必经之途上的手,这一路径也是他用整个身体的动作配合的,也是迪亚娜默许的,因为尽管从来没有开口问过他,她还是默认他喜欢这样,然后又是她的脚,她柔软的大腿内侧向他敞开("如果前面的步骤准确无误,篷顶布将会恰好覆盖在支柱框架上。"),但是她的坚持并没有让他觉得愉悦,而她则似乎有那么一秒钟忘记了他的存在,她朝上方望去,嘴里叫着他的名字,仿佛那是另外一个人的名字,他想他可以假装高潮,他假装过一次,而她并没有察觉到,他可以再假装一次已经结束的战栗("将篷顶布用同样的方式固定在地面上,您便可以享受由专家们为您准备的能够抵御低温及恶劣气候条件的帐篷了。"),床单被一脚踢开了,事后还需要再重新铺。迪亚娜的身体在收缩,积攒着快感。现在只需等待热量压缩完毕,等待先是她(总是先是她),然后是他,接受了强行的加速,接受喘息之后最终还是不满的快乐。

正当意图

埃内斯托准时来了，穿着他见过很多次的衣服。看到他的时候，有那么一刹那，他甚至有些嫉妒他消瘦的美感和红色的头发。开跑之前，他们在一张长椅上做了拉伸，同时交换了一些无关紧要的个人信息。埃内斯托的生活只不过是在新闻系度过了挫败的两年，之后又在他父亲的蔬果店里度过了许多年。而他则撒了几个小谎，对自己的大学成绩单和工作做了一定的美化。他没有提及迪亚娜，因为埃内斯托并没有提起自己的另一半。有或是没有，在那个时候（如同关于迪亚娜的记忆）对他来说是可以忽略不计的东西。他们要开始跑步了，难道这不是最伟大的真相吗？在那里，别人所不能理解的愉悦不是正要上演吗？

"我们最好不要谈论各自的生活。"他最后说，埃内斯托似乎带着些许惊讶看了他一眼。

"同意。"他回应道。

那个下午，和那个男孩一起跑步，使他产生了一种奇异而舒适的放空感，沉默凸显了愉悦，并加以修饰，如同画框使画作更漂亮，尽管并没有在上面增加笔墨。除了跑步本身以外，除了耳畔埃内斯托的呼吸以外，除了有节奏的跑步声之外，没有任何需要说出口的事情。世界封闭于此，尽情展示。

埃内斯托只比他小一岁，这使两个人感觉就像亲兄弟一般。第一次跑步结束之前，他们都明白他们很快便会再次相见，那个下午之后，没有另外一个人在身旁的跑步必将与以往不同了。告别并交换电话号码的时候，他在埃内斯托的眼睛中也察觉到了这一点。

"我会打给你的。"埃内斯托说。

"不，还是我打给你吧，我从来不知道什么时候在家。工作的事，你懂的。"

"当然。"

说出那句话之后，他觉得内心深处有某种可笑的东西背叛了迪亚娜。他为什么要说这种谎呢？他在害怕什么？他朝家的方向走了几步，然后转过身去，最后看了他一眼。埃内斯托沿着环绕公园的大路飞快地跑着，然后在第二个街口拐了弯，如同虚构的生灵一般消失了。

过了三天，他第一次打电话给他。按下号码的时候他很紧张。一个成年女人的声音问他是谁，他报了自己的名字，这时，他的脑海出现了一伙人在房子里交谈的画面，这时，一个陌生的声音，一个没听说过的名字，突然闯进来，要找其中的一个人。

"稍等。"女人说，然后大声喊了埃内斯托的名字。

自己的紧张，以及在办公室给他打电话的行为，让他觉得很不舒服，就像是在故意瞒着迪亚娜似的。听筒里听到的声音，通向了未知的走廊与房门，这使他的所作所为显得更加荒唐。

"你怎么样？"拿起电话的一刻，埃内斯托利落地问道。

"非常好。"

"我刚刚正好在想你呢。"

"啊，是吗？"询问的同时，他感到一种突如其来的欣喜，简简单单，仿佛收到了一件意外的礼物。

"是的。你跑过马拉松吗？"

"跑过两次。"他撒谎道，"你呢？"

"只跑过一次，去年。我想今年我们可以一起跑。我是说，可以一起备跑。"

"你的记录是多少？"

"三小时零四分。"埃内斯托说。

"跟我差不多，我是两小时五十五分。"

"训练一下的话，我觉得咱们都能跑进两小时四十五分。在马拉松开始之前，还有两个月的时间。"

"那我们什么时候开始？"

"明天，行吗？得加把劲了。"埃内斯托说。

"行。"他回答道，满怀斗志，全身心投入到这项事业当中。

对生活的表达总是被生活本身阻碍。到家的那一刻，正是疲惫向他压倒过来的时候，也是他最不想被迪亚娜问到那个惯常问题的时候，那个懒洋洋的"你怎么了"，带着惯常的空洞爱意，他总是用那个意料之中的"没什么"来回答，与那个强迫他回答的问题一样平常，一样缓慢，一样没必要。在得到他的回答之后，她表现得就像是一双正在适应黑暗的眼睛。有时候迪亚娜的爱会让他感到厌倦。这种厌倦从胃部开始，然后上升到双手，上升到表情。如果她走过来，爱抚他，有时他会不由自主地推开她，如果她问他怎么了，情况会更糟。有些日子他也很想离家出走。在某些下午，在某些阴影下，尤其是从最近一次跟埃内斯托聊过天，两个人决定备战马拉松开始，出现了一种因为自感被爱而产生的疲惫，因为必须给迪亚娜以相同的回应所产生的厌倦：以吻回吻，以爱抚回应爱抚，同时，也体现在房间里面的新秩序上，她可以闭着眼睛走来走去，却不会撞到任何一件家具。卧室，起居室，书架，陶瓷鸭子的收藏，洗手间（迪亚娜喜欢把沐浴海绵摆放得整整齐齐），带绿色回纹饰的镜子，那是她在某个周日下午无聊时加在镜框上的。迪亚娜对秩序的偏执，除了直接体现在能够知道东西放在哪里的实用性，或是看到一切都在原处的那种简单的愉悦，更在于她试图建立一种她在其中必不可缺的等级秩序。

那个时候他想，他似乎从来没有了解过迪亚

娜，或许她也不了解他。结婚之前他们谈了八年的恋爱，这一事实在某些时刻将那种不适感激发至愤怒的边缘，那时，他便会停下来回想结婚之前他们一起度过的时光来寻找前因，探寻不满意的地方，无论是多么地微小或短暂，以此来合理解释自己现在的厌倦。

"晚饭想吃什么？"

"随便。"他打开电视，他们以看新闻的借口坐了下来，讲的是前一天的恐怖袭击。"吸吮式过滤器每使用四次便需要进行清洗。"为了铺桌布，他把迪亚娜的译稿拿开了，最后一页上这样写道。他不想待在那里，渴望能出去同埃内斯托一起跑步，一起为马拉松做准备，这场马拉松现在已经不仅仅是一种休憩的方式了，而是一个重大目标。

他永远都不会知道他究竟有没有看到他了。他只知道那个人很像他，有那么几秒钟，他甚至可以确信那就是他，埃内斯托，或许是因为那件短袖，或许只是因为跑步的方式。他也知道，那天早上的事改变了事情发展的进程，就好像有时一些神秘的、几乎都看不见的东西会改变女人的意愿，尽管她自己也解释不清，最终却会使男人的引诱变得可悲。他知道，尤其是某些夜晚他会想起来，这正是他没有打电话给迪亚娜的原因，他后悔了，而这种后悔也完全于事无补。他比往常更早一些从家里出门去往办公室，然后看到了他的背影，也就那么几秒钟，他看到他在通往公园的路口转了弯。也是红头发，和埃内斯托一样。最初的震惊之后，是真相的浮现：那个男孩在偷偷地训练。发现这一点，就像是发现唯一的可栖空间被玷污了。

最近一个星期，同埃内斯托一起跑马拉松的念头已经有了一种令人愉悦的目的性和纯粹性，填补了对迪亚娜的厌倦导致的空洞，然而，在那一刻，看到他（但是或许不是他），他觉得前几天单纯的自己是那么地愚蠢。埃内斯托为了赢他，在背着他偷偷训练。这简直荒谬，近乎青春期的幼稚。他没告诉他自己在训练，因为知道他跟不上那种节奏，知道他得去办公室，知道他已经结婚了（可是埃内斯托并不知道）。甚至他在蔬果店的工作都可以作为体能训练，那一刻他这样想着，震惊于自己的疏忽，自己的不足，但心痛还是大于愤怒。他从办公室打电话给他，一个女人的声音说他不在，让他晚一些再打。

"可是您至少知道他在哪儿吧。"

"怎么了？有急事吗？"

"不是。"

"我不知道，我到的时候他已经走了。有时候他会走得早一些，但是中午总会过来。有时候会去跑步。"

"谢谢。"

她已经说了。那个人就是他，铁一般的事实。埃内斯托曾经许诺不会抛下他独自训练，从第一次训练开始，所有事情都要一起进行，这样就能清楚知道两个人中谁更优秀，而他打破了自己的诺言。那一刻，他觉得即便是迪亚娜出轨都不会令他如此心痛。埃内斯托（但也许他看到的那个男孩并不是埃内斯托）已经清空了这个唯一有意义的事业。回家时他没有告诉迪亚娜，因为她永远都不可能懂，因为她肯定会因为直到那时他都没告诉她这件事而恼怒。看到她坐在门口的桌子旁，就在陶瓷鸭子旁边，即将做完一份翻译，这一切最终说服了他，他们静静地吃了晚饭，晚饭中一如既往地飘荡着她的声音，说着某个周末外出，或是去电影院，或是去剧院，或是出去吃晚餐。

"我在这里快窒息了。"最后她说。

之后，就像是从一场梦中醒来，只是在梦中他清楚地知道自己的每一个动作。他记得迪亚娜第一次用那种已经算得上是指责的语气说她快窒息了的时候，他起身离开了桌子，他记得听到这句话时的紧张，然后径直走向卧室。他知道自己在透过窗户观望，仿佛埃内斯托跑向公园的噩梦会再一次出现，不甘再次升起，他认为那或许是最大的欺骗。迪亚娜站在卧室门口，说了这样的话：

"我们之间出了什么问题？"而他没有回答。他知道后来她给了自己一个拥抱，不带任何恶意，他聆听着她问题中的人称发生了变化，变得坦诚："你怎么了？告诉我。"再一次，回应她的只有沉默。"我快窒息了。"他知道自己无法继续忍受迪亚娜的重负，迪亚娜的逼迫，那个在他的脖颈处呼吸的女人，那个反复抚摸他头发的女人，那个觉得自己拥有他的女人。

"这个周末我们何不找个地方走走？我们有钱……我们可以去北方，或者去海边，天气还不错。"

他记得自己转身面向她，用力抓住她的肩膀，大喊着说他要为马拉松做训练，为什么她就不懂呢。"你弄疼我了。"迪亚娜说。他还说为什么她一直坐在家里，不出家门一步，过着这样的生活，她怎么可能懂他。

"你伤到我了。"迪亚娜说着，声音中带上了害怕的味道，仿佛面对的是一个第一次见面的陌生人，他才发现自己确实伤到她了，松开她的时候，他有一种如梦初醒的感觉，她微微后退，也就是半步的距离，两个人看着对方。

"对不起。"他说，但是之后也并没有和她说起埃内斯托的事情，两个人睡下的时候，他没有告诉她他很想哭，因为愤怒。

执念就是这样诞生的：几乎是悄无声息的，就像是一首旋律中的一个不和谐的音符。第一次出现的时候，不会造成任何伤害。它隐藏起来，就像一个令人生厌的幽灵，缓慢地繁殖，不为人所察觉。执念永远都无法被理解，直至一切都无法挽回。它先是浸染了晨起的咖啡，之后是一个试图修复婚姻关系的女人的吻，在律所里遗嘱执行部门的工作，仿佛它一直都在那里，它的存在所带来的烦恼与其他那么多的烦恼和存在并没有什么不同。执念使一个男人走进一家药店，寻找维生素合剂，然后每日服下，脑子里想着整个世界都要靠这个行动来维系，下午出门同另一个男人一起跑步，而这个男人，在不经意间，已经慢慢成为了他仇恨的对象。

"快点儿，老大爷，你老啦。"埃内斯托这么说着，而一个执迷不悟的男人会觉得，实际上他更强大，他想，他的敌人认为可以战胜他，以为他还没有发现他的背叛（但也许那天早上他看到的男孩并不是埃内斯托），这挺好的，他露出了微笑，说："拉倒吧，闭嘴跑你的吧。"同时假装自己比实际上要累，明白自己不能在这个时候冲刺并战胜敌人，他宁愿享受这份自己创造的欺骗，品鉴着这份愉悦，如同品尝到家时那种已经不再真实的失望，那个名叫迪亚娜的女人，还有那种一直未曾说出口的恐惧，是在两周前抓着她的肩膀大喊时萌生的，然而，做出这种令人羞耻的举动时，他并没有觉得丢脸。

对于一个执迷不悟的男人来说，一个女人是无足轻重的，几近消失，因为虽然还能碰到、闻到，但她已经不再是真实的。

"下午我们或许可以去看个电影，"迪亚娜说，"一部那种你不喜欢但我喜欢的电影正在上映。"然后，让女人惊讶的是，男人说好，然后看电影，任由她摩挲自己的手臂，任由她在放到一段爱情场景时亲吻自己，但是他并没有屈从，在内心深处，他并没有将她看作一个真实的存在。就像看待那个从一个逐渐变得比他更像他的存在里，而非从他自己那里将他剥离的东西一样；就像那个确实作用在了他的身上，让他在早餐时细数卡路里，还会偷偷去其他公园练习跑步，但始终没有名字的东西一样，都是不真实的。

他一直喜欢跑步，就像孩童喜欢仰望天空：荒诞而无休。距离马拉松比赛只有一个多月的时间，现在想起这一点，有种悲凉的感觉，甚至是糟糕的感觉。他记起自己十五岁的时候，总是会参加各种校际比赛，总是会赢。在那些年里，将记录提高一到两秒，有一种光芒四射的风采，而战胜自己、通过努力得到的胜利感是如此强大，以至于旁人的掌声都变得无关紧要。可是，突然有一天，他感到自己是孤身一人，独自面对时间，独自面对身体，独自面对生活，在好几个月的时间里，他不再跑步。在那几个月里，跑步的那种深邃感，那种不再有外部推动力的行动注定会有的孤独感依然持续着，挤压着他的意识。

现在，同样的感觉卷土重来，但是多了一个变数：埃内斯托是那个"外部推动力"，是他的目标，甚至比提高自己的马拉松记录还重要，埃内斯托在他面前慢慢站立起来，成为他的对立面，迪亚娜（尽管是从另一面）也同样慢慢地站立起来，成为他的对立面，成为他的"外部推动力"，这两个人都与一场仓促开始的赛跑有着某种相通之处，就像是三十公里的瓶颈，在那里，每一个跑马拉松的人都会突然之间感到一种不可思议的孤独和脆弱，而周围其他跑步的人则似乎都有着钢铁般的意志，这种意志却把他当作一个软弱因子排除在外了，前面还有十九公里，灵魂沉浸在疲惫之中，似乎下一步便会绝对屈服，脉搏每跳动一次，"我不行了"这几个字便会敲击太阳穴，就像迪亚娜在电脑键盘上敲击着译稿（"必须确保表面干燥，才能接入电源。"），"我不行了，我不行了，我不行了"这句话敲击在已经疲惫得抬不起来的胳膊上，背心上的号码一下子变得荒谬、难以辨识，甚至带着侮辱性，迪亚娜在刷牙的同时重复着脱衣服的仪式：总是那样将裤子扔在椅子上，总是几乎有些嫌恶地从头上将衬衫扯下来，突然，露出一个不像是真实的迪亚娜的胸部的轮廓（"适用于搅拌鸡蛋、肉类、蔬菜，同样适用于各种形式的果汁或是酱类"），她的身上也有埃内斯托的影子，不再是她，不再像她。

那件事发生了。以一种荒谬的方式发生了。她说：

"我们应该处理一下我们之间的事情，否则……"

"我们之间的什么事情？有什么可处理的？"

但是迪亚娜甚至没有转向他，也没有从电脑上抬起头，似乎不是在和他说话，而是在因为一个拼写上错误而恼怒地咂舌。

"……或者我先从这个家离开，我觉得，等到你想好是不是想和我一起生活时再说。"

"你说什么呢？我当然想和你一起生活。"他回答道，带着一种假装出来的笃定，但这一点也没有缓解迪亚娜的凝重。

"那就证明给我看。"她说着，离开了房间。

那个时候他想自己真自私，或许一直以来他爱迪亚娜的方式都是自私的。很多时候，他对待她的样子就像是她没有任何需求，仿佛那是她的工作，她有义务迎合他的幸福。发现这一点，并没有消除结婚以来便一直存在的对她的抗拒感，但是确实突然之间将她拯救了出来，她有了分量。从那一天开始到星期六前的那几天里，迪亚娜变成了一个被封闭在无助的寂静中，同时又充满期待的生物。每当他回到家，发现她坐在电脑旁，每次吃晚饭或早饭时，总会有某一刻，她投过无力的一瞥，一种"爱我"的乞求，因其沉默而更添不适。他觉得以前的那个迪亚娜被封闭在了她自己的身体里，似乎羞于出现在他的面前。他觉得她就像是一个竭力假装疲惫的长跑运动员，被一个突然的动作出卖了，被揭露的那一刻，突然变得羸弱无比。

然而，不管他现在有多么地厌烦，迪亚娜身上的羸弱一直是吸引他的特质之一，或者说，不单单是羸弱，还有她表现羸弱的方式，她不以羸弱为耻的方式。一直以来，他在内心深处都有一种优越感，除了宠溺这个离开他便永远无法生存的小动物之外，他找不到别的办法。那时他感到自己高高在上，就像现在他觉得自己比埃内斯托更优越一样，除了对跑步的热爱，这个人的想法也如同孩子一般简单而容易满足。

埃内斯托只不过是一个习惯了在女人身上享受胜利的英俊男孩，一个简单、瘦削的毛头小伙子，不管面对什么状况都能保持好脾气，以至于让人怀疑他的智商。在埃内斯托看来，世界就是那么简单，饿了就吃，困了就睡，想跑步了就跑。仿佛他从来没有因为什么事情后悔过。然而，他那肤浅的幸福却不比别人的幸福来得更少。好像离了陈词滥调就不会说话了似的，每当谈论起某件严肃的事情，埃内斯托永远都在重复别人的话，一些出于善意的简单表达，或者是明摆着的事实，但这对他来说似乎已经足够了。

"算不上聪明，但我也不是傻子。"那似乎是对埃内斯托最好的定义，尤其是，这句话是他们一起跑步的时候，埃内斯托自己说出来的。

听到那句话，发现埃内斯托羞于与他谈论一些事情，因为觉得自己配不上，这些从一开始便让他产生了某种优越感。自从那天早上他看到他背着自己偷偷跑步（但也许他看到的那个男孩并不是埃内斯托呢）开始，以及这周发现自己的身材好像没他的好，这使他会不时地在那个有时会将他轻轻甩在身后的红发男孩身上寻找自己比他厉害的证据，这促使他想到（但是他并没有这么想，没想这么仔细），如果不比他多加训练的话，如果晚上不出去跑步的话，自己可能赢不了他。

离马拉松还有二十九天。那天下午，两个人开始跑步之前，埃内斯托说，而他觉得有某种东西已经将他击败。不是埃内斯托，不是迪亚娜，而是他的日常生活，他在日常生活中的形象打败了现在的这个他，使现在的这个他变得荒唐。那天下午，他起跑的时候，带着愤怒，带着绝望。

"你为什么一开始就跑这么快？你想干什么？让别人给你颁个奖？"埃内斯托问道，语气中有些许烦躁，近乎愤怒，"按照这种节奏，我们都跑不过十公里。你是疯了还是怎么？"

"没有。"

"我们不是要跑三千米，而是要跑一场马拉松。你还记得吗？"

他没有回答，保持了沉默，对自己能够超过公园里其他跑步的人感到很满意。一次次的加速使他产生一种强烈的力量感，尤其是埃内斯托就在他身后，不到半米，但是每当男孩想要超过他时，他都会努力保持这半米的距离。

"节奏掌握得不错！"他朝他喊道，同时努力不破坏呼吸的频率，"是不是因为这些天你背着我偷偷加练了？"

"什么？"

"我的话你听得很清楚！"

"我没有加练，没有，即便是我真的加练了，也不会觉得不好意思。"

两个人一边全力跑着，一边几乎是在喊着跟对方说话，其他跑步的人都奇怪地转过头来看他们。

"别撒谎了，那天我看到你了，两周前。"

"看见谁？我吗？"

埃内斯托试图追上他，以便直视他的脸庞，可他又把速度提升了一点。

"对，就是你！"

他们仿佛在进行一场百米比赛。

"你是疯了还是怎么了？"埃内斯托喊道，"好吧，哥们儿，我走了！"

"我在马拉松等你！"

"什么？"

"我在马拉松等你！！！"他怒气冲冲地回答

道，声嘶力竭，同时他感觉埃内斯托停了下来。他没有停。相反地，他将速度又提高了一些。现在他再一次孤身一人了，独自面对时间，独自面对身体。"如果我永远不停下来会怎么样？"他想，"如果我一直跑下去会怎么样？"每跑一步，每一种愈加接近疲惫、虚弱的感觉，都让他觉得正在进入一个尚未命名的绝对处女地，除了他以外没有人能够了解这个地方，同时，又是一块在某种程度上使他恐惧的空间。他想，如果他能永远保持那种感觉，不需要休息，不会感到疲惫，那么生活便有了意义，他想，"如果我能一直跑下去"，就像是在想一个伟大的愿望，无边的幸福，而现在，埃内斯托已经不在了，连快乐都似乎比以前更纯净了。膝盖开始隐隐作痛，但是他没有停下来。他必须要抵达那种满足感的最深处，若是必要，则将其快速地饮下，在其中消亡。疲惫开始模糊了他的双眼，但是他还是努力跑得更快。他摔了一跤。跌倒是那么苍白，那么干涩，他的双手沾满了鲜血和砂砾。膝盖也出血了。到家的时候，迪亚娜无法抑制地发出一声惊呼。

　　　　　　正当意图

"我摔倒了。"他说，不准备给出任何更多的解释。

"可是你还好吧？"

"嗯。"

他走向洗手间，闩上门。在冰凉的淋浴水的下面，不知道为什么，他开始大笑起来。

他没再见过埃内斯托。星期日那天他几乎是一口气跑了四个小时，星期一，星期二。星期三，他发现自己晚上的效率更高，因此他晚上也开始跑步。除了关于菜单的琐碎话题和一些在不同的语境下会有不同语义的英文单词外，其他的话迪亚娜一概不说。她不再问他要去哪里，也不再提议去看电影或是周末去北方的酒店。仿佛在将自己幽禁在一间一流的寂静监狱里之后，现在的她已经放弃了，面对自己的失败也不再感到遗憾。晚上钻进被子里的时候，她仿佛已经没有了一丁点儿重量，不会在房子里活动，这间房子现在看来比以往任何时候都像是她的延伸：婚礼的照片，陶瓷鸭子的收藏，洗手间镜子上的绿色回纹饰，置物板上的百科全书，一切都不可撼动，如同电脑前的迪亚娜。"怎么样了？""快完事了。"但是永远都不会彻底结束，因为她一边这么说着，一边又开始对照原版检查最开头的几页。"拜托，谁会在意厨房用具的说明书里用的是'为'还是'为了'呢？""我会在意。"而这个答复（更多是因为语气而不是话语本身）也无可辩驳地显示出，迪亚娜也在力争将他从一个她开始觉得他在其中无关紧要的空间里移除出去，尽管很多时候没有成功。然而，对以前那个需要他的迪亚娜的怀念，也并没有强烈到使他远离训练。现在，马拉松的念头占据了他的一切，如此严苛，以至于心存其他念头似乎都成了一件荒谬的事。有时他会因为对迪亚娜的忽视而内疚，但跑起来就会彻底抛在脑后。

那些日子，他仿佛回到了年轻的时候，空气只不过是一个亟需超越的记录上的数字，而身体则是需要全力开动的机器。他发现自己跑步的时候什么都不会去想，如果说这是一个谜题，那连他自己都不知道答案：一台完美的非理性机器。想到自己的身体，就像赛车手坐在他的车里，某种既属于他又不属于他的东西，他已经将其一块一块地拆分开，然而整体上来看却依然只不过是某种并非完全属于他的事物。

膝盖开始疼的那天是星期三，距离马拉松只有二十天的时间了。他知道自己应该休息，在很多情况下，休息更有利于取得更好的成绩，他知道膝盖疼痛如果不重视会演变成严重的问题，这些他都"知道"，然而，那天晚上他比平常跑得还久，六个小时。第二天，闹钟响起的时候，他感到筋疲力尽。几乎无法移动。他说给迪亚娜听，等着听她的责备，但是她并没有。

"你想让我叫医生吗？"

"我浑身无力，好像一点力气都不剩了。"他说，同时对自己的话感到震惊，但是迪亚娜并没有回应他的震惊，她从床上起身，望向他，眼中带着些许失望。"这样我就没法跑步了。二十天后就是马拉松了。"

"啊，马拉松。"

"我猜，你现在肯定高兴了。你现在一定很得意吧。"

"没有。你真这么觉得？"他没有回答，回答便意味着在迪亚娜面前承认自己的过失。"好吧，你希不希望我叫医生？"她换了种语气说道，更加热忱，仿佛在内心深处她还是无法不去怜悯他。

"嗯。"

那天早上，在医生到来之前的那段时间里，以及之后一直到下午的几个小时里，他所感受到的绝望是如此之深，难以言表。医生问了他几个关于跑步的问题，给他做了检查，然后下结论说他的虚弱只是训练过度的结果。

"必须保证五天的绝对休息。"医生说道，"肌肉量也有一个极限，如果持续接受过强的压力，它会衰弱，而不是加强。即使是专业运动员也不会做这么长时间的训练。"

他对医生责备的语气、宣扬常识的态度、迪亚娜盲目站在医生一边的方式表示轻蔑。在他们说话的时候，他别过了头，看都不想看他们一眼。

那些日子，在家里待着，仿佛是在自以为熟悉的城市里发现了一座新城。这座新城便是迪亚娜和她存在的形式，尽管是他臆想出来的，但似乎呈现在他面前的所有方面都是全新的。第一天最糟糕：那一天，整个下午，他都在等待着迪亚娜的责备，但是她没有。一开始，他觉得没有责备就像是一种喘息的机会，但是随着时间的流逝，她一点都没有责备他这个事实一点一点地侵蚀着他的意志，甚至比不能为马拉松而训练还要严重。发生了什么事情？迪亚娜不在乎他了，还是怎样？相反地，他重新认识了自己女人的世界，在这个世界里，充满了准备翻译稿件时走向厨房去拿冷饮的脚步声，以及走廊处传来的柴可夫斯基的古典音乐。

"贝多芬和莫扎特使我迷茫。"她说，有时候那架钢琴的声音超乎寻常地优美，超乎寻常地伤感，即使是在高潮部分，也会有柔软的因子。他之前不知道原来迪亚娜一个人在家的时候会做那些事情，不知道她更喜欢柴可夫斯基，还有，他不知道她不做翻译的时候，会坐下来看看电视新闻，点上一支烟，带着那种混合了忧伤与享受的愉悦，一个像她那样的人会将自己交给这种愉悦，就像是扎入一片期待了整整一上午的梦中绿洲，这些都让他觉得伤感，或者说是伤心。在家里待着，在某种意义上来说，就像是成了偷窥某种不属于自己的秘密的间谍，同他将迪亚娜从自己跑步的私密空间中驱逐出去一样，现在迪亚娜完全有权将他从自己的私密空间里驱逐出去，在这个空间里，她可以边看电视边抽烟，或者一边聆听着柴可夫斯基的乐曲，一边把大部头字典放在桌上，发出沉闷的撞击声。

发现自己的脆弱使他陷入了一个充满忧郁的世界。听着属于迪亚娜的音乐，听着敲击键盘的声音，使他想起两个人相恋的那些年，那种简单的幸福，还算可以接受，还算令人满意，尽管上面有别人强加的模样。他从来没有伤感过。他以前一直觉得，心灵的领地是弱者纯粹出于懒惰而屈从的屏障，而对于痛苦的迁就是病态的，尤其是那种轻柔的伤感最为可怕。在自己身上发现这些反应，从一开始他将其归咎于训练过度，这也正是医生的论断，但是实际上那天之后，这种反应一直在持续，甚至每时每刻都在加深，因为在迪亚娜的沉默中，蕴含着某种意味，似乎是想再给他一次机会，再次燃起了那种最怯于说出口的期望。

那是一张照片。他之所以会发现那张照片，是因为他碰巧出于无聊拆开了床头柜上的相框。那时迪亚娜正像往常一样在起居室里工作，而他，卧床到了第三天，已经开始觉得无法继续忍受了。相框咔的一声打开了，露出了藏在表面那张照片后面的另外一张老照片。他把照片拿了出来，不带一丝好奇。他记得那张照片，因为在他们谈恋爱的最后一年里，它一直摆在卧室的架子上。那是在巴黎的一间宽敞的小院，在一株植物旁边拍的。他的胳膊搂在迪亚娜的肩膀上，一边亲吻着她，一边使劲儿将她拉近自己，而她则微笑着。将照片举在空中，又将其凑近眼睛以便更好地观察，他察觉到一种异样的情绪。照片是在婚礼的前一年，他们去看望迪亚娜的一个朋友时拍的。尽管现在感觉两个人都已经变了，但是那个事实带来的悸动，几乎可以说是猛烈：发现（不是记起，而是发现）自己曾经是那个男人，而迪亚娜曾经是那个女人，他感觉眼前的一切似乎都毫无来由。他叫她过来。他大声地喊她的名字，迪亚娜，似乎什么东西已经让他变得不同。她从起居室问他有什么事。

"过来。"他答道，"看看这个。"

她坐在床上，坐在他的旁边，看到照片的时候，她笑了。

"在哪儿放着来着？"

"那儿，相框里，你照片的后面。"

一种类似于怜悯的神情闪过迪亚娜的双眼，旋即消失了，似乎从来没有出现过，似乎回过头看向他的时候，并没有意识到他的存在。

"你想什么呢？"她问他，但是他什么都没有回答。回答便意味着向他的悲伤投降，向迪亚娜的失望投降，那种失望在一瞬间划过她的眼睛，就像是路过一个不经停的火车站。他将一只手放在她的腰间，另一只手摩挲她的乳房。她一边躺到床上，一边亲吻他，她的唾液里有可口可乐的味道。

执念可以有着女人的外形和触感，若隐若现，其中有一种味道忽而消失，过了一会儿又再次出现，出现在每一次的动作回转中。承认执念，说出执念，甚至算不上是和解的第一步，只是让执念变得显而易见。一个执迷的男人在他的女人的裸体面前接受了自己的执念，但此时他渴望推开她，他突然觉得一时性起所造成的乱扔在床上和地上的衣服是那么地荒谬；他的目光定定地看着门边她那只翻转了的鞋子，也觉得很荒谬；被揉搓成一团埋在床单下面的睡衣也一样，都是荒谬的。这种不满说出来也无济于事：它就在那里，在那个还没等重新穿好衣服就转过身来拥抱他的，名叫迪亚娜的女人的呼吸里；在她扣内衣时看向他的方式里；在那个忽然觉得自己受到欺骗的女人的沉默里；或者，也在那个意识到自己做下了某件荒唐事的女人的羞愧里。

在这样的情境下，一个执迷的男人只得再次打开床头柜上的相框，将那张他宁愿从来不曾发现的照片藏起来。他多么希望自己不在那里，就像他多么希望自己不曾伤害过那个女人。窗外应该有另外一个男人在训练。如果可以用语言表达他的感受，简直可以说是清晰了，可是他没办法说清楚。那个他必须在马拉松中战胜的男人只不过是他自身的延伸，是他以前的生活与现在的荒诞生活抗争的延展。如果他能承认这一点，或许一切都会变得更加简单。他不能。女人悄无声息地离开了，男人听着她关掉了音乐，在那一刻之前根本没被注意到的音乐，他想，就跟音乐一样，女人只有消失的时候才更容易被人感知。他感到一种聚集在喉咙处的焦灼，他迫切需要出去跑步，需要听到脚步落在公园地上的节奏。他想象着马拉松的开始，想象着起跑的枪声在一瞬间使他的血液凝固又沸腾。女人不复存在。世界不复存在。

第二天他再次开始跑步，尽管比平常要虚弱一些，但他发觉自己的身体基本恢复了刚开始训练时的力量。这使他暂时感到舒服一些，在几个小时的时间里，他暂时忘记了迪亚娜那无声的责备。马拉松开始之前的两周飞逝，如同一日。他工作到 5 点，在办公室里换了衣服，然后离开办公室朝公园方向跑去，四个小时之后，他回到家里，饱餐一顿后睡下。他记不得那些日子里面的迪亚娜是什么样的，试图回想时，也只有回想某种看不见却必要的事物时的那种混沌感。似乎他的肌肉在恢复力量的同时，也确乎有某种东西从她身上撤离了，某种将她驱逐，令她消失，甚至到了已经记不起她的地步，可是，同时，在他到家的那一刻，他又切切实实地知道她是在的，知道在他窝到床里的时候她也窝进了床里，知道他们睡觉时呼吸的是同样的空气。他记得马拉松前一晚迪亚娜睡下的样子，记得当他对她说第二天是重要的日子时她那模棱两可的神情，是的，还有那个星期六她起床时那忧伤的方式。

他记得，听到他打开门要走的时候，她从卫生间里说了句"祝你好运"，他觉得她在撒谎，如果迪亚娜真的有话要说，大概也只能说出那些谎话了。

他很容易便在起点处找到了埃内斯托，在为了占据有利位置而聚集起来的人群中。在派发号码牌的队伍中他们认出了彼此，他们希望能够被排在一组，没有说一句话来曲解沉默。他感到强大、亢奋，从专业运动员出发到允许他们开跑，在那段长达三十分钟的等待里，这种强大和亢奋的感觉在不断滋长。跑步的人们喘息着，像一只被绳子牵制的怒兽，尽管他们看起来像是聚在了一起，可实际上却是互相触碰一下都会带着嫌恶，任何胳膊或者腿的摩擦，都会像在极度敏感的肌肤上蛰了一下一般令人暴躁。埃内斯托嘟囔了一句他没听懂的话，两个人第一次看向对方。他们出汗了，不是因为努力，而是出于对努力的期待，在那个凌乱而紧密的人群中没有人讲话，但是在所有人的眼中，在不停擦干双手的方式中，在呼吸中，这些人有着共同的地方。起跑枪声就像是一场幻觉的开端，而聚集在隔离带周围的人群的喊叫声则像是从一个洞穴的深处传来，从某个遥远而荒诞的地方传来。跑步的人们分散了，又合拢了，然后稍晚一些时候又再一次分散开来，就像是消化过程中的内脏器官。由于隔离带会不时地轻微收窄跑道，也由于担心某个跑得比自己慢的家伙会赶上来，跑者们为了保住位置都双肘大开，有时候会毫无缘由地互相碰撞。

之后发生的事情就属于完全模糊的范畴了。他永远不会知道是自己救了自己还是别人救了他。第一个绊倒的男人离他只有半米远，当时他正看向别处。他只知道那个人并没有绊到他，有什么东西（或许是他自己，或许是自己的本能）使他跳开了。之后他一边听着跑在他后面的人无法避免的撞击声，听着观众们看到这种意外场面时的惊呼，一边想到，应该是埃内斯托抓住了他的胳膊，使他免于跌倒。他没有朝后看，根本不需要回头看便可以知道，在那样的速度下摔在柏油马路上绝对意味着比赛的终结。或许，正是埃内斯托救了自己这件事，一瞬间以一种前所未有的激烈程度将其变成了敌人，也可能是他自己救了自己，而埃内斯托并没有做任何事。但这并不重要。

开始的十五公里就像他与迪亚娜谈恋爱的八年时光：任何表情，任何反应似乎都符合别人对他们的期盼，这使他们不再是单独的个人，超出了个体的存在，从属于一个更为强大的秩序。他觉得，在那一刻，每一个在他身旁喘息的跑步者都有可能大声喊出自己的快乐，然而，实际上，他们发出的不是快乐的呼喊，而是像一群攻占城市的怒马一般大步奔跑的声音，频繁拍打着地面的声音。任由自己被这种感觉驱使，就像是将自由献给了一种更为强大的意志，享受着一种令人幸福的臣服感，不管在做什么都不会犯错的幸福。之后的两公里，真正的马拉松开始了：在这场马拉松中，他们孤身一人，他们的孤独散开又合拢，就像是一片空无一物又充满呓语的广阔空间。

到了第十八公里，他感到自己越发年轻，越发有力，比实际上更有力，利用埃内斯托轻微落后、似乎是在故意让他的机会，他尝试了一下超越。在六公里多的路程里，他的孤独分崩离析，仿佛坠入了一场巨大无比的荒唐之中，他赢了，是的，但他似乎将自己的目标抛在了脑后，虽然自己赢了，但是却看不到埃内斯托，不知为何，这似乎使他远离了自己的初衷。到达一个陡坡的时候，焦虑使他加了速，同时也让他倍感疲惫。有几秒钟的时间里他无法呼吸，然后大口喘息着，直到感受到埃内斯托在他身边的存在，他才恢复了正常的呼吸。他的号牌是1476，他定定地盯着他的号牌看，仿佛这样做会使之丧失真实感，会给他比实际上拥有的更多的力量。与迪亚娜之间也是如此，只是现在的世界只是简简单单地不让埃内斯托距离自己半米以上，一切都浓缩在那里，所有的一切，隔离带旁围观群众的呼吸，迪亚娜所做的翻译，她的身体几乎不带任何分量地沉入他身边的床上，被单上展开的手掌，以那种荒诞、简直是幼稚的方式乞求着不敢用其他方式来乞求的东西（真令人难以置信），祈求他转向她，祈求他与她做爱，可是在马拉松的前一天晚上怎么能做爱呢？怎么能明知道（迪亚娜应该早就知道这一点）会削弱他的体力却还要在比赛的前一晚去取悦她呢？他翻过身，不去看她，重复道"明天是个重要的日子"，她说"是"，缩回手的时候尽量不发出一丝声响，似乎她也为自己提出这样的要求而感到羞愧。那一刻，他对她的沉默感到愧疚，于是决定做爱，决定去取悦迪亚娜，尽管只是想草草了事，然后尽快入睡。讯号发出之后，他不想再明确说出来，因此他在被单下用自己的脚探向她的脚。二十四公里。沉默中的迪亚娜的身影不停地出现在埃内斯托的旁边。再一次，他的脚探向她的脚，却没有碰到，因为她也已经转过身去不看他，就像现在，埃内斯托稍稍领先一些便可以不看他：男孩的腿在他前面奔跑着，像极了前一天晚上迪亚娜的腿，臀部陷入床单中，就像一朵肉做的海浪，他差点儿叫出她的名字，叫出"迪亚娜"，但是最终还是没有出口，就像现在他一直没能赶上埃内斯托，没能追上他。

三十公里的危机并没有因为预先知道就变得不那么难熬。危机先是从懊恼做了超越开始，之后一点一点地攀上手臂，肩膀，头部。或许，如果不是在最近几公里的路程里想了那么多关于迪亚娜的事情，如果能够更加专注在跑步上，现在可能不会那么疲惫。埃内斯托好像永远都不会累。他保持着同样的速度，从七公里前赶上他时起，便一直保持着同一种呼吸节奏，他突然觉得他的坚韧简直超出了人类范畴。有人扔给他一瓶水，打湿了他的短袖和号牌。上面写着1476，一千四百七十六，而埃内斯托已经跑远了，半米变成了一米，一米半，"我不行了"与1476一起撞击着太阳穴，迪亚娜在嘲笑他，因为在这样的情况下，迪亚娜肯定会嘲笑他的，嘲笑他的失败。他想着要在埃内斯托看不到他的时候放弃，不再跑下去了。要不是因为埃内斯托回过头来看他，他在三十四公里的牌子后面便已经这么做了。他感到他的目光落在自己身上，就像是一记使他全身颤抖的鞭笞，此刻，将两个人分隔开来的距离正在缩短，他感到很不可思议。

"只剩下八公里了。"他大声说道，似乎说出那几个字能够给他力量，或者能够在冥冥中减轻接下来需要付出的努力。当埃内斯托再一次与他并肩的时候，他有种强迫了别人的感觉，因为埃内斯托落后的方式（也许）完全是不自然的，似乎再一次与他并肩完全是出于他的主观意愿，似乎他一直在等他。他想说给他听，但是最终什么都没说。他之所以还在跑，那是因为他觉得他必须要跑完，而不是因为要跑赢埃内斯托。从五公里之前起，他便知道不可能突破自己的记录了，而这，所有的一切，包括关于迪亚娜的回忆，都让他觉得可笑。那种感觉又持续了四公里，但是，在穿过三十八公里的壁垒之后，身体里的某种东西崩溃了，就像是所有的意志都再一次倾入了战胜埃内斯托这个唯一的目标。他尝试了一次新的超越，但是这一次只不过是超过了一米远。如果有人问他的话，他会回答说他恨他。他恨埃内斯托，也恨自己，恨隔离带后面人群的叫嚷，恨自己对于战胜他或被他打败这两种可能都觉得心安理得，那种仇恨如同一股怒火将他死死扼住。他想毁灭他，然后自我毁灭；战胜他，然后在比赛结束的时候灭亡。

最后四公里，他跑步的状态近乎歇斯底里，牙关紧咬，甚至使自己受了伤。埃内斯托在最后两公里的时候做了一个小小的冲刺，仿佛是想证明什么（可是证明什么呢），然后又回到了他的身旁。他再一次听到了人群的喊叫声，当他们给他扔水的时候，他也再一次感到了对他们的仇恨。想超过埃内斯托的尝试差点儿使他失去平衡跌倒，而他之所以最终没有跌倒，那是因为埃内斯托扶住了他，推了他一把。他冲过终点线，带着那种不知道自己为什么要这么做的人那种彻彻底底的不满足感，回头看向埃内斯托的时候，他只看到了一群人，那群人聚集在埃内斯托周围，而埃内斯托则躺在距离终点十五米远的地上。"我赢了。"他想。

"我还是赢了他。"他说，仿佛说出那几个字就能消除顷刻之间涌上喉咙的不满足感。他带着愧疚想，埃内斯托的跌倒对他来说倒无所谓。可是，他想看看他，不是为了获得战胜他的满足感，而是为了证明，只有看到他倒在地上才能找到自己一直在寻找（却没有找到）的满足感。但他们不让他过去，他太虚弱了，别人只要稍微推他一下他便放弃了。

回家对他来说似乎是另外一场漫长而又无聊的比赛，当迪亚娜为他打开房门的时候，他道出了事实：

"我赢了。"

"我知道。"她答道。

他用手将她从门旁推开，径直朝走廊走去，

毫不在意她说的话，那些话停滞在那里，停滞在门口的空气中，像一个无法解开也不应该解开的谜团。他走到卧室，整个人摔在床上。仅仅几秒种后，迪亚娜出现在门口。她叫了一声他的名字。两声。三声。

随着迪亚娜叫他的名字，赢得比赛时品尝到的索然再一次涌上喉咙。他希望她不要靠近他，让他一个人清静一会儿，此时，生活碎裂成荒谬的意图（再一次出去跑步），碎裂成恐惧（也许他那天早上看到的并不是埃内斯托），碎裂成不满（迪亚娜的好意冲击着他的意志，就像一朵绵软、忧伤的海浪）。她又一次叫了他的名字，然后走到床边，坐在了他的身旁。一刹那间，他无法忍受她放在自己头发上的手，无法忍受她再一次绵软地叫出他的名字，他忍受了几秒钟，最终还是粗鲁地转向了她。

"让我清静一下！我求求你让我自己待会儿！"他大喊道，一种忧伤的表情凝结在了迪亚娜的脸上，混杂着不解、害怕和哭泣。

她悄无声息地离开了房间，仿佛已经不再拥

有形体，她没有回头看他。他任由自己滑入那个沉重的、黑暗的、令人窒息的梦里。

一个月后他们离了婚，就像许多在结婚的前几年便离婚的情侣一样：带着已成事实的挫败感，带着可笑的感觉。迪亚娜不在了，她的不在体现在：

上床之前洗手间里的寂静；

衣柜里空出来的一块空间；

对声音与照片的记忆。

她是在一个星期三的下午离开的，春天使房间里有了一种令人窒息的闷热，把百叶窗拉下来阻隔进来的热气之后，她离开了，很可笑，就像是一个自杀者跳崖之前还要把那些永远不会再穿的衣服叠好。剩下的事情都是她妹妹处理的，在一阵并没有费心去掩饰仇恨的沉默之后，是她一直陪着律师，是她把那些为了走法律程序需要他来签字的表格拿给他，上面已经有了迪亚娜的签名，她已经在另外一个地方了，从他身边解脱出去了。从她妹妹那里，他得知迪亚娜在看心理医生，在吃药治疗，虽然她告诉他这些完全是出于恶意，想折磨他，而不是想告知他客观的信息。然而，看到迪亚娜离开他，即将开始一种可能会幸福的生活，他非但没有感到难过，反而感到了一种饱含愧疚的幸福。

跑步是一种极大的释放：在那些已经习惯家中安静的日子里，这份安静驱使他离开家来到街上，那是他唯一能做的事，比以往任何时候都更加重要。如果有人问他是否快乐，他可能会不知道该如何回答。或许，他会说，他感到空虚，而那种感觉，即使算不上快乐，至少也最接近于他曾体验过的一种淡然状态，一种甚至不需要说出口，也不需要分享的淡然状态，这并没有让他觉得不开心，而是（很奇怪地）让他感到更加真实。他发现之前他自己认为开心的时候，都会想与别人分享自己的快乐，都会想要将快乐说出来，而他觉得现在这种状态很真实，他感觉不到那类需求，因为即使说出口，与别人分享，也并不会使跑步的简单满足感增加一丝一毫。

慢慢地，某种东西从他的体内抽离出来：他对别人的需求凝滞了，变微小了，虽然没有达到厌烦别人出现在他周围的地步，可是他确实在尽可能地远离他们，他觉得他们无关紧要，就像他觉得自己无关紧要一样，他接受了这一事实，无关紧要。

在迪亚娜离开后的前四个月里，他陷入了一个认为自己永远都无法真正了解自己的深渊里。周围人的议论更加凸显了他的变化，人们将其归咎于婚变，而实际上，迪亚娜并不是促成这种变化的人，而是唯一能够阻止他自然而然地进入这种新状态的人。而他变成这样，也并非出于悔恨，而是因为她的离开仍旧是那么真实，那么明显，因为他认为正是迪亚娜的离开成就了他现今的美好，使他得到了净化，成为了最好的自己。

夏季伊始。在公园里做跑步之前的拉伸运动时，他碰到了埃内斯托。马拉松之后，他们再也没有见过面。远远望见他的时候，他们对视了一眼，他既没有感到开心，也没有感到不适，而是察觉到类似于在房子里找到某张迪亚娜的照片时那种手心湿润的感觉，并非不快，而是带着些许惭愧记起自己曾经是的那个人。他没有走近埃内斯托，因为不知道该对他说些什么，但是他也没有收回自己的目光。他继续进行拉伸，几分钟后，他察觉埃内斯托在朝他走过来。仿佛时间从不曾流逝过，仿佛他会问他，"你跑步，对吧？我看见过你很多次，在公园里。"可他并没有这么做，而是默默地站在他的面前，带着威胁的意味，直到他先开口。

"你想干什么，埃内斯托？"

"想让你知道真相。"他说。

又是一阵沉默，埃内斯托说出那几个字时，语气中的凝重使沉默有了正当的理由。一个跑步的人快速跑过他们身旁，他们注视着那个人，直到他拐进了灌木丛后面。天气很热。

"你很清楚马拉松那天你并没有赢我，是我让你的。"他继续道，表情中带着浓浓的嫌恶，带着受伤的骄傲，然后沉默地等待着，仿佛是希望他能有勇气来否认这件事。但他没有那样做，因为他突然觉得失败与胜利同样荒谬。将胜利拱手献给埃内斯托在当下对他来说根本无所谓，正如阳光之于公园，或者炎热之于那个午后。

"我猜你会想知道我为什么会那样做。"

"对。"他回答道，不带有任何好奇心，因为他知道埃内斯托本就打算告诉他。

"是迪亚娜让我那样做的。是迪亚娜求我让你赢的。"埃内斯托快速说道，非常专注地看着他的反应，似乎对此很满意，因为看到他惊讶时他笑了。

"迪亚娜？"

"对，她知道我们一起跑步。有时候她会下楼看我们跑步，只是你一点都没有察觉到。"

"迪亚娜。"他说，心想如果是迪亚娜本人出现在那儿，亲口承认这件事，他反而不会那么惊讶。

"她觉得如果你赢了我，你们的状况便能得到改善。"

"她是这么跟你说的？"

"对，她很绝望。和我说这些的时候都哭了。"

讲述那些细节的时候，埃内斯托感到了些许满足，就像是他的胜利才刚刚来临，而他想要享受这种胜利，细细地品尝它。他讨厌埃内斯托，因为他竟然了解迪亚娜生活中的那么多事情，而不是将她当作造成自己不幸的罪魁祸首。

"你还有什么想要跟我说的吗，埃内斯托？"

"有……你让我觉得恶心。"

一个跑步的人的脚步声和呼吸声响起，但是两个人谁都没有回过头去看。他们再一次感受到了炎热，仿佛是对现在两人目光中的紧张的回应。埃内斯托走了，没有再说一个字，而他则徒劳地期待着他能回过头来，再看自己一眼。

5月7日，天色渐晚，所有可能世界中最美好的一个。跑步是最纯净，最荒谬，也是唯一的选择。

La recta intención by Andrés Barba

Copyright © 2002 by Andrés Barba

Las manos pequeñas by Andrés Barba

Copyright © 2008 by Andrés Barba

Published in agreement with Casanovas & Lynch Literary Agency through
The Grayhawk Agency Ltd.

All rights reserved.

著作权合同登记图字：20-2020-147

图书在版编目 (CIP) 数据

小手 /（西）安德烈斯·巴尔瓦著；童亚星，刘润秋译.
—桂林：广西师范大学出版社，2020.4（2024.9 重印）

ISBN 978-7-5598-2606-0

Ⅰ.①小… Ⅱ.①安… ②童… ③刘… Ⅲ.①中篇小说 –
小说集 – 西班牙 – 现代 Ⅳ.① I551.45

中国版本图书馆 CIP 数据核字 (2020) 第 025266 号

广西师范大学出版社出版发行

  广西桂林市五里店路 9 号   邮政编码：541004
  网址：www.bbtpress.com

出 版 人：黄轩庄

责任编辑：雷　韵

特约编辑：李　特

装帧设计：LitShop

内文制作：陈基胜

全国新华书店经销

发行热线：010-64284815

北京中科印刷有限公司

开本：787mm×1092mm   1/32

印张：14.125   字数：190 千字

2020 年 4 月第 1 版   2024 年 9 月第 3 次印刷

定价：68.00 元

如发现印装质量问题，影响阅读，请与出版社发行部门联系调换。